계획도 살인 사건

계회도 살인 사건

서해문집 청소년문학 005

초판 1쇄 발행 2018년 10월 30일
초판 3쇄 발행 2020년 8월 1일

지은이   윤혜숙
펴낸이   이영선
책임편집   김종훈

편집   김선정 김문정 김종훈 이민재 김영아 김연수 이현정 차소영
디자인   김회량 이보아
독자본부   김일신 김진규 정혜영 박정래 손미경 김동욱

펴낸곳 서해문집 | 출판등록 1989년 3월 16일(제406-2005-000047호)
주소 경기도 파주시 광인사길 217(파주출판도시)
전화 (031)955-7470 | 팩스 (031)955-7469
홈페이지 www.booksea.co.kr | 이메일 shmj21@hanmail.net

ISBN 978-89-7483-958-1 43810

이 도서의 국립중앙도서관 출판예정도서목록(CIP)은 서지정보유통지원시스템 홈페이지(http://
seoji.nl.go.kr)와 국가자료공동목록시스템(http://www.nl.go.kr/kolisnet)에서 이용하실 수
있습니다.(CIP제어번호: CIP2018032290)

이 책은 2015년 출간된《밤의 화사들》(2014년 한우리청소년문학상 수상)의 내용을 수정 · 보완한
개정판입니다.

서해문집
청소년문학
005

계회도
살인
사건

윤혜숙 장편소설

서해문집

차례

망령의 부활

그 일이 일어나기 전까지는, 무사히 아버지의 망령으로부터 도망친 줄 알았다.

쌀쌀한 바람이 잦아든 아침 녘이었다.

"인국이 올 거라는 걸 너도 알고 있었느냐?"

김 화장의 말에 나는 고개를 가로저었다. 어젯밤 잠깐 집에 들렀을 때도 그런 말은 없었다.

"사흘 전에 이달 내갈 그림 목록을 다 알려 줬는데, 이상한 일이군."

김 화장이 혼잣말처럼 구시렁거렸다.

"빠진 게 있었나 보죠."

내가 넘겨짚어 말했다.

"그런 일이라면 엊저녁 들렀을 때 말했을 텐데."

"자네 말을 들으니 좀 이상하긴 하네."

옆에 있던 화사*가 한마디 거들었다.

"보름 안에 끝내야 하는 그림이 쌓여 있으니 딴 데 정신 팔지 말고 일이나 하자고."

김 화장이 화사들의 말추렴을 막고 나섰다. 김 화장의 닦달이 못마땅했는지 화사들이 눈살을 찌푸렸다.

얼마 뒤 방문이 덜컥거리자 화사들의 눈이 죄 문 쪽으로 쏠렸다. 인국이었다.

"아침 일찍 어쩐 일이세요?"

"어르신이 급히 상의할 일이 있다 해서 말이지…."

대충 말끝을 흐리며 인국이 내 옆으로 바짝 다가앉았다.

"그림 실력이 일취월장이구나. 광통교 서화 가게에서도 네 그림을 제법 찾는다더니 말짱 헛말은 아니었군그래."

"정말요? 형님이 칭찬해 주시니 기분 좋은 걸요."

내가 어깨를 으쓱해 보였다. 인국의 입가에 희미한 웃음이 번졌다. 피만 섞이지 않았을 뿐 인국과는 피붙이인 아버지보다 더 살가

---

* 나라(도화서)에 소속되지 않고, 사화원이나 지방 관청에서 활동하는 방외화사를 포함해 직업적으로 그림을 그리는 화가.

운 사이였다.

"순전히 광일화원 이름 덕이지 어디 그림 재주 때문이겠소."

김 화장이 입가를 실룩였다.

광일화원은 장 화원이 운영하는 사화원이다. 최고의 서화 수장가 김광국과 어깨를 나란히 할 만큼 조선 제일의 사화원을 갖겠다는 그의 욕심이 지어낸 이름이었다.

"그림에서 네 아버지가 보이더구나. 이곳에 있으면 너도 배우는 게 많을 거다."

내 그림에서 아버지가 보인다니, 며칠 전 장 화원도 그런 말을 했다. 농담으로라도 듣고 싶지 않은 말이었다.

"씨도둑질은 못 하는 거니 어련하겠나?"

짧은 수염을 배배 꼬며 김 화장이 쇳소리를 냈다. 비꼬는 기색이 역력한 말투라 얼굴이 화끈 달아올랐다.

김 화장이 인국을 눈엣가시처럼 여기는 데에는 그만한 이유가 있었다. 화원의 크고 작은 일을 김 화장에게 맡겼던 장 화원이 그림 값과 거래처까지 일일이 인국에게 물어보고 결정하는 것도 열불 날 일인데 지난가을 나를 양자로 들이겠다고 했으니 말이다. 장 화원의 충실한 수족으로 살아온 그였으니 인국의 등장이 달갑지 않을 수밖에. 김 화장은 밸이 꼬이는지 볼이 패도록 빈 곰방대를 빨았다.

"아무렴요. 사내 애간장 타는 것과 기침 소리는 감출 수 없는 법이지요."

내 얼굴을 흘낏 보며 인국이 너스레를 떨었다. 하지만 인국의 말은 거칠게 두드리는 문소리에 이내 묻혔다.

"아침부터 웬 소란이냐?"

김 화장이 버럭 소리를 내질렀다. 말투에 꼬인 심사가 그대로 드러났다.

방 안을 기웃거리던 억쇠 아저씨가 허겁지겁 대문을 열었다. 기다렸다는 듯이 한 떼의 포졸이 마당 안으로 뛰어 들어왔다.

"저놈이다!"

뒤이어 나타난 종사관이 눈을 부라리며 손으로 인국을 가리켰다. 방 안으로 뛰어든 포졸이 인국의 팔을 꺾고 포승줄로 묶었다.

"무슨 일이오?"

인국이 몸을 비틀며 거칠게 저항했다. 달려온 종사관이 육모방망이를 빼앗아 세차게 내리쳤다. 인국의 입에서 신음 소리가 흘러나왔다. 포졸들이 들이닥친 것보다 그들이 찾는 사람이 인국이라는 게 더 놀라웠다.

"이자를 조만규 살해범으로 추포하겠소."

'조만규?'

종사관의 입에서 아버지의 이름이 튀어나왔다. 순간 오라가 목을 조이는 것처럼 숨통이 막혔다.

"왜 이러시오? 난 죄가 없소."

인국이 소리칠 때마다 다리가 후들거렸다. 인국이 아버지의 살해범이라니. 무슨 착오가 있는 게 확실했다.

"형님이 그럴 리 없어요."

포졸의 팔을 잡고 늘어졌다. 발에 밟혀 화선지가 찢기고, 깨진 벼루와 동강 난 붓들이 튀어 올랐다. 아수라장이 된 방 안은 이내 비명으로 가득 찼다.

조용하던 화원 안이 삽시간에 술렁댔다. 둘러서 있던 화사들도 인국과 포졸들을 번갈아 보며 몸을 움츠렸다. 장 화원이 버선발로 뛰쳐나온 것도 그때였다.

"도대체 무슨 일이오?"

장 화원이 눈을 부라리자 종사관이 의기양양한 얼굴로 나섰다.

"당신이 사대부 영감들도 쥐락펴락한다는 그 장 화원이오?"

종사관이 장 화원을 쏘아보며 빈정거렸다. 장 화원의 눈가가 파르르 떨렸다.

김 화장이 다가가 장 화원의 귀에 무슨 말인가를 속닥거렸다.

"저자를 당장 잡아들이라는 윗분의 명령에 따를 뿐이니 괜한 일에 나서지 마시오."

종사관이 잔뜩 핏대를 세우며 쏘아붙였다.

"저 사람은 내 손님이오. 살인범과 함께 있는 것도 죄니 나도 함께 잡아가시오!"

종사관을 노려보는 장 화원의 숨소리가 거칠었다.

"포도청은 죄 없는 사람을 잡아가는 곳이 아니오."

종사관의 으름장에도 장 화원은 물러서지 않았다.

"증거도 없이 무고한 사람을 잡아들이는 것 역시 포도청의 일은 아니지 않소?"

종사관은 잠시 뜸을 들이며 장 화원과 둘러선 화사들을 찬찬히 둘러보았다.

"저자는 흉악한 살인범이오. 살인자를 싸고도는 것도 죄라는 것을 모르지 않을 텐데…."

"뭔가 단단히 잘못된 게 분명하오. 여기 죽은 사람의 아들이 있소. 그 아이가…."

장 화원이 종사관의 팔을 잡고 주위를 둘러보았다. 나를 찾는 모양이었다. 억쇠 아저씨가 얼른 내 등을 떠밀었다.

"제 아, 아, 아버지는 검계들의 손에 돌아가셨어요. 형님이 살인 범이라니 말, 말도 안 돼요. 그건 화원 어르신도, 여기 있는 사람들도 다 알고 있는 사실이라고요."

감당하기 힘든 사실 앞에 나는 끝내 울먹이고 말았다.

"그건 3년 전 얘기고. 며칠 전에 밀고장이 들어와 판결이 뒤집혔소."

나를 거들떠보지도 않고 종사관이 장 화원을 향해 말했다.

"밀고장이요?"

장 화원과 화사들이 동시에 소리쳤다.

"검계들이 조만규를 살해할 동기를 밝힐 수 없어 우리도 내내 찜찜했소. 이제라도 진범을 잡았으니 다행스러운 일 아니오? 아비의 억울한 죽음이 밝혀졌으니 너도 발 뻗고 잘 수 있을 거다."

종사관이 어깨에 얹은 손에 잔뜩 힘을 주었다. 창으로 인국을 위협하는 포졸을 따라 종사관이 대문을 나갈 때까지 정신을 차릴 수 없었다.

"잡혀간 사람이야 죄가 있으니 그럴 테고, 우리는 어서어서 밀린 일이나 합시다."

김 화장이 장 화원 눈치를 보며 화사들을 병아리 몰 듯했다. 잡혀간 사람이 누구라도 김 화장은 그랬을 것이다. 장 화원도 언제 그랬느냐는 듯 덤덤하게 김 화장이 하는 양을 지켜보았다.

화원 안은 태풍이 휩쓸고 간 벌판처럼 을씨년스러웠다. 그제야 섬뜩한 기운이 내 몸을 훑고 지나갔다. 죽은 아버지의 망령이 나에게 벌이는 복수극인가 싶어 정신이 아득해졌다.

"인국을 만나게 해 줄지 모르겠다만, 가 봐야 하는 거 아니냐?"

억쇠 아저씨가 눈을 씀벅이며 조심스럽게 말했다.

"김 화장, 김 화장!"

억쇠 아저씨의 말을 듣기나 한 것처럼 장 화원이 목소리를 높였다. 김 화장이 신발도 신지 못한 채 허둥대며 달려왔다.

"무슨 일이신지?"

"자네, 포도청에 급히 다녀와야겠네. 인국이 앞으로 어떻게 될지도 알아보고…."

"어르신께서 시키시면 다녀오기야 하겠지만, 간다고 뭔 소용이 있겠습니까?"

김 화장이 떨떠름한 표정으로 어물거렸다. 눈엣가시 같던 인국이 사라졌으니 속으로는 고소하다고 생각할 테지. 가슴에 무거운 돌이 얹혔다.

"괜찮다면 제가 다녀오겠습니다. 형님 일이니 제가…."

그제야 참고 있던 눈물이 발치로 뚝 떨어졌다.

포졸들 뒤를 밟아 정신없이 포도청까지 달려갔다. 문 앞에 서 있던 포졸은 닫힌 문처럼 완고했다. 방금 잡혀 온 사람을 만나게 해 달라는 말에 포졸은 콧방귀도 뀌지 않았다. 인국은 절대 살인범이 아니라고, 내가 죽은 이의 아들인데 그걸 모르겠느냐며 매달렸지만 소용없었다. 그럼 얼굴이라도 한번 볼 수 있게 해 달라고 사정했다. 포졸은 살인범과는 절대 만나게 해 줄 수 없다며 엄포를 놓고는 나를 문밖으로 내팽개쳤다.

돌아오는 내내 허방을 디딘 듯 몸이 휘청댔다. 한성부에서 인국의 유죄 여부를 조사할 것이다. 인국을 보려면 한성부에 연줄이 닿는 사람을 찾아야 했다. 퍼뜩 장 화원이 떠올랐다. 장안의 웬만한 사대부들도 들었다 났다 하는 그였다. 어렵게 말을 꺼낸 내가 민망할 만큼 장 화원은 힘써 보겠다고 선선히 말했다.

아버지의 망령에 쫓기느라 뜬눈으로 밤을 새웠다. 벼린 칼끝으로 쑤셔 대는 것처럼 머릿속이 지끈거렸다. 간신히 몸을 추슬러 밖으로 나가자 부엌에서 어머니가 달려 나왔다.

"인국 아재는 이제 어떻게 되는 거냐?"

걱정과 불안이 뒤섞여 어머니의 목소리가 떨렸다.

"잘못이 없는데 무슨 일 있겠어요."

"죄가 없으니… 틀림없이 그렇겠지? 정말 그럴 테지?"

어머니가 다짐을 받아 내듯 거푸 물었다. 아버지가 돌아가신 후 인국에게 의지해 오던 어머니였다. 오늘 중에 인국을 만날 수 있을 거라는 내 말에 어머니는 가슴을 쓸어내렸다.

4월 중순인데도 여전히 쌀쌀했다. 저고리 앞섶을 단단히 여몄다. 싸리문을 나서자마자 누군가 튀어나오며 앞을 막아섰다. 포도청 포졸인 친구 순두였다.

"뭐가 잘못된 거지? 인국 형님이 아저씨를 살해했다니… 그게 말이 되냐?"

순두는 얼굴을 찌푸리며 같은 말만 되뇌었다. 인국에게 무슨 말을 해야 할까, 밀고자는 무슨 이유로 3년이 지나서야 아버지의 죽음을 들춰낸 걸까? 딴생각에 빠져 있자 저를 개똥 취급하느냐며 순두가 있는 대로 성질을 부렸다.

"판관 나리도, 종사관 나리도 모두 쉬쉬하는 걸 보면 밀고자가 보통 사람은 아닌 것 같아."

순두는 멀뚱한 얼굴로 애꿎은 입술만 씹었다.

"그렇지 않고서야 3년 전 사건을 새삼스럽게 들춰낼 이유가 없잖아? 나랏님도 검계의 짓이라고 덮은 일인데… 아무래도 영 찜찜해. 너도 그렇지?"

"나도 뭐가 뭔지 모르겠어. 형님을 만나 보면 뭐든 잡히겠지."

"그렇겠지?"

순두가 눈알을 되록거렸다.

도대체 누굴까? 거리의 화사일 뿐인 아버지의 죽음을 재조사하겠다고 나섰을 때는 한성부 역시 잃는 것보다 얻는 것이 더 많다고 판단했을 게 틀림없었다. 머릿속으로 수십 가지 추측이 오갔다.

"격쟁*이라도 해 보자. 우리 같은 사람이 할 수 있는 일이 그것밖에 더 있겠어!"

"그럴 시간 없어. 화원 어르신 말로는 곧 국문이 있을 거래."

"그럼 이제 어쩐다냐?"

손을 비벼 대던 순두가 이마를 찡그렸다.

"일단 한성부에 가 보려고."

사나흘 안에 인국이 한성부로 넘어갈 거라는 옥졸의 말이 생각났기 때문이다.

"그럴 필요 없어. 종사관 나리가 그러는데 한성부 옥사가 꽉 차

---

* 억울한 일을 당한 백성이 왕이 지나가는 길에서 징이나 꽹과리를 쳐 억울한 사연을 호소하는 일.

서 당분간 형님은 포도청에 있을 거래.”

순두는 한성부에서 이 사건을 달가워하지 않는 눈치라며 포도청 종사관들이 불평을 터뜨렸다고 했다.

포도청 앞이라 그런지 한겨울처럼 황소바람이 불었다. 차고 매서운 바람이었다.

“빨리 나와야 돼. 종사관 나리 눈에라도 띄었다가는 큰일 나.”

깊이 숨을 들이켰지만 마음이 쉬 가라앉지 않았다.

옥사 안은 가늠할 수 없는 어둠과 괴괴한 냉기로 가득했다. 비릿한 피고름 냄새와 코를 찌르는 지린내에 절로 얼굴이 찡그려졌다. 인국의 방은 옥사 맨 끝에 있었다. 인국의 목에는 큰칼이, 손과 발에는 차꼬가 채워져 있었다.

사흘 만에 보는 인국의 몰골은 눈 뜨고 못 볼 지경이었다. 유난히 깔끔한 인국이라 더 낯설었다. 지독한 고문 탓에 얼굴은 피멍으로 얼룩덜룩했고 입가에는 피딱지가 엉겨 붙어 있었다. 저고리 앞섶과 솜바지 위로 번진 피 얼룩을 보자 모진 매질을 해 댔을 장졸들에게 욕지기가 치밀었다. 매운 연기를 마신 것처럼 목이 따갑고 눈앞이 흐릿해졌다.

“혀, 형님. 저 왔어요.”

인기척을 들었는지 인국의 어깨가 움찔했다. 찢긴 옷 사이로 벌건 맨살이 보였다. 그가 없는 지금이 얼마나 무섭고 두려운지, 이제 나는 어떻게 해야 하는지, 바닥을 알 수 없는 막막함에 다리가 휘청거렸다. 할 수만 있다면 저 안에 대신 갇히고 싶은 심정이었다.

아버지가 돌아가신 뒤 인국은 나에게 아버지요, 형이요, 친구였다. 광통교에서 제법 솜씨 있는 화사라는 이름을 얻게 된 것도, 장화원이 운영하는 광일화원에 들어간 것도 모두 인국 덕분이었다. 그런 인국이 아버지를 살해한 범인이라니, 믿을 수도, 믿고 싶지도 않았다.

한참 만에 인국은 퉁퉁 부은 눈을 간신히 치떴다.

"너도 내가 아버지를 죽인 살해범이라고 생각하니?"

인국의 입에서 나온 첫말이었다.

"그럴 리가요. 세상 사람이 다 형님을 살인범이라고 해도 전 형님을 믿어요."

창살을 잡은 두 손에 절로 힘이 들어갔다.

"고맙다. 나랏님 말씀보다 네 말 한 마디가 더 힘이 되는구나."

인국의 터진 입술이 힘없이 달싹였다.

"밀고자에 대해 들은 말 없어요? 형님을 이렇게 만든 사람이 도대체 누구래요?"

인국이라면 그 이름을 들었을지 모른다는 생각이 들었다. 당장에라도 그자의 목을 짓누를 것 같은 분노가 온몸을 휘감았다.

"장 화원."

인국의 말이 송곳처럼 가슴을 찔렀다.

"설마요? 잘못 들으신 거 아니… 포도청 나리들이 그래요?"

인국은 대답을 하지 않고 뚫어져라 나를 쳐다보았다.

"화원 어르신이 그랬을 리 없잖아요. 어르신이 형님한테 무슨 원한이 있다고 그런 짓을 했겠어요?"

내 말에 인국의 눈에서 불이 일었다. 내가 여기 올 수 있었던 것도 장 화원이 위에 힘을 써서 가능하지 않았는가?

"그러니 더 무서운 사람인 거다. 자기 가문을 지키는 일이라면 사람 목숨 따위 안중에 없는 사람이야. 그런 사람한테 나 같은 장사치 하나 어찌 되는 게 무슨 대수겠냐? 그보다 더한 일도 눈 깜짝하지 않을 위인이다."

누명을 썼다는 억울함이 인국의 정신을 흐리게 만든 것일까? 인국의 말은 억지스러웠다.

"빨리 계회도를 찾아야 해."

나를 빤히 쳐다보며 인국이 불쑥 말했다.

"무슨 계회도요?"

"3년 전, 네 아버지가 그린 계회도 말이다."

계회도라니, 몇 번이나 곱씹어도 터무니없는 말이었다.

"그 계회도는 검계가 가져갔잖아요."

"넌 아직도 네 아버지가 검계의 손에 돌아가셨다고 믿는 거냐?"

인국이 입술을 비틀며 헛웃음을 터뜨렸다.

"그건 장 화원이 자신의 죄를 덮으려는 속임수였어. 의금부로 넘어가기 전에 그걸 찾아야 하는데. 안 그러면 꼼짝없이 내가 살인죄를 뒤집어쓸 판이다."

말도 안 되는 억지를 부리는 인국도, 무엇엔가 쫓기듯 안절부절못하는 인국도 낯설기는 매한가지였다. 내가 알고 있는 인국은 어떤 상황에도 흔들리지 않는 뿌리 깊은 나무 같은 사람이었다. 인국과 장 화원 사이에 내가 모르는 원한 관계가 있었나? 인국의 완강한 말투에 '혹시' 하는 의심이 잠깐 들긴 했지만 세차게 머리를 흔들었다.

내 눈에 비친 인국과 장 화원은 그림을 대 주고 팔아 주는, 거간꾼과 전주의 관계였고, 장 화원은 처남인 청지기보다 인국을 더 믿었다.

셈이 밝고, 찔러도 피 한 방울 안 나올 거라고 소문난 장 화원이었지만 인국에게만은 유독 살뜰했다. 장 화원이 먼저 나서서 인국이 다른 사화원과 거래를 트도록 다리를 놓아 줄 만큼 돈독하기까지 했다. 그런 장 화원이 인국을 밀고했다니, 앞뒤가 맞지 않았다.

"그걸 갖고 있다가는 범인으로 몰릴 게 뻔한데 어르신이 숨길 이유가 뭐 있겠어요?"

아무리 궁지에 몰렸다 하더라도 저 살겠다고 남을 해코지할 만큼 인국은 모질지 않았다. 그런 인국이라 더 억지스러웠다.

"내가 무고하다는 걸 믿는다더니, 너를 양자 삼는다니까 장 화원이 달리 보이는 거냐?"

인국은 서운한 감정을 감추지 않았다. 인국의 말처럼 나에게도 장 화원은 특별했다. 지전 배달꾼의 아들이라는 변변치 못한 이력과, 도화서 근처에도 못 가 본 나를 화사로 받아 준 사람이었다.

"제 말은 그런 뜻이 아니잖아요. 형님이 화원 어르신을 의심하는 걸 이해할 수 없어서 그래요."

"그 계회에 참여한 이 화원은 죽었고, 송 화원은 눈을 잃었어. 네 아버지도… 장 화원만 멀쩡한 게 이상하지 않냐?"

인국은 가슴에 담아 둔 말을 다 쏟아 낼 기세였다.

"화원 어르신이 그 계회도를 손에 넣었다 해도 그게 아직까지 남아 있을 리 없잖아요."

"없애지 않은 건 분명해. 그렇게 쉽게 없앨 위인이 아니야."

"그럼 어디에다 숨겨 두었단 말이에요?"

"가장 위험하면서도 가장 안전한 곳에 숨겨 두었겠지. 내내 생각해 봤는데 아무래도 이번 일은 나 하나 없어지는 것으로 끝나지 않을 것 같아. 내가 걱정하는 건 네가 다치는 거다."

오락가락하는 말처럼 인국의 눈빛이 심하게 흔들렸다. 이 상황에서도 나를 걱정하는 인국 앞에서 한숨 쉬는 것 말고는 할 수 있는 게 없었다. 답답했다.

"난 억울하다. 이렇게 누명을 쓰고 개처럼 죽고 싶지 않다."

인국의 눈에 그렁그렁 눈물이 차올랐다.

인국을 구하려면 계회도를 찾는 게 급했지만 막막하고 두려웠다.

"네가 도와준다면 진범을 찾을 수도 있는데."

"어떻게요?"

무슨 말을 하려다 말고 인국이 고개를 떨궜다. 입 밖으로 내뱉기 곤란한 말인 걸까? 잠깐 동안의 시간이 열흘처럼 길었다.

"그게… 이제부터 네가 나 대신 움직여야 하는데… 할 수 있겠니?"

그 정도의 일이라면 진즉 각오했던 터였다. 앞뒤 재 볼 겨를도 없이 그러겠다고 했다.

"계회도가 있을 만한 곳부터 알아봐야겠죠?"

마음을 다잡으려고 목에 더욱 힘을 주었다.

"무작정 덤빈다고 될 일이 아니야. 호락호락한 사람이 아니니 벌써 손을 썼을 수도 있고. 네 아버지의 계회도나 죽음에 대해 알고 있는 사람부터 찾아보는 게 좋을 것 같은데…."

내 말에 힘을 얻었는지 인국의 꺼칠한 얼굴이 조금 편안해졌다. 계회도를 봤거나 사건 현장에 있었던 사람, 퍼뜩 머리를 스치는 것이 있었다.

"지난 계회에서 이 의원님이 아버지가 그 자리에서 살해당한 것이 아니라 죽임을 당한 후 광통교로 옮겨진 거라고 말했잖아요. 그날 형님도 들으셨죠?"

"내가 왜 그 생각을 못 했지? 의외로 일이 쉽게 풀릴지도 모르겠구나."

"당장 이 의원님을 찾아뵈야겠어요. 형님 말씀대로 진짜 살해범을 밝혀내면 형님도 살인 누명에서 벗어날 수 있는 거죠?"

캄캄한 동굴 속에서 한 줄기 빛을 본 것 같았다. 옥죄었던 가슴에 숨길이 트였다.

"자주 화원을 비우고 장 화원의 눈도 속여야 할 텐데, 생각한 것보다 훨씬 힘든 일이 될지도 몰라."

"저를 양자 삼겠다는 어르신인데, 표 나게 굴지 않으면 의심 살 일 없을 거예요."

인국은 조심하고 신중하라는 말을 몇 번이나 당부했다.

이제부터 나는 감옥 밖의 인국이 되어 그가 일러 주는 길을 따라야 한다. 내 손에 인국의 목숨이 달렸다는 게 어깨를 짓눌렀지만 할 일이 있다는 생각이 들자 마음이 한결 가벼웠다.

살아생전 정조는 화성 행궁 안 현릉원에 아버지 사도세자의 어진을 모셨다. 정조가 세상을 떠나자 평생 사도세자를 그리워했던 아버지를 할아버지 곁에 모셔야겠다고 생각한 순조는 화성 행궁 안에 화령전을 짓고 운한각으로 아버지의 어진을 옮기기로 했다.

새해가 밝자 장인인 영안부원군 김조순은 10년마다 한 번씩 어진을 제작하라고 한 정조의 명을 들어 어진 제작을 건의하고 나섰다. 순조는 어진 제작으로, 크고 작은 민란으로 흉흉해진 민심을 잡고 추락한 왕실의 위엄을 세워야 한다는 장인의 말에 마음을 굳혔다. 4년간의 수렴청정을 해 오던 증조모 정순왕후가 이듬해 돌아가시고, 순조가 왕좌를 되찾은 지 다섯 해가 되던 해였다.

사건이 있기 열흘 전, 아버지는 장 화원 댁에 종이를 배달하러 갔다. 청지기가 달려 나와 후원에서 도화서 화원들과 장동 김 대감의 비밀 회합이 있다며 짐만 부려 놓고 빨리 나오라고 성화를 부렸다. 아버지는 청지기가 말하는 비밀 회합이 어진 제작에 참가할 화원들을 추천하는 모임이라는 것을 단번에 알아챘다.

다시 불러 달라는 말을 하고 아버지는 눈을 피해 후원이 내려다보이는 뒷산으로 올라갔다. 장동 김 대감이 어떤 화원을 어진화사로 추천할지 직접 눈으로 보고 싶었다. 아버지는 평생 한 번 볼까 말까 한 현장을 화폭에 담을 심산이었다. 오직 그 욕심밖에 없었을 것이다. 아버지는 그날 계회도를 그렸고, 열흘 뒤 그 계회도 때문에 목숨을 잃었다.

아버지의 시신은 광통교 아래에서 발견되었다. 반쯤 덮인 거적을 들추자 피범벅이 된 아버지는 모서리만 남은 종잇조각을 단단히 움켜쥐고 있었다. 나는 그것이 전날 아침에 들고 나간 계회도의 한 조각임을 한눈에 알아보았다.

아버지를 살해한 범인은 늑골 아래 깊숙이 박혀 있는 칼을 보란 듯이 두고 갔다. 그 칼은 짐승의 뼈를 발라내거나 도장을 새길 법한 예리한 칼이었다.

한 달 동안 광통교 일대에 오가작통법*이 실시되었다. 포졸들이 사건 현장 십 리 안에 있는 다섯 집을 한 통으로 묶고 사흘들이로 살인 용의자를 찾아내라며 들볶았다. 아버지가 일하던 지전의 일꾼들도 고초를 당했다. 죽은 사람이 살아 있는 사람들을 괴롭혔다. 석 달 만에 아버지의 죽음은 검계에 의한 우발적 살인으로 결론이 났다.

검계들의 포악이 온 나라를 공포로 몰아넣던 시절이었다. 관아의 말단 호방조차 무거운 세금에 시달리는 백성들의 어려움 따위는 눈곱만큼도 헤아리지 않았다. 검계들은 제 주머니 채울 일에 혈안이 된 관리들을 벌주겠다는 명분을 내세워 관아를 불 지르고, 진상품을 털고, 사람 죽이는 것을 예사로 여겼다. 하지만 그들의 행각은 한낱 부정한 도적질에 불과했다. 그러니 아버지의 죽음 역시 재수 나쁜, 불운한 죽음 중 하나로 흐지부지 묻혔다.

아버지의 무덤에 흙을 덮는 그 순간부터 나는 아버지의 죽음에서 벗어나려고 발버둥 쳤다. 달아날 수만 있다면 세상 끝까지 달아났을 것이다. 아버지 죽음 앞에 열네 살 내가 할 수 있는 일은 아무것도 없었다. 없었던 일처럼 기억에서 지워 버리는 것 말고는. 열네 해를 사는 동안 아버지와 나는 한 지붕 아래 사는 남 같았다. 하늘의 별을 쳐다보는 정도의 거리, 딱 그만큼의 정밖에 없었다.

* 범죄자 색출과 세금 징수·부역 동원 따위를 위해 다섯 집을 한 통씩 묶던 호적 제도.

내게 그랬듯이 한성 부윤이 올린 장계가 임금에게 채 닿기도 전에 아버지의 죽음은 잊혔다. 계회도 그리는 일을 평생의 업으로 삼았던 지전의 품꾼, 아버지는 살아서도 죽어서도 보잘것없는 사람이었다.

3년 동안 안간힘을 써서 겨우 아버지의 망령에서 벗어났다고 믿었는데, 인국이 옥에 갇히면서 아문 상처가 다시 헤집어졌다. 사람들도 가물가물한 기억에 기대 무수한 억측과 말거리를 만들어 냈다.

정신을 차렸을 때 먼저 눈에 들어온 것은 순두의 험악한 얼굴이었다. 조금만 더 늦었더라면 옥장과 부딪혀 곤욕을 치를 뻔했다며 순두가 연신 투덜거렸다.

"누가 밀고한 거래? 인국 형님이 말 안 해 줘?"

순두는 작은 눈을 가늘게 치뜨며 다그쳤다.

"형님도 누군지 모른대."

"하긴 종사관 어른도 모르는 눈치던데 형님이 어떻게 알겠어…."

순두는 예상한 일이라는 듯 고개를 주억거렸다.

"참, 너 누구랑 같이 왔어?"

"혼자 왔는데. 왜?"

"내가 잘못 봤나? 아까부터 여기를 지켜보는 아이가 있어서. 차림새는 영락없이 반촌 사람이던데."

순두가 고개를 갸웃거렸다.

"아는 사람이 여기 갇혔나 보지 뭐."

"그렇겠지? 너도 빨리 들어가야지?"

다음에 또 보자며 순두는 부리나케 청사 쪽으로 달려갔다.

'진짜 범인을 찾아내면 형님도 살리고 화원 어른의 무고함도 저절로 밝혀지겠지.'

마음이 급했다. 멀리 약방 거리인 구리개*로 통하는 샛길이 보였다. 마음 같아서는 당장 이 의원에게 달려가고 싶었다. 한낮의 햇살이 머리 위로 사정없이 쏟아졌다.

* 지금의 서울 을지로 근처 언덕길.

감춰진 과거

"인국이는 잘 만났느냐? 몸은 괜찮고?"

좀체 그림방에는 들지 않는 장 화원이라 더 뜬금없었다. 화원 몇이 나를 보며 눈을 흘끔거렸다.

"하긴 온전하면 그게 되레 이상한 거지. 다른 죄도 아니고 살인 죄니…."

내가 머뭇거리자 장 화원이 혼잣말처럼 웅얼거렸다.

"어르신, 여쭤볼 것이 있습니다."

장 화원의 눈초리가 까끄름해졌다.

"제 아버지의 계회도를 본 적 있으세요?"

"무슨 계회도를 말하는 거냐? 난 그런 것 본 기억이 없는데, 갑자기 그걸 왜 묻는 거냐?"

되묻는 장 화원의 눈빛은 목소리만큼이나 담담했다. 도무지 속을 알 수 없는 눈빛이었다.

"아무래도 인국 형님의 무죄를 밝히려면 그 계회도를 찾아야겠다는 생각이 들어서요."

나는 뒷머리를 긁적이며 대충 얼버무렸다.

"없는 계회도를 어디서 찾겠다는 거냐? 죄 없으면 조만간 풀려날 테니 너도 괜한 분란 일으키지 말고 가만히 있어라."

며칠 전만 해도 인국의 죄가 자기 죄라며 펄쩍 뛰더니 언제 그랬나 싶게 장 화원은 손바닥 뒤집듯 말을 바꿨다.

"그럼 저더러 형님이 죽든 말든 손 놓고 있으라는 말씀이세요? 제 아버지의 죽음입니다. 제가, 아니 제 어머니가 문제 삼지 않았는데 누군가 그 일을 들춰냈어요. 그 사람이 누군지 밝혀야 죄 없는 형님이 살 수 있단 말입니다."

장 화원의 얼굴 위로 곤혹스러운 빛이 지나갔다. 아차 싶었지만 이미 엎질러진 물이었다.

"네 마음을 왜 난들 모르겠느냐. 그래, 인국이 달리 부탁한 말은 없더냐?"

장 화원은 낯빛을 바꾸며 의뭉스럽게 물었다.

"별다른 말은 없었어요.… 계회도를 못 찾으면 검험서라도 구해야 하지 않을까 싶은데…."

"검험서?"

"네. 정확한 사인을 알아야 검계 짓인지, 아니면 밀고자의 말처럼 형님이 살인범인지 아닌지 밝힐 수 있을 것 같아서요."

장 화원을 조심하라는 인국의 말이 귀에 쟁쟁했지만 어쩔 수 없었다.

"음, 무슨 말인지 알겠구나. 검험서를 찾을 방법이 있는지 따로 알아볼 테니 넌 그림에만 신경 쓰도록 해라. 마음이 복잡하면 그림에도 표가 나는 법이다."

장 화원의 눈꼬리가 꼬부라졌다.

"빨리 안 올라오고 뭘 그리 꾸물대는 거냐!"

방문 쪽으로 고개를 내밀고 있던 김 화장이 드러내 놓고 싶은 소리를 했다. 입술 언저리의 화상 흉터가 심하게 일그러졌다. 그는 장 화원의 손끝 하나도 놓치지 않을 만큼 눈치가 빠른 사람이었다. 화원 사람들은 하필이면 김 화장이 입에 화상을 입은 것도 시도 때도 없이 속 긁는 소리를 떠벌린 벌이라고 했다.

방에 들어서자 김 화장이 기다렸다는 듯 종이를 불쑥 내밀었다. 종이에는 엿새 안에 그려야 할 그림 목록이 빼곡하게 적혀 있었다. 해야 할 일이 산더미였다. 한숨이 절로 쏟아졌다.

화선지를 챙기러 일어서는데, 마당 안쪽 감나무 뒤로 희끗한 옷자락이 보였다. 월이가 분명했다. 아침에 대문을 나서는 내게 인국의 안부를 알려 달라고 신신당부하더니, 기다리지 못하고 기어이 찾아온 모양이었다.

'형님이 그렇게 야멸차게 대하는데도 웬 오지랖인지 원!'

인국이 며칠만 안 보여도 월이는 안달복달했다. 인국이 쌀쌀맞게 대하면 대할수록 더 곰살맞게 구는 월이를 두고 화사들은 인국을 좋아하는 것 아니냐며 시시덕댔다.

댓돌에 내려서기 무섭게 월이가 나를 화방 쪽으로 끌고 갔다. 문을 열자 종이와 안료 냄새가 한꺼번에 달려들었다. 문틈으로 새어 들어온 햇살이 바닥에 긴 빛기둥을 세웠다.

"인국 아재는 괜찮은 거…."

월이는 말도 잇지 못하고 이내 눈물을 떨궜다. 누가 보면 피붙이라도 잡혀간 줄 알겠다 싶었다. 인국을 '아재, 아재' 하며 별나게 따르긴 했지만 눈물 바람이라니, 참 속없다 싶었다.

"아무래도, 아무래도… 예감이 좋지 않아. 아재가 어떻게 되면, 난 어르신을 용서할…."

무슨 말을 하려다 말고 월이는 머리를 치마폭에 파묻었다. 월이의 목덜미가 가늘게 떨렸다.

'내가 형님 무죄를 밝힐 거니까 걱정하지 마.'

들썩거리는 월이의 어깨를 보니 눈두덩이 무지근해졌다.

"형님이 워낙 강골이잖아. 생각보다 잘 버티고 계시더라. 네가 이리 질질 짜는 걸 알면 인국 형님이 퍽이나 좋아하시겠다."

눙치는 내 말에 월이가 얼른 소맷부리로 눈물을 찍어 냈다. 대충 넘어갈 일도 꼬치꼬치 따져 끝내 자기가 원하는 답을 들어야 직성이 풀리는 월이답지 않았다.

"다음에 갈 때 나도 꼭 데려가 줘. 진짜, 꼭이야."

월이가 내 팔목을 단단히 그러잡았다.

월이가 나간 뒤 화방을 둘러보았다. 늘 드나드는 곳인데도 모든 것이 낯설었다. 아버지가 종이를 배달하러 이곳에 왔고, 광일화원에 들어오기 전에 나도 그랬다. 시렁 위에는 종이 두루마리들이 켜켜이 놓여 있었다. 매끄럽고 부드러운 종이의 느낌이 손가락을 타고 올라왔다. 마름질된 기름종이의 모서리는 벼린 칼날처럼 예리해서 종이에 쓸린 자리는 칼로 베인 것보다 더 아렸다. 인국은 유난히 종이 마름질에 공을 들였다. 쓰임새에 따라 제대로 마름질해야 비로소 종이가 완성된다고 누누이 강조했다. 아버지도 마름질하는 이의 손길에 따라 종이의 운명이 달라지는 법이니 자투리 종이라도 가볍게 여겨서는 안 된다고 했다.

아버지는 현실적인 사람이었다. 뛰어난 그림 재주를 가진 것도 아니고, 인동 장씨나 양천 허씨, 백천 조씨, 강릉 함씨, 신평 한씨같이 화원 가문의 후손도 아니었던 아버지는 진즉에 도화서 화원 대신 지전 배달꾼을 선택했다. 어머니는 욕심이 없어서라고 했지만 아버지는 오르지 못할 나무라는 걸 알고 일찌감치 포기한 것이다. 아버지는 지전 배달꾼으로 원 없이 종이를 만지고 끼니 거르지 않는 것에 고마워하는, 평범한 사내였다. 어쩌다 중인 출신의 여항 문인*들이나 시전 상인들의 상춘 나들이, 퇴역한 아전들의 계회도를 그려 주는 일이라도 생기면 감지덕지했다. 도화서 화원이 되지 못한 한을 계회도로 대신하면서 아버지는 그림 옆에 있고 싶었는지도 몰랐다.

인국이 처음 집에 온 것은 아버지의 제삿날이었다.

제사 때문에 일찍 들어가겠다는 귀띔도 할 겸 아침 일찍 집을 나섰다. 가게 문도 열고 청소도 해 두면 말 꺼내기가 한결 수월할 거라는 생각이었다.

맵싸한 아침 공기에 덜 깬 잠이 달아났다. 부리나케 갔지만 가게 안은 벌써 남의 손을 탔는지 말끔하게 정리돼 있었다. 대충 누구인지 짐작이 갔다. 시렁 앞에서 종이를 세던 인국과 눈이 마주쳤다.

"오늘은 일찍 집에 들어가도록 해라."

"네?"

"오늘 아버지 기일 아니냐?"

"어떻게 아셨어요?"

"그게… 전주 어른한테 들었지. 전주 어른께는 미리 말씀드려 놨으니 따로 허락받지 않아도 된다."

인국은 빠르게 말을 내뱉고는 이내 시렁 위로 고개를 돌렸다.

* 역관, 의원 등 기술직 중인 출신을 중심으로 형성된 비양반 계층의 문인들.

벌써 반년이나 함께 지냈는데도 여전히 인국은 편치 않은 사람이었다. 지전의 동료라기보다 전주의 사람이라는 생각 때문이었다.

인국은 들어오자마자 지전 살림을 도맡을 만큼 전주의 절대적인 신임을 얻었다. 전주는 걸핏하면 타고난 거간꾼이라며 인국을 치켜세웠다. 반년도 안 돼 지전 거리에서 손꼽히는 점포가 된 것도, 전주가 누상동에 열 칸짜리 저택을 마련한 것도 다 인국 덕분이었다.

지전을 거쳐 간 거간꾼들마다 그만둘 때쯤에는 꼬장꼬장한 전주의 비위를 맞추는 게 배알 틀릴 정도로 역겨웠다고 볼멘소리를 했다. 그러니 인국이 지전에 나타났을 때 지전 사람들은 그가 두세 달도 못 버틸 거라고 장담했다. 인국의 과거를 두고도 말이 많았다. 장 화원의 아들이자 나와 서당 동무인 승재는 인국이 궁궐 일을 훤히 꿰고 있는 게 평시서* 관리들과도 막역한 사이이기 때문일 거라고 했고, 박씨 아저씨는 도화서에서 쫓겨난 화원이라고 했다. 처음부터 박씨 아저씨의 말은 믿기지 않았다. 인국의 불퉁그러진 손마디와 투박한 손은 가는 세필을 잡기엔 어딘가 어설퍼 보였다.

인국의 말이면 전주의 승낙이나 마찬가지였다. 아쉬운 소리 할 일이 없어졌는데도 마음은 개운치 않았다. 전주에게 아버지 얘기

---

* 시장에서 쓰는 도량형과 물건 값을 검사하는 관청.

를 들었다는 말도 어딘가 석연치 않았다. 인국은 시렁 한가운데 놓인 시전지 앞으로 갔다.

"이 시전지*는 보기에도 아깝지 않느냐?"

인국이 분홍빛 매화가 어른어른 내비치는 시전지 하나를 펼쳐 보이며 물었다.

"그러게요. 저도 사흘 전에 판서 나리 댁에 다섯 책이나 가져다 드렸는 걸요."

인국은 시전지를 쓰다듬으며 감탄사를 연발했다. 저럴 때 보면 영락없는 장사꾼이었다.

"친구 이병연에게 편지할 때만 썼다던 겸재 선생의 시전지가 단연 으뜸이지. 요새도 그런 시전지라면 꽤나 인기 있을 텐데."

"글줄깨나 쓴다는 선비라면 죄다 전용 시전지를 만들어 쓴다면서요? 그래서 그런가 요즘 조지서 통꾼 아저씨들도 신수가 훤해졌던 걸요."

얼쯤하다 싶어 슬그머니 한마디 거들었다. 조지서에서는 궁궐과 도성 안에서 쓰는 화선지나 책지, 기름종이 들을 만들었다. 근처 백악산에 닥나무가 많고 홍제천 물도 맑아 종이 만드는 데 더없이 좋은 조건을 갖춘 곳이었다.

"이젠 먹고살 만하니 다들 그런 데로 눈을 돌리는 게지. 그 덕

---

* 시나 편지 따위를 쓰는 종이.

에 지전도 조지서도 살 만한 거고. 모두에게 좋은 일이지, 안 그러냐?"

인국은 그날따라 부쩍 말이 많았다.

"광통교 거리의 여항 시인들도 시전지를 더러 쓰더라고요. 필방 어른도…."

나는 얼른 입을 막았다. 필방 어른이 주관하는 시화 모임에 나가 계회도를 그린 걸 인국이 알면 긁어 부스럼이 될 터였다.

광통교 거리만 해도 문집을 내거나 시화전에 불려 나갈 정도로 제법 이름난 여항 문인들이 많았다. 그러다 보니 글 좀 짓는 사람이라면 은근히 시화 모임에 한 자리 끼고 싶어 안달을 냈다. 너나없이 시를 쏩네, 그림 그립네 하며 꺼드럭거리는 게 눈꼴시었지만 그 덕에 계회도 일거리가 생기던 터라 툴툴거릴 처지도 못 됐다.

어머니 때문에 아버지 제사를 지내기로 했다. 내게 살가운 아버지는 아니었지만 어머니에게는 살을 섞고 살던 지아비였다. 어머니의 자식으로서 어머니 남편에게 해 줄 수 있는 최소한의 일, 그런 마음으로 밤을 치고 지방을 썼다.

윗목에 세워 둔 여덟 폭 병풍에 자꾸 눈길이 갔다. 소반을 들고 온 어머니는 병풍을 쳐다보며 눈물을 닦았다. 산중호걸이 되지 못한 종이호랑이. 입을 헤벌죽 벌리고 있는 그림 속 호랑이는 아버지를 닮은 것 같았다.

인국이 마당으로 들어선 것은 제사상을 거의 다 차려 갈 무렵이었다.

"너무 늦은 건 아니지요?"

그의 손에는 단단히 묶은 종이 뭉치가 들려 있었다.

"이 귀한 소고기를! 이걸 받아도 되는 건지…."

민망해 하는 말투와는 달리 어머니의 낯빛이 눈에 띄게 환해졌다.

"실례가 안 된다면 술 한 잔 올릴까 해서 왔습니다."

"실례라니, 우리 진수를 동생처럼 챙겨 준다는 말을 듣고 어찌나 고맙던지."

어머니가 새삼스럽게 얼굴을 붉혔다.

"진즉에 찾아뵀어야 하는데, 바쁘다는 핑계로 차일피일 미루다 보니…."

인국이 말끝을 흐리며 쪽마루 위에 서 있는 나를 쳐다보았다.

방 안으로 들어온 인국은 내내 병풍에서 시선을 떼지 못했다.

"아버지가 그리신 거예요."

"붓질이 깔끔하고 색감이 아주 좋군. 네 그림 솜씨는 대물림인가 보구나. 네가 계회도를 그린다는 거, 알고 있었다."

인국의 말에 뜨끔했다. 장사만 잘하는 줄 알았더니 눈치도 앉아서 만 리였다.

"지전 일에 지장 없게 했어요."

"그림을 보니 네 아버지도 도화서 시험을 준비하셨나 보구나."

인국은 불쑥 딴말을 했다.

"요즘 유행하는 북종화법을 따르면서도 짙은 채색과 세심한 붓질이 예사롭지 않아 어림짐작해 본 것뿐이야."

인국이 평범한 사람이 아닌 줄은 알았지만 그림만 보고 아버지의 과거를 짚어 내다니 내심 놀라웠다.

"어머니 말씀으로는 제가 태어나기 전에 그림 공부를 하다가 갑자기 그만두셨다고. 도화서에 들어갈 만한 실력이 없어서 그러셨을 테지만요."

"일등은 문제 없을 거라 장담하던 분이 시험 당일 시험장에 나타나지 않은 걸 보면, 그림 실력이 모자라서가 아니라 다른 사정이 있었던 것 같은데."

인국의 눈이 다시 가뭇해졌다. 얼굴도 본 적 없고, 지전 거리에 들어온 지 얼마 되지 않은 사람이 어떻게 아버지의 일을 알고 있는지 궁금해 내친김에 돌려 물었다.

"그림만 보고 필법을 아시는 걸 보니 전에 도화서 화원이었다는 소문이 사실인가 보네요?"

"괜한 헛소문이야. 네 아버지에 관한 얘기는 장 화원 어른께 들었을 뿐이야."

"네? 화원 어르신도 아버지를 알고 계신다고요?"

인국은 내 말에 긍정도 부정도 하지 않았다. 장 화원이 배달꾼에 불과한 아버지의 과거를 알고 있다니 의외였다.

창호로 새어 들어온 달빛이 벽에 긴 그림자를 만들었다.

자정이 한참 지나서야 제사를 지냈다. 첫 제사에 가족이 아닌 사람이 아버지에게 술잔을 올렸다. 그림 재주를 알아봐 준 사람이니, 지하에 계신 아버지도 기쁘게 술잔을 받았을 것이다.

파루* 때까지 기다리겠다는 인국 때문에 자다 깨다 했다. 그때마다 인국은 구멍이 날 정도로 병풍을 뚫어져라 쳐다보고 있었다. 새벽닭이 홰를 치고서야 인국이 자리에서 일어났다.

그날 이후 인국은 사흘이 멀다 않고 집에 들락거렸다. 가끔 어머니에게 찬거리를 장만하는 데 보태라며 푼돈을 챙겨 주는 눈치였다. 염치를 따지는 어머니가 군말 없이 받는 것을 보면 사람을 기분 상하지 않게 하는 재주도 있어 보였다. 어머니도 무슨 일이든 아버지 대하듯 인국에게 물어보고, 인국이 시키는 대로 하라는 말을 자주 했다. 언제부턴가 인국은 우리 식구에게는 일가붙이보다 더 가까운 사람이 되었다.

---

* 서울 도성 내에서 통행금지를 해제하기 위해 종각의 종을 서른세 번 치던 일. 새벽 4시경.

사실을 뒤집다

"아직도 여기 있으면 어쩌냐? 화장 어른께서 널 찾느라 난리
던데."

화방에 비죽 고개를 들이민 억쇠 아저씨의 얼굴이 일그러졌다.

"쓸 만한 종이 있나 찾느라…."

나는 공연히 시렁 위 종이를 들썩였다.

"눈에 뵈는 게 죄다 종이구먼. 정신이 딴 데 팔려 있으니 쯧쯧!
인국이는 괜찮더냐?"

인국의 안부를 묻고 싶은 걸 감추려고 억쇠 아저씨는 딴말만 늘
어놓았다.

"감옥살이인데 괜찮을 리 있겠어요?"

억쇠 아저씨 앞이라 부러 더 툴툴댔다.

"인국이 살인범이라니 그게 말이냐 말발굽이냐? 어떤 썩을 놈이 생사람을 잡는 거지. 그걸 빤히 알면서도 보탤 힘이 있나, 어디 빌붙어 볼 벼슬아치를 아나, 참 답답한 일이구먼."

억쇠 아저씨는 애먼 가슴만 두드렸다.

"아저씨가 도와주면 방법이 생길 것도 같긴 한데."

"뭔데? 꾸물대지 말고 얼른 말해 봐라."

억쇠 아저씨가 바투 다가서며 다그치듯 말했다.

"구리개 이 의원님을 만나 봐야겠어요."

"그 사람이 무슨 상관인지 모르겠다만 어쨌든 네 말은 내 도움이 필요하다 이 말이지?"

똥 마려운 강아지처럼 끙끙대며 억쇠 아저씨는 화방 안을 왔다 갔다 했다.

"넌 얼른 나가 봐라. 바깥에 나갈 핑곗거리는 내가 만들어 볼 테니."

억쇠 아저씨가 한쪽 눈을 찡긋하고는 부리나케 화방을 빠져나갔다. 꼬투리를 잡았는지 김 화장이 있는 대로 성질을 부렸다.

"마음이 콩밭에 가 있으니 붓을 잡은들 선이나 제대로 그을 수 있겠느냐. 그러다 어르신 눈에 띄었다가는 그 불똥이 다 나한테 튄다는 걸 몰라서 그래?"

"화장 어른께 불똥 튈 일은 없을 겁니다."

이문 많은 그림을 주선해 달라고 인국에게 치근덕댈 때는 언제고…. 얄팍한 속내에 나도 모르게 불뚝거렸다.

"인국 덕을 제일 많이 본 사람이 어째 저런다냐?"

"목소리가 너무 커. 듣기라도 하면 어쩌려고."

뒤에서 수군대는 소리가 들렸다. 붓을 들었지만 머릿속이 시끄러웠다. 이런 기분으로는 일이 손에 잡힐 것 같지 않았다.

"진수야, 진수야. 어르신께서 구리개 약방에 좀 다녀오라는데."

억쇠 아저씨가 마당을 가로질러 허겁지겁 달려왔다.

"무슨 일인데요?"

"낸들 아냐? 거기서 사람이 기다리고 있다니 서두르는 게 좋겠구먼."

억쇠 아저씨가 마루 쪽에 둘러앉아 있는 사람들을 힐끗 쳐다보며 말했다.

빨리 다녀와서 밤새 밀린 그림을 그리겠다는 말에 김 화장이 마지못해 고개를 끄덕였다.

"진수 쟤가 어디 제정신이겠소? 꾸중 듣지 않게 퍼뜩 다녀와야 한다."

대문 앞에서 서성대던 억쇠 아저씨가 허둥대는 내 꼴을 보며 벙싯거렸다.

"화원 어르신은 방금 북촌 박 대감 댁으로 출타하시고, 청지기 어른도 지전에 나가신다니 딱 이때다 싶어 꼼수 좀 부렸지."

"고마워요, 아저씨. 금방 다녀올게요."

점심상을 내오기 전에 돌아오려면 몸을 재게 움직여야 했다. 바람 속을 세차게 달렸다.

구리개 약방 거리는 수표교 너머에 있었다. 혜민서가 가까이에 있어서인지 일반 약재는 물론 송상을 통해 받은 인삼, 임금께 올리는 탕약을 흉내 낸 고급 약재 들이 죄 구리개로 모여들었다.

약방이 즐비한 약방 거리에 들어섰다. 신농유업, 만방회춘, 성은당…. 약방 이름이 적힌 깃발이 바람에 펄럭였다. 갈대발을 늘어뜨린 약방마다 열린 문틈으로 분주하게 움직이는 봉사*들이 보였다.

약방 거리 깊숙이 들어갈수록 역한 담배 냄새가 진동했다. 가게 쪽마루에 둘러앉은 사내들이 장죽을 꼬나물고 연신 연기를 뿜어냈다. 딴에는 세상일에 아랑곳하지 않는 신선인 양 굴지만 내 눈에는 볼썽사나운 거들먹거림으로 보였다. 봉사나 의원들이 담배가 심장에 안 좋다고 겁을 줘도 하나같이 사람 목숨이란 게 하늘에 달려 있다며 콧방귀를 뀌었다.

"의원 나리 만나러 온 거면 좀 기다려야 할 걸…."

전방 아이가 나를 보고는 불퉁거렸다.

"여기서 기다리면 되는 거지?"

아이는 위아래로 훑어보고는 영 떨떠름한 표정을 지었다. 약방

---

* 혜민서를 비롯해 다양한 관청에서 일하던 하급 벼슬.

안에는 맥문동, 감초, 오가피라는 글씨가 쓰인 약장이 즐비하게 놓여 있었다. 천장 아래 서까래에는 마른 쑥과 우슬 뿌리 들이 매달려 있고, 한쪽 구석에는 약봉지들이 차곡차곡 쌓여 있었다. 갖가지 약재에서 풍겨 나오는 쌉쓰레한 향기가 코끝을 간질였다. 이 의원은 아버지의 죽음에 대해 어디까지 알고 있는 걸까? 그날 검시관이 놓친 것은 무엇일까? 머릿속을 헤집는 의문들이 한꺼번에 들고일어났다.

약초장 옆에 걸개그림이 눈에 들어왔다. 내가 백석동천(백사실계곡)*에서 그린 계회도였다.

"쳇, 들은 말도 없는데 괜히 엄한 사람 잡고 그래. 완전히 동네북 취급이라니까."

툴툴대는 아이의 콧구멍이 벌름거렸다.

약초장 가까이 다가서자 열린 문틈으로 두런두런 말소리가 새어 나왔다.

"내 말 명심하게. 그리 해 주면 화원 어르신도 모른다 하지 않을 걸세."

무언가 단단히 다짐을 받아 내려는 듯한 야무진 말투였다.

"이미 다 지나간 일인데… 무슨 연유로 입단속을 시키는지 모르겠네요."

* 지금의 서울시 종로구 부암동에 있는 계곡.

미심쩍어 하는 이 의원의 말이 뒤이어 들렸다.

"말조심하게. 누가 들으면 어쩌려고 그러는가?"

말소리가 툭 끊겼다. 잠시 후 이 의원을 따라 한 사내가 나왔다. 장 화원 댁 청지기였다. 억쇠 아저씨 말로는 광통교 지전에 볼일 보러 나갔다 했는데 예서 청지기와 부딪히다니. 가슴이 벌떡거렸다.

나와 눈이 마주치자 청지기는 표 나게 찔끔했다.

"여긴 어쩐 일입니까?"

내 느물거림에 청지기의 이마에 굵은 주름살이 잡혔다. 궁지에 몰릴수록 상대의 빈틈을 노려야 한다는 건 지전 거리에서 배운 처세였다.

"그게… 지을 약재가 있어서…."

청지기가 말꼬리를 돌리더니 돌연 나를 쏘아보았다. 청지기의 관자놀이가 꿈틀거렸다.

"어르신께서 어디 편찮으신 데라도?"

내 말에 청지기는 손을 얼른 뒤로 빼며 헛기침을 했다.

"저녁 무렵에 다시 올 테니 그때까지 부탁함세."

문턱을 넘어서던 청지기가 눈을 모로 세웠다.

"아, 네. 분부대로 하지요."

이 의원도 더듬거리며 맞장구를 쳤다.

"무슨 약재를요? 오늘 나갈 약재는 다 마련해 뒀는데, 뭘 번거롭게 두 번 걸음 하시려고요?"

눈치 없이 끼어드는 아이의 말에 이 의원의 눈초리가 빼주름해졌다. 아이가 제풀에 놀라 얼른 입을 다물었다.

"아랫사람을 잘 다루는 것도 능력일세. 넌 그림 안 그리고 예까지 어쩐 일이냐? 화원 어르신께서도 네가 여기 온 걸 알고 계시더냐?"

방귀 뀐 놈이 성낸다더니 딱 그 짝이었다.

"의원 어른께 여쭤볼 것이 있어서요. 금방 들어갈 거예요."

이 의원이 청지기의 뒤꼭지에 대고 넙죽 절을 했다. 얼굴이 퉁퉁 붓어 있던 아이도 삐뚜름하게 고개를 숙였다.

"네가 여긴 웬일이냐?"

이 의원은 영 달갑지 않은 기색이었다.

"청지기 어른이야말로 여긴 어쩐 일이래요?"

내가 대답할 틈도 주지 않고 아이가 먼저 끼어들었다.

"네가 그건 알아서 뭐 하려고? 낄 데 안 낄 데 다 끼는 버릇은 고치라고 했지?"

이 의원의 엄포에 아이가 꽁지 빠지게 샛문 안으로 사라졌다.

아이가 빠져나간 자리 뒤로 계회도가 보였다.

"저 계회도는 볼수록 맘에 드는구나."

이 의원이 슬그머니 말꼬리를 돌렸다.

"넌 아비 솜씨를 많이 빼닮았어. 필방 어른의 늘어진 눈주름이나 갓바치의 불그죽죽한 턱살까지 하나도 놓치지 않고 그렸더구나."

이 의원의 말을 따라 계회도를 찬찬히 보았다. 내 눈에도 썩 잘 그린 계회도였다.

먼 산 진달래와 담벼락 개나리가 만개해서 온 천지가 봄빛으로 가득한 날이었다.

아침 일찍 어머니 몰래 집을 나섰다. 한 달 전 필방 어른이 시화 모임에 와 달라고 부탁한 날이었다. 지전에 들러 화구를 챙기고 서두른 덕에 창의문까지 금방 닿았다. 어느새 저고리 안으로 송골송골 땀이 차올랐다.

숲은 갖가지 봄풀들과 새소리로 그득했다. 계곡에 접어들자 가까운 곳에서 수런대는 말소리가 들려왔다. 발걸음이 빨라졌다.

너럭바위 주위로 필방 어른과 갓바치 염씨, 송 역관, 이 의원, 지전 주인 오씨 그리고 낯선 사내가 둘러앉아 있었다. 계집아이 하나가 소나무 아래에서 풍로를 피우느라 잔뜩 몸을 쪼그린 채 부채질을 하고 있었다. 찻물을 끓이는 모양이었다.

"벌써 오는구나. 난 점심때나 올 줄 알았는데."

필방 어른이 손차양으로 햇빛을 가리며 알은척을 했다.

"더 일찍 왔어야 하는데 봄 산에 한눈 좀 팔았더니…. 죄송합니다."

"괜찮다. 날 저물려면 아직 멀었잖니?"

갓바치 염 씨가 얼른 끼어들었다.

"오늘은 어쩐 일로 지전 사람이 둘이나 왔네그려. 이게 다 어르신이 쌓은 공덕 때문이겠지만요."

이 의원이 슬쩍 필방 어른을 치켜세웠다. 둘이라니? 등을 보이고 앉아 있는 사내의 뒷모습이 낯익었다. 제 말 하는 줄 알았는지 사내가 고개를 돌렸다. 인국이었다. 인국이 새삼스럽게 눈인사를 건넸다.

"오늘 진수가 계회도를 그린다기에 인사도 여쭐 겸 해서 왔는데, 불청객인 셈이죠."

인국은 새삼스레 얼굴을 붉혔다.

"여기에서까지 장사할 생각만 아니라면 우리야 환영이지. 안 그런가?"

필방 어른의 말에 다들 웃음으로 받아넘겼다.

지전에서와는 달리 인국은 유난히 붙임성 있게 굴었다.

"이제 차를 올릴까요? 차향이 정말 좋아요."

여종이 종종걸음으로 달려와 필방 어른 앞에 섰다.

"그러는 게 좋겠군. 진수도 목을 축이고 그림 그릴 준비하면 될 테고."

인국이 엉거주춤 몸을 일으켰다.

화판 위에 종이를 올려놓고 숨을 가다듬은 다음 붓통에서 세필을 꺼냈다. 화선지를 여덟 바닥으로 접어 편 후 전체 윤곽을 그렸다. 손만 갖다 댔는데도 붓이 저 혼자 움직이는 것 같았다. 역시 양반들이 쓰는 명품다웠다. 공재 윤두서 어른이 자화상에서 두 척 되는 긴 수염을 끊김 없이 한번에 그려 낸 것도 이 세필 덕분이었다.

필방에 종이를 배달하러 가던 날, 필방 어른이 세필을 건네며 인국이 전해 주라고 했다는 말을 덧붙였다. 갑작스러운 선물이라 의아했지만 별달리 묻지 않았다. 무엇보다 붓이 탐났고, 또 줄 만하니 줬을 거라는 생각 때문이었다.

"그림 재주도 대물림하나 보네."

등 뒤에서 필방 어른의 침 넘기는 소리가 들렸다.

"부전자전이라지 않습니까?"

차를 홀짝이던 송 역관이 맞장구를 쳤다.

"진수 아비 솜씨야 장 화원과 겨뤄도 결코 뒤지지 않았지. 안 그런가?"

"그럼요. 차비대령화원*들의 그림에 견주어도 손색없었는데…. 그렇게 허망하게 갈 줄 누가 알았겠어요?"

송 역관의 말에 사람들의 얼굴이 어두워졌다. 광통교 사람들에게 솜씨 좋은 화사로 인정받는 아버지였지만 내 기억 속 아버지는 달랐다. 돈 되는 그림은 마다하고 저잣거리 사람들을 상대로 계회도만 그렸던 아버지, 서화 가게에도 팔 수 없는 그런 그림에 매달리는 게 내 눈엔 모지리 같았다.

---

* 왕실과 관련된 그림을 우선으로 담당하기 위해 도화서에서 임시로 차출되는 화원.

"진수가 있으니 얼마나 다행스러운 일인지…. 그 사람도 저세상에서 대견스러워 할 걸세."

필방 어른의 말에 이 의원과 송 역관이 고개를 주억거렸다. 나를 의식해 에둘러 말하기는 했지만 칭찬으로 들리지 않았다. 아버지 대신이라는 것도 그랬고, 내 그림 실력을 얕잡아 보는 것 같기도 했다. 한 번도 아버지 대신이라고 생각해 본 적도, 또 그러고 싶지도 않았다. 내게 이 일은 잠깐 재주를 파는, 그저 그런 소일거리에 지나지 않았다.

한 달에 두 번 지전이 문 닫는 날, 아버지가 가는 곳은 빤했다.

"네 아버지는 자식이나 마누라보다 그림이 더 좋은가 보다. 저런 사람을 믿고 평생 살아야 하니. 아이고, 내 팔자야. 넌 절대 그림 그릴 생각은 마라."

아버지 뒤에서 어머니는 이런 불평을 쏟아 내기 일쑤였다. 그럴 때는 처자식 먹여 살리려고 좋아하던 그림을 포기했다며 미안해하던 어머니답지 않았다.

그림이 뭔지도 모르는 무지렁이들의 모임을 쫓아다니며 계회도를 그리고, 쥐꼬리보다 못한 그림값에도 허허거리는 아버지. 푼돈벌이에다 화사 대접도 제대로 못 받는 그런 아버지가 싫고 미웠다.

"요즘 같은 험한 세상에 환갑잔치까지 하고, 그만한 효도가 어디 있겠냐? 오늘 보니 어르신도 여든까지는 끄떡없지 싶더구나."

동네 어른의 환갑연에 다녀온 날 아버지는 제 일인 양 기뻐했다. 쌀독에 쌀이 떨어졌는지, 어머니가 속병 때문에 제대로 끼니를 때우는지 어쨌는지는 몰라도 계회에 나온 사람들의 생일은 훤히 꿰고 있는 아버지다웠다.

시전 상인들의 봄나들이나 동네 장정들의 복날 모임, 나장이나 아전들의 동기 모임, 거기에다가 서당의 책거리 날까지 아버지를 찾는 모임은 지천이었다. 그림값으로 보리쌀이든, 미투리든 가리지 않고 받았다. 그런 아버지 탓에 그림 주문이 들어올 때마다 그림값 흥정부터 했다. 어린 녀석이 제사보다 젯밥에 더 욕심을 낸다며 마뜩잖아 하는 사람이 있어도 신경 쓰지 않았다. 품을 들인 만큼 대가를 받는 것은 당연하지 않은가? 그게 내 생각이었다.

이날 시제는 날씨에 딱 어울리는 '춘흥(春興)'이었다. 계회도에 들어갈 제발은 필방 어른이 쓸 것이다. 인국이 여종에게 주발을 얻어 계곡물을 떠 왔다. 붓 씻을 물이라도 챙겨 줄 모양이었다.

다섯 사람에게 나눠 줄 그림을 모임이 파하기 전까지 끝내려면 부지런히 붓을 놀려야 했다. 아무리 솜씨 좋은 화사라도 다섯 장을 똑같이 그리는 것은 무리였다. 참석자 수만큼 계회도가 완성되면 연장자 순으로 마음에 드는 그림을 골라 갖는 게 규칙이었다.

먹을 가는 인국의 손놀림이 빨라졌다. 너럭바위를 화면 한가운데에, 왼쪽 귀퉁이에는 나무 아래 쪼그려 앉은 여종을 그렸다. 눈을 감고 잔뜩 시심에 잠겨 있는 필방 어른, 방관을 쓰고 장죽을 빨고 있는 송 역관, 수염을 쓰다듬으며 감초라도 씹는 듯 입을 오물거리는 이 의원, 진즉부터 거나하게 취했는지 몸을 추스르지 못하는 갖바치 염씨, 서화 가게 주인인 오씨는 처음 나온 자리가 어색한지 나무 그늘에서 팔짱을 끼고 사람들을 연신 살피고 있었다.

"내가 좀 도와주련?"

인국이 먹물을 벼루에 따르며 물었다.

"형님이 그래 주시면 저야 좋죠."

"난 그림 같은 건 못 그려. 색칠이라면 또 모를까…."

인국이 허둥대며 얼른 말을 바꿨다.

"도와주신다면서요? 그림을 그려 준다는 게 아니었어요?"

손포를 덜었나 싶어 내심 기분이 좋았는데 헛물을 켠 듯 씁쓸했다.

"그럼 색칠 한번 해 볼까?"

인국은 내 밑그림에 중붓으로 외곽선을 짙게 덧그리고, 굵은 나뭇가지는 진하게, 잔가지는 옅게 색을 입혔다.

"내다 팔 것도 아니고 오늘을 기억하려는 그림이니 대충 그려도 될 텐데, 네 고집도 아버지를 닮은 거냐?"

칭찬인지 떠보는 건지 인국이 구시렁댔다.

"김홍도라는 화원 이름은 들어 본 적 있니?"

붓질하던 손을 멈추고 인국이 지나가듯 물었다.

손이 열 개라도 모자랄 판에 김홍도 어른이라니, 뜬금없었다.

단원 김홍도. 어진화사로 발탁돼 두 임금의 어진을 그렸고, 그가 그린 〈금강산도〉는 겸재를 능가하는 산수화였다는 것도, 씨름판, 서당, 새참, 고누놀이 등 임금을 위해 수십 장의 풍속화를 그린 것도, 말년에는 불화에 손댈 만큼 조선 최고의 화사라는 것은 꼬맹이들도 아는 사실이었다.

"일전에 그분이 어떤 시화첩의 표지를 그리셨는데 그림값으로 쌀 예순 섬을 받았다고 하더라."

"겨우 표지 하나에 예순 섬을요?"

잘못 들었나 싶었다. 쌀 한 섬이 다섯 냥이니 예순 섬이면 자그마치 300냥이나 되는 거금이었다. 필방 어른이 그림값으로 주겠다는 한 냥에 비하면 비교도 안 되는 큰돈이었다.

"그렇게 비싸게 그림값을 부르는데도 그림 한 점 얻겠다는 사람들이 문 앞에 장사진을 이루니 잠은커녕 밥 먹을 시간도 없었다는구나."

"그래서요?"

바쁜 나는 안중에도 없다는 듯 인국은 시답잖은 이야기를 주절주절 늘어놓았다. 지전 일꾼 주제에 무슨 계회도냐? 그런 비아냥은 아니지만 그냥 지나가는 말로는 들리지 않았다. 요즘 들어 더없이 다정하게 구는 인국의 속내가 궁금했다.

"이참에 너도 본격적으로 그림 공부를 해 보면 어떻겠니? 요즘은 민가에서조차 책가도 한 장 걸어 놓는 게 유행인가 보더라. 그림을 찾는 사람들이 느니 도화서를 나와 장 화원처럼 사화원을 차리는 사람도 많고, 솜씨 좋은 환쟁이들을 끌어들이려고 전주들이 난리인 걸 보면 반짝 유행은 아닌 모양이야. 너도 열심히 배워 어진화사가 되면 지하에 계신 네 아버지도 얼마나 흡족해 하시겠느냐?"

인국의 말이 빨라졌다. 그림 얘기를 할 때면 금방 표 나는 인국의 말버릇이었다. 어진화사라니? 한 번도 환쟁이가 되겠다고 생각해 본 적 없었다.

인국의 말 따윈 한 귀로 듣고 딴 귀로 흘리면 될 일이었다. 시회가 끝나기 전에 그림을 마치려면 그런 데 마음 쓸 겨를도 없었다. 시큰둥한 내 표정 탓인지 인국이 주발을 들고 계곡 아래로 향했다.

너럭바위 위에서는 필방 어른이 쓴 시를 돌아가며 소리 내 읊느라 흥겨웠다. 가끔 '참, 좋네', '오늘 같은 봄날에 딱이네그려' 하고 칭찬하는 말들이 이어졌다. 필방 어른도 싫지 않은지 얼굴이 불콰해졌다.

봄날의 여흥이 후끈 달아올랐다. 붓끝을 들었다 내렸다 하며 봄꽃들을 빠르게 그려 나갔다. 곧 산꼭대기에서부터 산그늘이 서서히 아래로 몰려올 것이다. 술에 곯아떨어져 있던 갓바치 염씨가 몸을 후두두 떨며 자리에서 일어났다.

내가 마지막 그림을 내밀자 기다렸다는 듯 필방 어른이 제발을 써 내려 가기 시작했다.

한양 도성 안에 경치 좋은 곳, 백석동천만 한 곳이 어디 있으랴.

살구꽃 피어 봄도 바쁜 삼월, 광통교 다섯 벗이 다시 모였다네. 무릎을 맞대고 앉아 춘흥에 겨워 시를 읊고 담소를 즐기니 세상에 이보다 즐거운 일이 없을 듯하네. 세상사 번잡하다지만 오늘은 모든 것 다 잊고 새봄에 어울리는 덕담 하나씩 나누고, 송 역관의 연행을 미리 축하해 주었네. 아지랑이 봄빛 속에 잦아들고 산꾀꼬리 나그네 시에 화답하니 철쭉도 부끄러운 듯 봄날을 시샘하는구나….

임신년 삼월 보름날

필방 어른의 손놀림을 지켜보던 사람들이 꼴깍 침을 삼켰다.

"어르신 제발은 언제 봐도 참 그럴듯합니다."

이 의원이 발끝을 간닥거리며 말했다.

"어르신 듣기 좋으라고 하는 말이 아닙니다. 내용도 좋지만 어르신 필체는 왕희지와 구양순이 봤다면 울고 갈 겁니다."

옆에 있던 송 역관도 작정한 듯 거들고 나섰다.

사람들의 칭찬에 무색했던지 필방 어른은 헛기침을 한 번 하고는 그림 아랫단에 참석한 사람들의 이름과 나이를 소개하는 글을 적어 내려 갔다.

전주 오상택은 호가 운재로 나이 예순이다.

의원 이기진은 호가 청천으로 나이 마흔여섯이다.

공장 염막동은 나이 쉰둘이다.

"막동이 자네도 이제 아호 하나 가져야 하지 않겠나?"

붓을 잠시 멈추고 필방 어른이 갓바치 염씨를 건너다보았다.

"이름값도 제대로 못하는 위인이 아호라니 당치 않습니다요. 저같이 미천한 놈이 이런 훌륭한 시 모임에 한 자리 차지한 것만 해도 다 조상님 은덕이라 여기고 있구먼요."

술기운에 게슴츠레한 눈알을 내리깔며 갓바치 염씨가 펄쩍 뛰었다.

"은덕은 무슨…. 조상님이 보살펴서 천하디 천한 신분으로 태어난 건가?"

송 역관이 노골적으로 비꼬았다. 조상의 은덕이라니! 어이없었다. 차라리 글이라도 몰랐다면 천한 신분에서 오는 울분과 열패감에 시달리지도 않았을 테고, 팔자소관이라며 스스로를 들볶지도 않았을 것이다.

제발 쓰기가 끝나자 나이 많은 순으로 계회도를 하나씩 챙겨 들었다. 그림을 들고 있는 갓바치 염씨의 손등 여기저기 칼질에 찢긴 상처들이 눈에 들어왔다. 아버지의 몸에 꽂혀 있던 비수는 가죽을 무두질하고 본을 잘라 낼 때 쓰는 칼을 닮았었다. 그 칼을 본 적 있느냐고 묻는 종사관에게 대장간 서씨 아저씨는 그런 칼을 쓸 만한 데는 반촌의 재인(백정)이나 갓바치 정도라고 대답하지 않았던가.

갓바치 아저씨의 무심한 얼굴도 그냥 넘길 수 없었다.

'그날 아저씨는 어디 계셨어요?'

목구멍까지 올라온 말을 입안으로 삼켰다.

"아비는 분위기를 잘 살려 그리고 아들은 세세한 인물을 잘 그리고, 아비와 아들이 묘하게 닮았다니까."

이 의원이 계회도를 펼쳐 들며 큰소리로 떠들었다.

"정말 그렇네. 이 의원 눈썰미도 범상치 않아."

송 역관의 부추김에 이 의원이 헤벌쭉했다.

"부친 기일이 며칠 전 아니었나?"

손끝으로 날짜를 짚어 보던 갓바치 염씨가 불쑥 내게 물었다.

"네. 이번 제사에 인국 형님이 와 주셔서 아버지께서도 흐뭇하셨을 겁니다."

제 이름이 들먹여지자 인국의 얼굴이 벌겋게 달아올랐다.

"자네가 거길 갔다고? 잘했구먼, 잘했어. 죽은 진수 아비를 대신해 정말 고맙네. 지하에 있는 그 사람도 분명 그리 생각했을 걸세. 마음 같아서는 제삿날에 한번 들여다봐야지 했는데 사는 게 어찌나 팍팍한지…. 구차한 변명이네만."

필방 어른이 낮게 한숨을 내쉬었다.

"참 억울한 죽음이었지. 지금에서야 하는 얘기지만, 그때 조씨 죽음엔 뭔가 석연치 않은 구석이 있긴 했지."

이 의원이 손끝으로 손바닥을 꾹 누르며 말끝을 얼버무렸다. 잠시도 손가락을 가만두지 않는 건 오래된 습관 같았다.

"의원 어르신, 그게 무슨 말씀이세요?"

인국이 눈을 홉뜨며 이 의원 앞으로 바싹 다가앉았다.

"그래, 그때도 자네가 그런 말 하는 걸 들은 적 있긴 하네."

송 역관이 고개를 갸웃거리며 손으로 아래턱을 문질렀다.

"의원님 눈에 석연치 않았다는 게 뭡니까?"

인국은 꼬치꼬치 캐물을 작정인 듯했다. 따지듯 덤비는 인국이 못마땅한지 이 의원이 눈살을 찌푸렸다. 아들도 가만있는데 자기가 뭐라고? 잡고 있던 말고삐를 빼앗긴 것처럼 심사가 뒤틀렸다.

"조 씨가 덤비는 바람에 검계가 우발적으로 죽인 거라고 하지 않았던가?"

필방 어른이 처진 눈을 홉떴다.

"다들 그렇게 알고 있지만, 율관의 말과는 많이 달라 보였어요. 원래 가기로 한 의관이 하필 그날 부친상을 당하는 바람에 제가 대신 현장에 가게 됐지요. 시신의 목에 난 손자국으로는 분명 교살인데, 율관은 심장이 찔려 죽은 거라고 하더군요. 하지만 가슴에 생긴 액흔을 보니 어찌 된 사정인지 대충 알겠더라고요."

"액흔이라니, 그게 무슨 말입니까?"

인국의 목소리가 표 나게 갈라졌다.

"살아 있을 때 칼에 찔리면 유엽상이라고 상처가 버드나무 잎사귀 모양으로 벌어지게 되지. 진수 아버지처럼 목숨이 끊긴 후에 찔리면 상처가 벌어지지 않거든."

나를 쳐다보는 이 의원의 목소리는 확신에 차 있었다.

"그럼 가슴에 있던 상처가 조작된 것이라는 말입니까?"

인국의 거친 말투가 심상치 않았다.

"내 눈엔 그렇게 보였네."

"그런데 왜 그때 아무 말도 하지 않으신 겁니까?"

인국이 거칠게 이 의원을 몰아세웠다.

"그게…."

이 의원의 얼굴이 눈에 띄게 바싹 굳었다. 마른침이 목에 걸려 따끔거렸다. 이미 지나간 일이고, 아버지가 어찌 죽게 됐는지 새삼 떠올리고 싶지도 않았다.

"아, 그 이야기는 그만하세. 뭐 좋은 일이라고."

필방 어른이 두 손을 홰홰 내저었다.

"그래, 그게 좋겠네. 지나간 일, 파내고 들춰 봐야 죽은 사람만 불쌍하지 이제 와 따져 본들 무슨 소용이 있겠나."

송 역관이 뒷말을 잘랐다. 사람들 사이로 어색한 기운이 감돌 았다.

이 의원은 뭔 말을 더 할까 싶더니 이내 입을 다물었다. 사람들 이 보따리를 챙기느라 뿔뿔이 흩어졌다. 해가 일찍 떨어지는 산이 라 다들 서두르는 기색이었다.

내 눈길을 따라 계회도를 바라보던 이 의원이 천천히 입을 열었다.

"나이가 어리다 보니 늘 성에 차지 않는 그림만 내 차례여서 심통 났었는데 네가 그린 것은 열이면 열, 하나같이 찍어 낸 것처럼 똑같아. 아무리 솜씨 좋은 화공이라도 그림 수준이 들쑥날쑥하기 다반사인데 말이지. 저렇게 걸어 놓고 눈 갈 때마다 그날 시회가 떠올라 보는 재미가 쏠쏠하지."

"마음에 드신다니 다행이네요."

청지기가 다녀간 것을 얼버무리려 말꼬리를 딴 데로 돌린다는 것쯤 빤히 알 수 있었다.

"어르신, 여쭤볼 것이 있어 찾아왔는데…."

"이렇게 찾아올 만큼 중한 일이냐?"

이 의원이 심란한 듯 두 팔을 겨드랑이에 끼워 넣었다.

"예, 저번 시회에서 어르신께서 아버지 시신에서 이상한 점을 발견했다고 하셨잖아요?"

"이상한 점? 글쎄다."

"어르신께서 분명히 제 부친의 목에서 선명한 손자국을 보셨다고… 가슴의 상처로 봐서는 돌아가신 후에 옮겨진 것 같다고 하셨어요."

이 의원을 똑바로 쳐다보며 말했다. 그날의 풍경도, 다그치던 인국의 모습도 어제 일처럼 또렷했다.

"당최 네가 무슨 말을 하는지 모르겠구나. 내가 네 아비가 교살 당했다고 말했다고? 만약 그랬다면 검험서에도 그리 기록되었을 텐데, 검험서에는… 하여튼 그날 술김에 쓸데없는 말을 많이 주절거렸나 본데, 난 도통 기억에 없다."

"그날 갖바치 아저씨가 제삿날 이야기를 꺼냈고, 제가 인국 형님이 제삿날에 찾아왔다고 했더니 필방 어른께서 못 와서 미안하다고 그러셨던 건 생각나시죠?"

이 의원은 듣는지 마는지 봉사 쪽을 흘끔거리거나 약봉지를 들썩거렸다.

"의관이 부친상을 당하는 바람에 대신 현장에 갔다고 하셨어요. 기억 안 나세요?"

그날의 일을 차례로 떠올리며 되짚어가듯 말을 이었다. 내가 가진 재주 중 하나는 한 번 들은 이야기나 한 번 본 것은 절대 잊어버리지 않는 거였다.

"도통 기억에 없다만 술김에 씨부렁댄 말 따윈 잊는 게 낫다. 그런 씨알머리 없는 말로 속 긁을 일 뭐 있냐? 나쁜 건 그저 잊는 게 수다."

이 의원은 내 등을 두드리며 횡설수설했다. 얼렁뚱땅 넘어갈 일이 아니었다.

"살해범을 밝힌다고 돌아가신 아버지가 살아올 리도 만무한데, 그 일로 인국 형님이 억울한 누명을 쓰고 옥에 갇혔단 말입니다.

진범을 찾아야 하는데, 지금으로선 저를 도와줄 분은 어르신뿐입니다. 어르신, 제발 다시 한 번 생각해 주세요."

간절한 마음 때문인지 나도 모르게 목이 멨다.

"그 사람이 잡혀갔다는 건 알고 있다만, 하지도 않은 말을 했다고 거짓말을 할 수는 없지 않느냐."

난감한 얼굴로 이 의원은 청지기가 떠난 약방 문을 흘끔거렸다. 이 의원의 바짓가랑이라도 잡고 싶은 심정이었다. 조금 전 청지기는 이 의원에게 무슨 말을 하지 말라고 을러댔던 걸까? 갑자기 이 의원이 질색하며 발뺌하는 게 혹시 아버지의 죽음과 관련된 것은 아닐까? 의심이 커지면서 머릿속이 드글드글 시끄러웠다.

"하지도 않은 말로 송사에 휘말리고 싶지 않으니, 그 일이라면 다시 찾아오지 마라. 김 봉사, 약재는 다 되었나?"

이 의원은 문 뒤에서 서성대던 봉사한테 애꿎은 화풀이를 했다.

"그날 어르신께서 하신 말씀이라면 역관 어른도, 필방 어르신도 분명 기억하실 텐데, 지난번과 다르게 말씀하시는 까닭을 모르겠어요. 혹시 방금 다녀간 청지기 어른의 부탁 때문인가요?"

이 의원의 모르쇠 때문에 목소리가 커졌다.

"지금 무슨 말을 하는 거냐? 보자 보자 하니까 어린놈이 어른 상투 잡겠다 하는구나."

이 의원이 성난 얼굴로 나를 노려보았다. 이런 눈싸움에서 지고 싶지 않았다. 눈에 잔뜩 힘을 주고 이 의원을 맞보았다.

그때 엉거주춤 김 봉사가 들어왔다. 분위기가 험악해 보였던지 김 봉사는 우리 둘을 번갈아 쳐다보았다.

"약 가지고 가거라. 장 화원 눈 밖에 나지 않으려면 저거라도 들고 가는 게 좋을 거다."

이 의원의 턱짓에 김 봉사가 불쑥 한약 꾸러미를 내밀었다.

"그럼, 내일 다시 찾아오겠습니다."

나는 이 의원에게 넙죽 절을 했다.

"내일도 내가 할 수 있는 대답은 똑같다. 난 네 아비에 대해 할 말 없으니 괜한 걸음 할 필요 없다."

김 봉사가 들려 주는 약봉지를 들고 약방을 나왔다. 목덜미에 닿는 이 의원의 싸늘한 눈빛 때문인지 뒷덜미가 서늘했다.

이 의원의 시치미는 예상하지 못한 일이었다. 빨리 인국을 만나야 했다. 구리개에 다녀온 이야기를 듣고 순두도 적잖이 실망한 눈치였다. 순두가 어서 서두르라고 닦달했다.

"들키는 날엔 내 모가지도 댕강, 알지?"

순두가 손으로 제 목을 내리치는 시늉을 했다. 포졸인 순두로서는 목숨을 내걸 만큼 위험한 일이라는 것을 나라고 모를 리 없었다.

"알았어, 형님한테 몇 가지 여쭤보면 되니까 금방 나올 거야. 이렇게 신세만 져서 진짜 미안하다."

"어쨌든 얼른 나오기나 해."

순두가 무슨 말을 하려다 말고 내 어깨를 툭 쳤다.

하루 만에 인국의 얼굴은 더 상한 것 같았다. 사방 천지에 혼자라는 외로움에 힘들었을 것이고, 목을 겨눈 칼날 같은 공포에 시달렸을 거다.

"의원 어른이 이제 와서 그런 말 한 적 없다고 딱 잡아떼네요. 벌써 깜박깜박할 연세도 아닌데 분명 다른 이유가 있는 거 같아요."

약 한 첩 들려 주며 성가신 날벌레를 쫓듯 하던 이 의원을 떠올리자 새삼 속이 부글부글 끓었다.

"이 의원한테 벌써 손을 쓴 거겠지."

"누가요?"

"진짜 범인이겠지."

약방에서 부딪힌 청지기가 머릿속을 스쳐 지나갔다. 인국은 이 의원이 원하는 대답을 해 주지 않을 거라는 것을 알고 있기나 한 듯 담담했다.

인국은 천천히 벽 쪽으로 몸을 돌렸다. 발에 찬 차꼬가 맨살에 부딪혔는지 인국의 얼굴이 일그러졌다. 고개를 떨군 채 인국은 한참 동안 아무 말도 하지 않았다.

"급한 마음에 내가 무슨 짓을 저지른 건지⋯. 아무래도 넌 이 일에서 빠지는 게 좋겠구나."

피딱지와 시퍼런 멍으로 뒤덮인 인국의 얼굴이 아프게 눈에 들어왔다.

"이건 형님 일이 아니라 제 아버지의 일이에요. 형님 때문이 아니니까 그런 말씀 마세요."

내 목소리가 옥 안에 웅웅 울렸다. 인국을 감옥에 몰아넣은 건 밀고자일지 모르지만, 이 모든 일은 아버지로부터 시작됐다. 그건 뒤집을 수 없는 사실이었다.

갑자기 바깥이 시끌시끌했다. 옥졸들이 점심을 먹고 돌아오는 모양이었다.

"형님, 아버지의 진짜 사인은 뭘까요? 검계의 칼에 돌아가신 게 맞긴 할까요? 도대체 뭐가 뭔지 모르겠어요."

아직 물어볼 말은 꺼내지도 못했는데, 마음이 급해졌다.

"아무래도 장 화원과 직접 맞서는 건 안 될 것 같다. 다른 방법을 찾아야겠어."

"무슨 말이에요?"

옥문이 덜컹거리는 소리가 더 가깝게 들렸다. 금방이라도 옥졸이 들이닥칠 것 같았다. 시간이 없었다. 애타는 나와는 달리 인국은 느긋하기까지 했다.

"분명 네 아버지가 계회도 조각을 쥐고 있었다고 했지? 너도 그걸 봤니?"

"제가 갔을 때는 이미 검험이 끝난 뒤였어요. 검시관 어른이 찢긴 조각을 보여 주긴 했지만요."

"찢긴 조각이라? 혹시 네 아버지는 그림에 무슨 표식 같은 걸 해 놓지는 않니?"

"표식이요?"

"네 아버지만 쓰는 특별한 문양 같은 것 말이다. 저번 제사 때 보니 낙관은 하지 않는 것 같던데."

인국이 엉덩이걸음으로 창살 가까이 다가앉았다.

"그런 거라면… 아, 있어요. 아버지는 그림 속에 '억(憶)' 자를 써 넣으셨어요. 왜 그 글자를 넣느냐고 여쭸더니 그림이 그 사람에게 오래도록 잊히지 않는 추억이 되길 바라서라고 말씀하신 기억이 나요. 따로 정한 위치는 없고 그림의 한 부분인 양 나무나 옷자락, 풀숲 같은 것에 숨겨 놓았어요. 서화 거간꾼이라도 쉽게 찾아내지 못할 위치였어요. 아, 그러고 보니 그 계회도에도 있었어요."

아버지의 계회도에 눈곱만큼의 관심도 없던 내가 어느새 주절주절 떠들어 대고 있었다.

"네 아버지가 쥐고 있던 것이 그림의 어떤 부분인지 알아야겠다."

인국의 말이 아니더라도 어딘가 있기만 하다면 단번에 알아볼 수 있을 것 같았다.

잠시 생각에 빠져 있던 인국이 힘겹게 손을 들어서 내게 가까이 오라는 시늉을 했다.

"왜 내가 그 생각을 못 했을까? 몸이 갇혀 있으니 머리도 굳는 건지…. 최 훈장 어른을 찾아가 봐라. 영조 임금 때 검시 기록을 책으로 만든 적이 있는데 훈장 어른께서 그 책 교정 작업을 하셨다는 말을 들었다. 어른이라면 한성부에 아는 사람이 있을지도 모르겠구나. 네 아버지의 시장(검험서)*만 찾으면 우리가 먼저 사인을 밝힐 수 있을 거야."

지푸라기라도 잡은 듯 인국의 눈동자가 번들거렸다.

최 훈장은 나의 공부 선생이었다. 화사가 되었으면 하는 아버지의 속내를 눈치챘을 때부터 나는 뻗대듯 서당에 다녔다. 환쟁이가 되느니 차라리 역관이나 아전이 되는 게 낫겠다 싶어서였다.

"훈장 어른께서 부탁한 책거리 그림을 전하러 간다고 하면 장화원에게 꼬투리 잡히지 않을 거다."

"훈장님께서 부탁을 들어주실까요?"

"전동** 이 화원의 일 때문이라고 하면 훈장 어른께서도 거절하지는 못하실 게다. 화원에 들어가는 대로 급한 심부름이라 말하고 오늘 안에 꼭 가야 한다. 알았지?"

인국을 안심시키기 위해 나는 여러 번 고개를 끄덕였다. 인국이 믿을 사람이 나밖에 없다는 생각이 들자 어깨가 무거웠다.

* 실인·치사사건이 발생했을 때 검험관이 사건 현장에서 사체를 검증하고 사망 원인을 적은 서류. 요즘의 사체 검안서에 해당한다.
** 지금의 서울시 종로구 수송동.

옥사 바깥에서 기다리고 있던 순두가 주위를 흘끔거리며 걸어
왔다.

"아까 얘기하려고 했는데 오늘도 그 애 봤어."

"그 애, 누구 말이야?"

"어제 여기 왔던 애, 반촌 사람처럼 옷차림이 유별나서 금방 눈
에 띄던 걸."

"반촌 사람들은 함부로 도성 안에 들어올 수 없는 거 너도 알잖
아? 네가 잘못 본 걸 거야."

대수롭지 않게 받아치는 내 말에 순두가 입을 비죽거렸다.

첫 그림

댓돌 위에 신발 두 켤레가 나란히 놓여 있었다. 문틈으로 장 화원과 김 화장 앞에 늘어놓은 화첩과 두루마리 그림 들이 보였다. 내가 그린 금강산 그림이 퍼뜩 눈에 들어왔다.

"진수 그림은 겸재의 진품이라 해도 깜빡 속을 정도입니다."

내 그림을 가리키며 김 화장이 공치사를 늘어놓았다.

"자네 눈에도 그리 보이는가?"

"그럼요. 진수 같은 재주꾼을 알아본 어르신의 안목이 감탄스러울 뿐입니다."

"하하하! 등잔 밑이 어둡다고, 알고 보니 진수가 우리 승재와 서당 동무라더군. 자네는 다른 화사들을 뛰어넘는 진수의 재주가 뭔 줄 아는가?"

장 화원의 목소리는 낮고 부드러웠다.

"그야, 티끌 하나도 놓치지 않는 세밀한 붓질하며 쓰는 색감도 남다르고 또…."

"자네 말도 틀리지 않네만 진수는 그림에 절대 허세를 부리지 않는다네."

"그게 무슨 말씀이신지?"

김 화장이 빠르게 눈알을 굴렸다.

"다른 화사들은 제 재주만 믿고 원본의 부족한 부분을 고치려 들지만 진수는 그러지 않는다는 걸세. 설사 원본 화사가 실수한 것이라도 바로잡거나 제 생각을 덧입히지 않지."

"그럼 실수한 것도 그대로 그린다는 말인데, 제 생각엔… 틀리게 그린 건 고쳐야 하지 않을까 싶은데요."

한때 잘나가는 도화서 화원이었던 김 화장이 장담하듯 장 화원의 말에 토를 달았다.

"틀린 것을 고쳐 그리는 순간 그 그림은 진품이 아니라 모사한 화사의 그림이 되지 않겠는가? 그럼 원화의 가치가 사라지는 거지."

"생각해 보니 과연 그렇군요."

김 화장이 눈꼬리를 추켜올리며 입맛을 다셨다.

'난 신경 쓰고 싶지 않아서 보이는 그대로 그리는 것뿐인데. 화원 어르신의 말씀에 껌뻑 넘어가는 품새라니. 저런 게 꿈보다 해몽

이지 뭐.'

머릿속으로 장 화원의 말에 딴지를 걸었다.

목이 간질간질하더니 기침이 쏟아졌다. 인기척을 느꼈는지 이내 방 안이 조용해졌다.

"화원 어르신, 최 훈장 어른 댁에 다녀오겠습니다."

나는 잠긴 목을 가다듬었다.

"밀린 그림이 얼마나 많은데 한가하게…. 요 며칠 바깥으로 싸돌아 댕기더니 아주 재미가 붙었구먼."

김 화장이 잔소리부터 늘어놓자. 장 화원이 김 화장을 말렸다.

"그림보다 더 급한 일이냐?"

불편한 기색을 애써 감추며 장 화원이 나를 건너다보았다.

"일전에 훈장 어른께서 부탁한 책가도가 있는데, 내일 책거리 전에 가져다 달라고 신신당부를 하셨답니다."

"누가 그러더냐? 난 그런 말 들은 적 없는데."

나를 쏘아보는 김 화장의 시선이 곱지 않았다.

"인국 형님이…."

옥에 있는 인국을 들먹이다니, 아차 싶었다. 공연히 트집 잡힐 말인가 싶어 간이 졸았다.

"감옥 안에서도 신용을 지키겠다는 마음 씀씀이가 대단하지 않은가?"

인국을 감싸는 듯한 말투와는 달리 장 화원의 표정은 냉랭했다.

"어제 인국을 만났다더니 부탁받은 거로구먼. 최 훈장 어른께 대신 안부도 전하고."

김 화장이 낯빛을 바꿔 잔뜩 생색을 냈다.

"네. 급히 다녀오겠습니다."

댓돌을 내려서려는데 뒤따라 나온 김 화장이 은근히 소맷부리를 잡아당겼다. 주위를 두리번거리고는 김 화장이 내 귀에 빠르게 속삭였다.

"간 김에《천자문》책도 한 권 구해 오너라."

"천자문을요?"

김 화장이 얼른 입에 손가락을 갖다 댔다. 장 화원에게 들릴까 꽤나 신경 쓰는 품새였다. 나는 김 화장이 내민 엽전을 마지못해 받아 들었다.

최 훈장의 집은 인왕산 끝자락에 있었다. 소나무 숲 아래에 있다고 해 집 이름을 송하당이라 하고 자신의 호도 송하인이라고 지었다. 이름만 거창하지 다 허물어진 볼품없는 집이지만 마당의 소나무 세 그루는 제법 운치 있었다. 소나무에 대한 마음이 유별나 아들 이름도 일송, 이솔, 삼족이라 지었다. 셋째 삼족의 이름이 아들 셋이면 넉넉하다는 뜻이어서 소나무도 세 그루 심었으려니 짐작했다. 나중에야 소나무 세 그루를 심은 뜻이 다른 데 있음을 알았다. 풍수지리에도 해박한 최 훈장은 산을 등지고 강을 내려다보는 지세를 원했지만 집에서 물길은 한참 멀었다. 강을 옮길 수도 없는 일이라 몇 날을 고민해서 찾은 비책이 소나무 세 그루를 나란히 심어 '내 천(川)' 자를 만드는 것이었다. 소나무로 물길을 집 앞까지 끌어온 셈이었다.

최 훈장이 서당을 연 것은 교서관을 그만둔 이듬해였다. 작은 서당이지만 동네 어귀에서도 학동들의 글 읽는 소리가 들렸다. 이 서당 출신 아전들이 궐내각사 곳곳에 한자리를 차지하고 있다는 소문 탓에 서당은 늘 북적거렸다. 미관말직이라도 자식이 녹봉을 받는 곳에서 일하기를 바라는 웃대(서촌 마을) 사람들에게 잡과 합격은 과거 급제만큼이나 대단한 일이었다. 사대문 밖 사람들도 송하당 소문을 듣고 추수 때마다 사립문이 닳도록 들락거렸다.

최 훈장의 유명세는 시전 상인들 사이에서도 대단했다. 그가 인왕산에서 함께 자란 친구들과 만든 시 모임에 한 번이라도 참가하는 것을 더없는 영광으로 여길 정도였다.

"장기나 바둑으로 사귀는 것은 하루를 가지 못하고, 술과 여색으로 사귀는 것은 한 달을 가지 못하며, 권세와 이익으로 사귀는 것도 한 해를 넘지 못한다. 오로지 시로 사귀는 것만이 영원하다."

최 훈장의 이런 생각을 따르는 이들은 인왕산 계곡에서 자주 계회를 열고 시를 지으며 놀았다.

서당이 가까워지자 아이들의 글 읽는 소리가 낭랑하게 들렸다. 한때 나도 저들 속에 끼여 있었다. 《천자문》을 떼고 《소학》과 《동문선습》을 배울 쯤에는 공부가 딱 내 체질이다 싶기도 했다.

난 아버지처럼 살고 싶지 않았다. 내가 그런 결심을 더욱 굳힌 것은 고조할아버지의 제삿날이었다. 제사상을 차리기 전에 꼭 돌아오겠던 아버지는 달빛이 문을 넘도록 코빼기조차 내밀지 않았다.

"네 아버지는 오늘 같은 날조차 계회돈가 뭔가 그런다고 늦는 모양이다. 에그, 개도 안 물어 갈 이년의 팔자!"

어머니는 난데없이 팔자타령을 늘어놓았다. 이웃집 아낙한테 아쉬운 소리 해 가며 간신히 제사상을 차렸으니 당연히 그럴 만했다.

"하루 이틀 있는 일도 아니고, 제삿날이라고 일찍 들어오실 아버지가 아니잖아요."

자정이 가까워지면서 어머니의 불평은 걱정으로 바뀌었다.

"무슨 일이 생긴 게 분명해. 아무리 살림이 째도 제사는 꼭 챙기는 사람인데."

하루 종일 어머니 옆에서 종종걸음을 치던 누이는 벽에 기대 꾸벅꾸벅 졸았다.

"진즉에 그림 따위 때려치우라고 했어야 하는데. 조상님들도 참 야속하시지. 해마다 때맞춰 제사상을 받아 드셨으면 없던 마음도 생기겠구먼."

어머니가 제사상을 건너다보며 긴 한숨을 쏟아 냈다.

"아버지한테 계회도를 그리지 말라는 건 죽으라는 건데 바랄 걸

바라셔야죠."

짜증 섞인 내 말에 어머니가 손을 내저었다.

"원래부터 환쟁이 피를 타고난 게 아니니까 그렇지. 이왕 주실 거면 그림 재주 말고 글재주나 장사 수완을 주실 일이지…."

어머니가 마른걸레로 방을 훔치며 중얼거렸다.

"우리 같은 사람들한테는 글재주야말로 만고의 쓸모없는 걸 텐데요 뭐."

내가 툴툴대며 향을 다시 꽂았다. 문틈으로 새어 드는 바람에 촛불이 일렁였다.

"그게 무슨 소리냐? 아버지는 반쪽이나마 양반 피를 가진 분이다. 고을 수령이셨던 고조할아버지께서 네 고조할머니를 어여삐 여기셨지. 그렇게 태어난 증조할아버지는 벼슬길에 나설 수 없었지만 인근에서는 신동 났다 소문날 만큼 영특하셨던가 보더라. 역관 시험에 단번에 붙으신 걸 보면 말이다. 그 밑으로 태어나신 할아버지들은 율관을 하고, 경아전도 되고…."

처음 듣는 말이었다. 내 몸에도 반이나마 양반 피가 흐르고 있다니. 상상도 못 한 일이었다.

자정이 다 돼서야 아버지가 헐레벌떡 달려오셨다. 그날 처음으로 서당에 다닐 결심을 했다. 다음 날, 날이 밝자마자 송하당으로 달려갔다.

"네가 잡과를 보겠다고? 네 아비 말로는 그림 재주를 타고났다던데, 왜 화원은 싫은 게냐?"

최 훈장의 말에 부아가 났다. 아버지 말에 혹해서 환쟁이가 제격이라는 사람 밑에서 배운다는 게 내키지 않았지만 《천자문》이라도 떼야 아전이 되든 역관이 되든 할 터였다.

다음 날 다시 찾아간 나를 최 훈장은 뜨악한 눈으로 볼 뿐 내칠 생각은 없어 보였다. 공부 삯 얘기를 꺼낼까 싶어 얼른 지게를 지고 나섰다.

뭐든 열심히 하면 하늘도 움직일 수 있다고 믿던 나이였다. 땔감도, 마당 비질도 도맡아 하면서 다른 아이들보다 몇 배는 더 열심히 공부했다. 공부를 하면 할수록 재미가 났다.

《소학》을 떼고 《동몽선습》을 배울 때쯤 아버지가 돌아가셨다. 아버지의 죽음으로 공부 따윈 꿈도 못 꿀 일이 됐다. 그런 내가 마음에 걸렸는지 어머니는 그동안 한 공부가 아깝다며 서당에 계속 다니라고 우겼다.

"당장 뗏거리도 없으면서 공부가 가당키나 해. 제 아비처럼 그림이나 그릴 일이지."

서당 동무들이 등 뒤에서 쑥덕거렸다. 가시방석이었다. 밭뙈기 한 평 있는 것도 아니고 어머니의 삯바느질만 믿고 공자 왈 맹자 왈 하는 내가 한심해 보일 게 당연했다. 책을 봐도 글이 눈에 들어오지 않았다.

이러지도 저러지도 못한 채 시간만 흘러갔다.

그 무렵 인국이 최 훈장을 찾아왔다. 나무를 한 짐 해서 막 마당으로 들어서려던 참이었다. 방문을 열고 최 훈장이 나를 불러 세웠다.

"너를 찾아온 사람이 있으니 방으로 좀 들어오너라."

"누구요?"

"들어와 보면 안다."

방 안에 앉은 사내가 나를 빤히 올려다보았다. 인국이었다. 장례식이 끝난 며칠 뒤 인사차 지전에 들렀다가 마주친 적이 있었다. 아버지와 같이 일했던 박씨 아저씨가 새로 들어오기로 한 거간꾼이라고 소개했다.

"너한테 할 말이 있다고 예까지 왔다는구나."

최 훈장이 나와 인국을 번갈아 보며 말했다.

"이것을 네가 그렸다고 하던데?"

인국이 내 앞으로 그림 한 장을 내밀었다. 그것은 지난겨울에 그린 그림이었다. 반쯤 눈이 감긴 최 훈장과 몸을 흔들며 《천자문》을 외우는 아이들 틈에서 만수가 환하게 웃고 있었다.

그해에는 겨울이 일찍 찾아왔다. 갑자기 뚝 떨어진 기온 탓에 측간에 갈 때를 빼곤 아이들은 방 안에서 꼼짝도 하지 않았다. 장화원 댁에서 더부살이하는 억쇠 아저씨가 서당에 나타난 것은 점심 무렵이었다. 만수는 억쇠 아저씨가 혼인하고 10년 만에 어렵게 얻은 외아들이었다.

"반푼이어도 좋고, 다리 하나 절어도 좋으니 그저 오래만 살아 다오."

만수는 억쇠 아저씨의 걱정을 단번에 날릴 만큼 영민했고, 행동 거지도 반듯했다. 천수 아니 만수를 누리라고 만수라 이름 지었는 데, 튼튼하던 만수가 덜컥 자리보전을 하고 있다는 소문을 들은 게 한 달 전이었다.

"훈장님, 이놈이 죽어도 서당에서 죽겠다고 어찌나 뻗대는지 말려도 소용없습니다. 오죽했으면 목숨이 오락가락하는 자식을 지게에 지고 왔겠습니까."

마당 한쪽에 놓인 지게 안에는 무명 이불로 칭칭 동여맨 만수가 앉아 있었다. 제 명이 다한 줄 알기나 한 듯 며칠 동안이나 서당에 가자고 졸랐다고 했다. 억쇠 아저씨도 만수 어머니도 병 나으면 갈 수 있다고 달래도 보고 얼러도 보았지만 소용없었다. 억쇠 아저씨는 죽으려면 곱게 죽으라며 아픈 아이의 마음에 대못까지 쳤다며 끝내 훌쩍거렸다. 서당에 못 가고 죽으면 귀신이 돼서라도 찾아갈 거라는 만수의 말에 억쇠 아저씨는 손을 들 수밖에 없었다. 최 훈장에게 피해가 갈 줄 번연히 알면서도 며칠을 벼르다가 둘러업고 왔다고 했다.

"죽어서도 한이나 남지 않게 아들놈 마지막 소원을 들어주십시오."

억쇠 아저씨는 맨바닥에 꿇어앉아 최 훈장의 바짓가랑이를 붙잡고 늘어졌다.

"자네가 오죽했으면 이랬을까 싶네만 만수를 저 방에 들였다가 다른 아이들에게 병이라도 옮기면 어쩌겠나? 자네에게 만수가 귀한 자식이듯 저 아이들도 제 부모에게는 금쪽같은 자식일 텐데 말일세."

최 훈장의 말에 억쇠 아저씨 어깨가 축 늘어졌다. 아이들은 무슨 일인가 싶어 문틈으로 고개를 내밀었다.

"내 소원 풀자고 생때같은 남의 자식을 위험하게 할 수야 없지요."

억쇠 아저씨가 땅바닥에 무너지며 울음을 삼켰다.

나뭇단을 부려 놓고 왔을 때도 억쇠 아저씨는 넋이 나간 것처럼 우두커니 서 있었다. 공부도 장난도 으뜸이던 만수였다. 간신히 얼굴만 드러낸 만수와 눈이 마주쳤다.

"그러니까 아저씨는 만수 소원을 들어주고 싶은 거고, 훈장님은 다른 아이들 때문에 만수를 방에 들여보내기가 내키지 않는다는 거죠? 그럼 이렇게 하면 되겠네요. 훈장 어르신, 책지 한 장만 써도 될까요?"

최 훈장과 억쇠 아저씨가 동시에 눈을 동그랗게 치떴다. 내가 손가락으로 붓질하는 시늉을 하고서야 최 훈장이 고개를 끄덕였다.

방문을 열자 문고리에 매달려 있던 아이들이 송사리 떼처럼 우르르 흩어졌다. 책상다리를 하고 매일 보던 아이들을 찬찬히 살폈다.

머리에 난 부스럼 딱지 때문에 자주 놀림을 받는 영덕이, 넙데데한 얼굴에 콧구멍이 하늘로 바짝 들린 진중이, 마마로 얼굴이 심하게 얽은 영만이…. 내 눈을 피하는 아이 얼굴을 추켜올려 요모조모 살피기도 했다.

벼루와 먹, 연적과 붓을 챙겨 서안 위에 올려놓았다.

"너희들은 바깥으로 나오지 마. 여기서 한 발짝도 움직이면 안 돼."

내가 눈을 부라리자 아이들이 시무룩해졌다. 쪽마루로 내려서자 최 훈장이 기다렸다는 듯 책지를 내밀었다. 눈치 빠른 억쇠 아저씨는 만수를 번쩍 들어다 평상 위에 앉혔다.

제 얼굴을 그리는 줄 알았는지 만수가 고개를 번쩍 들었다. 핏기 하나 없는 얼굴, 그러나 눈만은 더없이 맑았다. 아이들을 둘러보며 눈이 감길 정도로 흐뭇하게 웃는 최 훈장, 책을 들여다보고 고개를 갸웃대는 아이, 눈을 감고 글귀를 외우는 아이, 옆 아이를 보며 입만 오물거리는 아이, 그 아이들 틈에 환하게 웃고 있는 만수를 그려 넣었다.

"아저씨, 이 그림 보면 만수도 서당에 있다고 생각할 거예요."

억쇠 아저씨 눈에 눈물이 맺혔다.

"영덕이의 부스럼 딱지도 그렇고, 진중이의 이 발랑코 하며, 금방이라도 그림에서 애들이 고물고물 기어 나올 것 같구나."

최 훈장이 칭찬 섞인 장광설을 늘어놓았다.

"고맙다, 고마워. 매일매일 만수한테 보여 줄 거구먼. 이 그림 때문에라도 자리 털고 일어나면 좋으련만."

억쇠 아저씨가 내 손을 잡고 울먹울먹했다.

한 달도 못 채우고 만수는 죽었다. 그 후 딱 한 번 억쇠 아저씨가 서당에 들른 적이 있다. 만수가 보고 싶을 때 그림을 들여다본다고, 그래서 만수가 죽었다는 사실을 깜박할 때도 있다며 슬프게 웃었다.

그 그림을 인국이 눈앞에서 펼쳐 보였다.

"이걸 어떻게?"

"그림 주인한테 잠시 빌렸지."

인국의 입가에 의미심장한 미소가 떠올랐다.

"훈장 어른 말씀이 글공부도 제법 한다고?"

그래서 뭘 어쩌라고요? 뜬금없이 그림에다 공부까지 들먹이며 깐죽대는 인국의 속을 종잡을 수 없었다. 도대체 무슨 말을 하려고 저렇게 뜸을 들이는 걸까?

"이 아이가 행랑아범 아들 맞지?"

인국이 손끝으로 그림 속 한 아이를 짚었다. 공부 시간에는 좀체 한눈팔지 않는 만수를 이렇게 그린 것은 만수에게 즐거운 기억을 주고 싶어서였다.

"다른 아이들은 훈장님 눈치만 보는데, 이 아이만 웃고 있구나. 네가 이렇게 그린 이유가 있을 것 같아 넘겨짚어 본 거다."

"이제 보니 정말 그렇구나. 이 사람 말대로 무슨 이유가 있는 게냐?"

"만수는 개구쟁이였어요. 겉으로는 반듯하고 숫기 없어 보이지만 속에는 어떤 아이보다 개구진 생각이 많았어요."

"먼저 가려고 그랬는지 공부할 때도 놀 때도 죽을 둥 살 둥 하긴 했지."

최 훈장이 그림 속으로 들어갈 것처럼 잔뜩 몸을 수그렸다.

"훈장 어른 보시기에도 진수가 그림 재주를 타고난 것 같지 않습니까?"

인국이 의기양양한 목소리로 말했다.

"공부 머리도 그림 재주만큼 나무랄 데 없네. 한 번 본 글귀는 서너 번 만에 외울 정도니까."

"제 눈엔 공부 머리보다 그림 재주가 더 많아 보입니다. 이 아이들을 보십시오. 하나같이 표정이 살아 있어요. 얼굴만 봐도 꽁생원인지, 개구쟁이인지 금방 알 수 있잖습니까?"

"나 역시 그림 재주가 아까워 처음엔 화원이 되는 게 어떠냐 떠보았지만 딱 잘라 싫다고 했네. 그 뒤로는 공부에만 열심이었고."

최 훈장이 나를 흘낏 보면서 인국의 말을 가로챘다.

"넌 어떤 사람이 되고 싶은 게냐? 진짜 네가 하고 싶은 일이 무엇이냐?"

인국의 입가에 느물대는 웃음기가 돌았다.

아버지처럼 살지 않겠다는 생각은 했지만 딱히 무엇이 되겠다는 생각을 깊이 해 본 적은 없었다. 느닷없는 출현에다 요상스러운 질문까지, 얼떨떨하기만 했다.

"우리 같은 사람은 양반으로 다시 태어나기 전에는 과거를 볼 수도 벼슬아치가 될 수도 없지. 그걸 알면서도 미련을 못 버리는 건 어리석은 일이야."

인국의 빈정거림에 코웃음이 나왔다. 나에 대해 다 안다는 듯 구는 인국이 고까웠다.

"이 그림이 그리 대단한가?"

최 훈장이 새삼스럽게 그림을 들여다보며 고개를 회회 저었다.

"그럼요. 타고난 환쟁이의 솜씨입니다."

"환쟁이가 될 생각은 눈곱만큼도 없어요. 그림은 아버지 한 분으로도 신물 난다고요."

"허허, 아무리 용을 써도 타고난 운명을 거스를 수 없는 법이다. 과거 급제를 해도 매관매직이 판치는 요즘 같은 세월엔 안동 김씨 일가붙이라면 모를까, 벼슬자리는 꿈도 못 꿀 일이지. 누울 자리 봐 가며 다리를 뻗어야지. 안 그러느냐?"

내 말을 귓등으로 들은 듯 인국이 다시 말을 이어갔다.

"양반이 아니라도 너만 한 재주라면 벼슬아치가 되는 것도 넘볼 만하지. 정조 임금의 어진 제작에 참여한 김홍도는 종6품 연풍 현감을 지내셨다. 세종대왕의 셋째 아들 안평대군이 꿈에서 본 신선 세계를 그린 〈몽유도원도〉의 안견이라는 분도 정4품 호군의 벼슬 까지 오르셨고. 또…."

그다음부터 내 눈엔 인국의 달싹거리는 입술만 보였다. 아무 소리도 들리지 않았다. 그림 재주로 벼슬아치가 될 수 있다니, 머리털 나고 처음 듣는 말이었다. 최 훈장이 짚이는 게 있는지 넌지시 운을 뗐다.

"자네가 여기 온 이유는 뭔가?"

"진수를 데려가려고 왔습니다."

"어디로 말인가?"

최 훈장의 물음에 인국은 나를 뚫어져라 쳐다보았다. 사람을 빨아들일 듯 깊은 눈이었다.

"저 아이의 아비가 일하던 지전에 데려가려고요. 그곳 전주가 이번에 서화 가게를 차릴 모양이니 진수에게 좋은 기회가 될 듯합니다."

인국은 이미 모든 것을 작정한 듯 내 생각 따윈 아랑곳없다는 투였다. 인국은 석 달만 제 뜻대로 따라와 달라고 나를 구슬렸다. 그런 후에도 내키지 않으면 내가 원하는 것을 찾을 때까지 뒷바라지해 주겠다는 조건도 내걸었다.

닷새 후 나는 인국과 함께 지전으로 들어갔다. 종이를 날랐고, 얼마 후 인국의 추천으로 장 화원이 운영하는 광일화원에 들어갔다. 그게 이태 전 겨울의 일이었다.

문틈으로 새어 나오는 학동들의 글 읽는 소리가 반가웠다. 오줌 누러 나온 아이가 힐끗 나를 보았다. 얼마 후 벌컥 방문이 열렸다.

"네가 여긴 어쩐 일이냐?"

최 훈장의 목소리에 반가움이 묻어났다. 책가도를 싼 보자기를 내보였다.

"인국이 옥에서도 이건 빼놓지 않고 챙겨 주었구나."

네 칸짜리 책장 안에 대여섯 권의 책이 꽂혀 있고, 모란 화병 아래 칸에는 붓과 필통, 연적이 나란히 놓여 있었다. 연적에는 구름과 천도복숭아가 그려져 있었다. 최 훈장은 오랫동안 그림을 내려다보았다.

"네가 그린 거냐?"

"아뇨, 화장 어른께서 그리셨어요. 여기 온다고 하니 화장 어른이 《천자문》…."

막 《천자문》 얘기를 꺼내려는데 최 훈장이 말을 끊었다.

"난 아직도 믿을 수가 없구나. 인국이 그럴 사람으로는 보이지 않던데."

최 훈장은 침울한 얼굴로 말끝을 흐렸다.

"형님은 누명을 쓴 거예요. 그것도 아주 가까운 사람이 밀고해서요."

"그래? 짚이는 데가 있나 보구나!"

"형님 말로는…. 그건, 확실해지면 말씀드릴게요. 제가 오늘 찾아온 건 스승님의 도움이 필요해서예요."

"내 도움이?"

어딘가 있을 아버지의 시장을 찾아야 한다는 내 말에 최 훈장은 난감한 기색이었다. 어느새 서당 아이들이 문 앞에 몰려와 방 안을 기웃거렸다.

"교서관에 계셨으면 정조 임금 때 만들었다는 《증수무원록언해》도 보셨겠네요?"

"그랬지."

"그런 책은 어떤 분들이 보나요?"

"한양의 여러 관청과 지방 관아에도 내려보내니 거기에서 일하는 사람들이라면 다들 보겠지? 그런데 그런 걸 갑자기 왜 물어보는 거냐?"

"그럼 한성부나 의금부에서도 그 책을 보겠네요?"

"그렇겠지."

인국이 최 훈장을 찾아가서 부탁해 보라는 것도 그가 교서관에서 20년 넘게 일했기 때문이었다. 최 훈장은 살인사건 수사와 판결의 기본이 되는 《증수무원록언해》 편찬 때도 교서관에 있었으니 한성부 관리들을 한둘 정도는 알고 있을 거라는 게 인국의 짐작이었다.

"인국이 시장을 봐야겠다고 하더냐?"

최 훈장의 말에 천천히 고개를 끄덕였다.

"신 형방이 아직 한성부에 있다는 말을 듣긴 했다만, 알아보는 대로 순두 편에 알려 주마. 그게 그 사람한테 도움이 되면 좋으련만."

뒤엉킨 매듭 한 가닥이 풀린 듯 가슴이 후련했다. 최 훈장은 인국을 도와줄 사람은 나밖에 없다고, 늘 지켜보는 눈이 있으니 조심하라는 말을 몇 번이나 되풀이했다.

짝사랑

등 뒤로 느껴지는 햇살은 따사롭고 머릿속도 개운했다. 파란 싹이 돋기 시작한 밭두렁을 내려오자 한적한 거리가 나왔다. 숯을대문을 한 기와집들이 즐비하게 늘어선 웃대는 고즈넉했다. 돈깨나 주무르는 역관·의원·화원·시전 상인 들은 북촌 양반들보다 더 넓은 집을 짓고, 정원에다 진귀한 나무를 심고 누각을 지어 올렸다. 장 화원이라고 다르지 않았다. 세 해 전 아버지가 계회도에 남긴 곳도 궁궐만큼이나 잘 꾸며진 후원이었다.

대문 안을 들어서자 아침나절의 시끌벅적함은 온데간데없고 사방이 고요했다.

"왜 신 화원 댁 여식이 싫다는 거냐? 이 혼사가 우리 가문에 얼마나 중요한지 알기는 하는 거냐?"

장 화원의 노기 띤 목소리가 방문을 넘었다.

"그렇게 중요한 혼사라면 아버지 양자한테 하라고 그러란 말이에요. 전 싫다고 했잖아요."

승재가 말하는 양자란 나를 두고 하는 말이 분명했다.

잠시 후 문이 벌컥 열리며 승재가 튀어나왔다. 엉거주춤 물러서는 나를 사납게 노려보고는 승재는 냅다 후원 쪽으로 뛰어갔다. 뒤따라 나온 장 화원이 나를 보고는 멈칫했다. 나는 쭈뼛대며 최 훈장 댁에 다녀왔다고 말했다.

"알았다. 어서 들어가서 일 봐라."

장 화원은 후원 쪽을 흘깃 보고는 다시 방으로 들어갔다. 누군가의 밑에 있으려면 눈치가 빨라야 한다는 말을 입에 달고 사는 김 화장이 떠올랐다. 장 화원이 승재를 찾아오라고 말하지 않았지만 후원 쪽으로 발길을 돌렸다.

어둑해지는 저녁 하늘이 잠긴 연못의 물빛은 어두웠다. 바람이 불 때마다 물결이 일렁였다. 연못이 내려다보이는 둔덕 쪽으로 천천히 걸었다. 아버지가 계회도에 그린 후원 정자가 내려다보였다. 나뭇가지 사이로 저녁 햇살이 스며들었다. 새순이 뿜어내는 풀 향내가 싱그러웠다. 글줄이나 읽었다면 시 몇 줄은 줄줄 읊조릴 만큼 빼어난 풍광이었다.

숲 안쪽에서 승재의 거친 말소리가 터져 나왔다.

"왜 자꾸 날 피하는 건데?"

"싫어서요."

월이의 톡 쏘아붙이는 말이 이어졌다.

승재가 월이에게 집적댄다는 소문은 진즉에 들었다. 주인집 아들과 계집종이 연분 났다는 소문은 언제나 재미난 이야깃거리였다.

신 화원 댁과의 혼사를 마다할 만큼 승재는 월이를 마음에 두고 있는 걸까?

지난해 봄 장 화원이 노비살이 하던 월이를 데려왔다. 그날 이후 월이를 두고 장 화원이 건드린 기생의 딸이라는 둥, 역모죄로 몰락한 양반가 규수라는 둥 소문이 무성했다. 그런 뒷소리에도 장 화원은 그답지 않게 강 건너 불 보듯 무심했다. 쑥덕거림을 못 본 척하고 아랫사람들의 입단속도 하지 않았다.

"왜 싫어? 이런 말 내 입으로 하는 게 좀 민망하지만, 네 처지에 주인집 아들에다 앞날이 보장된 도화서 화원이면 호박이 넝쿨째 굴러 들어온 거 아냐?"

승재가 작정이라도 한 듯 거들먹거렸다.

"여종 처지에 감지덕지하라는 말투군요. 그런데 어쩌지요? 난 숨겨둔 여인, 그런 건 성에 안 차는데."

월이 말에 가시가 돋혔다. 만만치 않은 아이라는 것은 알고 있었지만 김 화장조차 쩔쩔매는 승재에게 또박또박 말대꾸라니. 사내 못지않은 두둑한 배짱이었다.

내가 뭉그적대고 있을 때 세차게 뺨을 후려치는 소리가 들렸다.

"종년 주제에 누구한테 손찌검이야!"

눈을 질끈 감았다. 하지만 걱정했던 월이의 비명 소리는 들리지 않았다. 부리나케 달려갔을 때는 숲을 빠져나가는 월이의 뒷모습만 보였다. 주먹을 틀어쥔 채 승재가 씩씩댔다.

"어, 네가 여긴 웬일이야?"

나는 시치미를 떼며 놀란 얼굴을 했다.

광일화원에 들어오기 전 승재와는 꽤 친한 친구 사이였다. 만수를 그린 이후 승재는 드러내 놓고 내 그림 실력을 부러워했다. 같이 도화서 화원이 되면 좋을 것 같다는 말도 자주 했다. 그때마다 나는 그림 같은 데 관심 없다며 잘라 말했다. 승재는 "정말?" 하고 미심쩍어 하면서도 눈에 띄게 안심하는 기색이었다.

"그냥… 마음이 답답해 찬바람이나 쐴까 하고."

승재가 횡설수설하며 월이가 사라진 쪽을 흘끔거렸다.

"오다 보니 월이가 급하게 내려가던데. 너도 봤어?"

"어, 엉. 그래? 걔가 여긴 웬일이지?"

승재는 당황해서 말까지 더듬거렸다.

"너 못된 짓 하다 들킨 얼굴이야. 점찍어 놓은 기생이 속 썩이냐?"

나는 승재의 어깨를 치며 히죽댔다. 별 뜻 없이 한 말인데 승재가 눈을 모로 세우며 발끈했다.

"남의 집에 들어와 풍파를 일으킨 게 누군데…. 아버지가 양자 삼겠다고 하니까 이제 내가 우습게 보여?"

"화원 어르신이 받아만 주신다면 나야 양자 자리를 마다할 이유가 없지. 장씨 문중 사람이 되면 어진화사를 욕심 내지 않을 사람이 있겠냐?"

내 빈정거림에 승재의 뺨이 부르르 떨렸다.

"네 실력이면 다른 사화원에서 더 좋은 조건으로 데려가려고 할 텐데, 양자가 되려는 데는 딴 꿍꿍이가 있는 거 맞지?"

"화원 어르신 재산이 엄청나다며? 양자가 되면 그 재산도 얼마쯤 내 앞으로 떨어지려나."

승재의 얼굴이 붉으락푸르락했다. 불끈 쥔 주먹을 보니 피식 웃음이 나왔다. 주먹다짐이라면 자신 있었다. 더구나 상대가 승재라면 더욱 그랬다. 씩씩거리는 승재 꼴이 우스워 장난기가 발동했다.

"이왕 환쟁이로 나섰는데 나라고 단원 어른처럼 어진화사가 못 될 것도 없지. 그러려면 지전의 배달꾼 아들보다는 화원 명문가의 양자인 게 훨씬 유리하지 않겠냐?"

제 성질을 못 이기고 승재가 힘껏 나를 밀쳤다. 그 바람에 엉덩방아를 찧고 말았다. 옷에 붙은 검불을 떼어 내는 나를 노려보는 승재의 눈길이 차가웠다.

"그렇게 되면 화원 가문을 이으려는 우리 아버지야 좋겠지만, 넌 평생 조진수가 아니라 장진수로 살아야 하는데 그래도 괜찮다고?"

승재의 숨소리가 가빠졌다.

"그만한 각오 없이 양자 자리를 차지할 수 있겠어? 얻는 게 있으면 잃는 게 있는 건 당연한 거고, 더구나 잃는 것보다 얻는 게 몇십 배나 큰데 망설이면 그게 바보인 거지, 안 그래?"

내 생각에도 얼굴이 화끈거릴 만한 허세였다. 승재가 갑자기 풀썩 주저앉았다. 살기등등하던 상대방이 맥없이 무릎을 꿇으니 내가 더 당황스러웠다.

"너 화원 어르신의 아들 맞아? 내가 옆에 있으면 네가 긴장해서 그림 공부에 매진할까 싶어 그러는 어르신의 마음을 모르겠냐고. 더구나 민재 형님이 나를 양자 들이는 데 찬성할 것 같냐? 똑똑한 척은 혼자 다하면서 어떻게 그거 하나 제대로 못 읽는 거냐."

"형님이야 당연히 나보다 반대가 더 심할거야. 바보같이 왜 그 생각을 못 했지."

승재의 입이 헤벌쭉 벌어졌다. 순진한 건지 여린 건지 웃음밖에 나오지 않았다.

두 해 전 민재가 도화서 시험을 통과한 후 장동 김 대감의 눈에 들기 위해 장 화원의 북촌 나들이가 부쩍 잦아졌다. 자기가 이루지 못한 어진화사의 꿈을 아들이 대신할 수 있다면 장 화원은 어떤 대가라도 치를 것이다. 그것이 돈이든 목숨이든 괘념치 않을 사람이었다.

"너 이렇게 오래 나와 있어도 돼? 품삯 받는 환쟁이 주제에 후원에서 빈둥거리기나 하고."

"사돈이 남 말하네. 그러는 넌 몰래 월이를 만나고 거기에다
가…. 큭큭!"

승재의 너부죽한 얼굴이 벌겋게 달아올랐다.

"넌 월이가 불쌍하지도 않냐? 아비 죽고 어미와 평생 떨어져 사
는 처지인데…."

"불쌍해? 아까 걔가 나한테 하는 꼴을 봤어야 하는 건데."

"왜 네가 싫다고 그러대?"

"너 다 들은 거야? 처음부터 다 보고 있었던 거 아니냐고!"

제 입으로 비밀을 털어놓은 게 억울한지 목소리가 갈라졌다.

"월이한테 그러지 마. 좋아하지도 않으면서 기생한테 하듯 집적
대지 말라고."

날을 세우며 승재 코앞에서 주먹을 을러댔다.

"진짜로 월이를 좋아한다면 어쩔 건데?"

"넌 장난이지만 네가 던진 돌멩이에 개구리는 죽을 수도 있어."

"장난 아니야. 나 월이 좋아해. 예쁘기도 하지만 왠지 월이한테
는 잘해 주고 싶어서…. 쐐기처럼 톡톡 쏘아대는 말까지 내 가슴에
콕콕 박힌다니까. 그게 아프면서도 저릿저릿해."

승재는 맥없이 고개를 떨궜다.

"그래서 어떻게 할 건데?"

"몰라. 월이가 내 마음을 알아 줄 때까지 기다리는 거지 뭐."

승재는 애꿎은 풀 이파리만 짓이겼다. 숲 어디에선가 새소리가 들려왔다. 승재도 어쩌지 못하는 고민과 아픔을 갖고 있었다. 서당 동무였던 그때로 다시는 돌아갈 수 없듯, 우리는 자기 길을 가는 것뿐이다.

"인국 형님은 어때? 몸 많이 상했지?"

승재의 눈을 애써 피했다. 달리 할 말이 없었다.

"설마 너도 인국 형님이 살인범이라고 생각하는 건 아니지? 형님은 네 아버지가 돌아가시고 난 후에 이곳에 왔잖아. 가만 보면 포도대장도, 금부도사*도 순 엉터리야. 이번 일은 확실히 냄새가 나. 그것도 아주 고약한. 안 그래?"

승재가 코까지 킁킁대며 떠들어 댔다. 인국은 그 음모의 주동자가 장 화원이라고 했다. 승재가 그 말을 들었다면 어떤 얼굴을 할까? 친구의 아버지이자 양아버지가 돼 주겠다는 장 화원, 아버지보다 더 아버지 같은 인국. 누구의 편에도 설 수 없는 내 처지가 기막혔다.

승재 뒤를 쫓아 묵묵히 걸었다. 햇살 아래에서도 캄캄한 길을 걷는 기분이었다. 승재의 그림자 위로 내 그림자가 겹쳤다.

파루가 울리자마자 집을 나섰다. 오지도 않는 잠을 청하며 뒤척

* 의금부에서 임금의 특명에 따라 중한 죄인을 다스리는 책임을 맡은 벼슬.

이는 것도 못할 짓이었다. 새벽바람 탓일까? 머릿속 안개가 걷히고 찌뿌둥하던 몸도 조금씩 제자리를 찾는 것 같았다.

"이런 새벽에 웬일이냐? 인국한테 무슨 일이라도 생긴 거냐?"

억쇠 아저씨 눈이 휘둥그레졌다.

"밀린 일도 있고, 마음이 싱숭생숭해서요."

"속이 왜 안 시끄럽겠냐… 화원 어르신도 밤새 못 주무시는 것 같더니 새벽부터 낯선 사람을 불러들이고 도대체 무슨 일인지 원."

억쇠 아저씨가 툴툴대고는 싸리비를 다시 들었다.

"낯선 사람, 누구요?"

"난들 아냐? 옆을 지나가는데 찬바람이 싸악 도는 게 눈도 못 마주치겠더라."

억쇠 아저씨가 부르르 몸까지 떨었다.

'그럼 삯을 떼먹고 도망친 거간꾼이라도 잡으려는 걸까? 남의 눈을 피해 새벽에 들일 사람이라면 검계 아닐까?'

검계들이 전주들의 떼인 돈을 받아 내는 해결사로 나선다는 말을 듣긴 했다. 검계라는 생각에 뒷목이 뻣뻣해졌다.

그림을 부탁하거나, 붓이나 먹을 파는 장사치, 종이를 배달하는 지전 사람들이 자주 들락거리는 곳이긴 해도 아침상도 들이기 전에 사람이 찾아오거나 장 화원이 사람을 불러들이는 일은 드물었다.

사랑방 문은 굳게 닫혀 있었다. 장 화원과 새벽 손님은 무슨 이야기를 나누는 걸까? 머리를 세차게 흔들었다. 인국 일로도 머리가 터질 것 같은데 괜한 일에 신경 쓰고 싶지 않았다.

신발을 벗고 마루방 안으로 들어섰다. 안료와 먹물 냄새가 훅 끼쳤다. 어젯밤 늦게까지 그림 작업을 했는지 방 안이 어수선했다. 구겨진 화선지 뭉치가 나뒹굴고 방바닥엔 말라붙은 안료와 먹물 얼룩이 지천이었다. 방문을 활짝 열어젖혔다. 맑은 바람이 꿉꿉하던 방 안 공기를 한꺼번에 밀어냈다.

널브러진 화선지를 개키고 벼루와 연적을 한구석으로 밀어 놓았다. 비질을 하고 물걸레로 방바닥을 닦았다. 방 안이 환해지니 꺼림칙하던 마음도 말끔히 씻기는 기분이었다. 방 한편에 둘둘 말려 있는 그림들이 눈에 들어왔다. 감옥에 가지 않았다면 진즉에 인국이 서화전에 내갔을 그림들이었다. 인국은 제대로 잠이나 잤을까? 인국을 생각하니 다시 마음이 무거워졌다.

들어열개문을 닫으려고 다가섰을 때 마당으로 나서는 검은 도포 자락이 보였다. 검은 띠로 이마를 질끈 동여맨 사내가 주위를 흘끔댔다. 해끔한 얼굴과는 달리 매서운 눈매는 화원을 드나들던 이들과 사뭇 달랐다. 억쇠 아저씨가 말한 낯선 사내가 분명했다. 말로만 듣던 검계가 눈앞에 있다니 심장이 오그라들었다. 뒤따라 나온 장 화원이 사내의 어깨를 툭툭 쳤다.

홍경래의 난 이후 나라 안은 늘 어지러웠다. 검계들이 날뛰게 된 것도 그와 무관하지 않았다. 힘 있고 돈 많은 사람들이야 정조 임금에 이은 태평성대라고들 하지만 달라진 게 없었다. 그때나 지금이나 끼니 걱정에서 헤어나지 못하는 건 마찬가지였다. 밀린 세금과 부역 때문에 매질을 당하고 집과 땅을 빼앗긴 사람들은 화전민이 되거나 도적 떼를 따라나섰다.

내가 다시 고개를 들었을 때는 사내가 온데간데없이 사라진 후였다. 벼루를 씻고 붓 씻는 물도 떠다 놓았다. 먹을 갈고 화선지를 폈다. 빈 종이를 보니 빨리 채워야겠다는 생각에 마음이 들끓었다.

반나절이 어떻게 지나갔는지 모르게 흘러갔다. 붓을 들 때는 딴 생각이 들지 않아 좋았다. 아버지가 그렇게 그림 그리라고 했을 때는 죽을 만큼 싫더니 붓 끝에서 꽃도 피고, 바람도 불고, 물고기가 튀어 오르는 것이 매번 신기하고 놀라웠다. 어제와 달리 김 화장 얼굴이 눈에 띄게 밝았다. 화사들 사이를 왔다 갔다 하며 김 화장은 색이 밝니 어둡니, 선이 굵니 가느니 하나 마나 한 말을 늘어놓았다.

"이리 좋은 솜씨를 가지고 딴 데 기운 빼지 말고 그림에만 쏟으면 얼마나 좋냐?"

김 화장이 그림에 코를 빠뜨리며 벙싯거렸다.

"그저 돈, 돈. 화원 어르신보다 화장 어른이 더하다니까."

"차라리 어음이나 땅문서를 그리라고 하는 게 낫겠구먼."

시도 때도 없는 김 화장의 참견에 다들 넌더리를 냈다.

"아직 밥때가 안 됐나? 그림 그리는 게 땅 파는 것보다 더 고된 일이라니까."

"오늘은 남의 살 좀 먹었으면 좋겠구먼. 맨날 풀 쪼가리만 먹으니 힘을 쓸 수가 있어야지, 원."

아침밥을 못 먹고 나와서 진즉부터 배가 고팠다.

방문이 열리며 월이가 밥그릇이 가득 담긴 소반을 들고 들어왔다. 화원들이 밥상 근처로 몰려들었다. 월이와 눈이 마주쳤다. 배시시 웃는 얼굴에 볼우물이 움푹 파였다. 어제 후원에서 뭔 일이 있었나 싶게 월이는 멀쩡했다.

"월이야, 아직도 승재가 집적거리냐?"

월이는 못 들은 척 김이 모락모락 나는 자배기*를 내려놓았다. 고봉밥도 금방 배가 꺼지는 젊은 화사들을 위해 내오는 여분의 밥이었다.

"그맘때는 달빛만 봐도 아랫도리가 불끈불끈 서지, 안 그런가?"

"나도 사내지만 세상에 젤로 믿지 못하는 게 사내 맘이다."

화원 몇이 바삐 숟가락질을 하며 한 마디씩 내뱉었다. 월이 얼굴이 조금씩 일그러졌다. 지켜보는 내가 더 조마조마했다.

"아재들은 그렇게 할 일이 없소? 승재 혼자 좋아서 날뛰는 거라니까요."

참다못한 내가 참견하고 나섰다. 빈 그릇에 국을 덜어 담던 월이가 말끄러미 나를 쳐다보았다.

---

* 둥글넓적하고 아가리가 넓게 벌어진 질그릇.

"펄쩍 뛰는 걸 보니 혹시 네가 월이 좋아하는 건 아니냐?"

국그릇에 머리를 박고 있던 화사 하나가 작정하고 놀렸다.

"승재든 진수든, 열 번 찍어도 절대 넘어가면 안 된다. 그럼 네 신세, 완전 쪽박 차는 거야."

누군가의 말에 와아 웃음이 터져 나왔다.

"내 걱정일랑 말고 아재들 앞가림이나 잘하세요. 화원 어르신 앞에서는 고양이 앞에 쥐처럼 굴면서."

월이가 정색하고 쏘아붙였다. 방 안 분위기가 순간 싸해졌다. 월이는 옆에 있는 밥상에서 나물 반찬을 내 앞에다 옮겨 놓았다.

"야, 거기서 뭐 하고 있어?"

승재가 뛰어 들어와 다짜고짜 월이 손을 잡아끌었다.

"월이한테 함부로 하면 내가 가만 안 있을 거예요!"

승재가 휙 돌아서며 화사들을 쏘아보았다.

"우리가 뭔 말 했던가? 오늘 국 맛이 유별나게 구수하다 그랬는데."

화사들이 말간 얼굴로 딴소리를 했다.

"진수 말이 맞네, 맞아. 승재가 잔뜩 몸이 달았구먼."

승재가 나가기 무섭게 화사 하나가 낄낄거렸다.

"인국이가 알면 펄쩍 뛸 텐데, 저러다 뭔 일 나겠구먼."

"자네는 인국이 월이의 먼 친척이라는 헛소문을 믿는 건가?"

"아니 땐 굴뚝에 연기가 날 리 있나? 인국이 오면 장 화원 어른이 꼭 월이를 방으로 부르는 것만 봐도 알 만하지."

"그런다고 일가붙이라고 갖다 붙이는 건 좀 그렇지. 혹시 월이를 탐내는 거라면 또 모를까?"

"하긴 화원 어르신도 남정네니까, 이불 밑 사연은 아무도 모르긴 하지."

안 보이는 곳에서는 나랏님 흉도 본다더니 화사들의 수다가 끝도 없이 이어졌다.

점심상을 물리고 나서 화사들은 마루에 널브러져 곰방대를 물거나 장황사*에게 이런저런 일을 시키기도 했다.

마무리가 덜 된 꽃과 새가 어우러진 화조도 여덟 폭 병풍 그림을 내려다보니 진땀이 났다. 아침에 서화 가게에서 독촉했다며 김 화장은 오늘 안으로 꼭 마쳐야 한다고 단단히 쐐기를 박았다. 사나흘은 족히 매달려야 하는 그림을 저녁나절까지 마치려면 한눈 팔 짬이 없었다.

눈치 빠른 억쇠 아저씨가 물감을 개고 붓을 씻어 주었다. 여느때 같으면 억쇠 아저씨가 마루방에 얼씬거리지도 못하게 하던 김 화장도 못 본 척 넘어갔다.

머슴 하나가 급한 걸음으로 달려와 장 화원이 나를 찾는다고 했다. 또 무슨 일로 불러들이느냐며 김 화장이 표 나게 짜증을 냈다.

---

* 고문서와 고서화, 병풍 등 종이 지질을 살려 원본 상태로 복원해 표구하는 전문가.

사랑방에 들어서자 보료 위에 느긋하게 앉아 있던 장 화원이 몸을 일으켰다.

"아침에 일찍 나왔다던데 급한 불은 껐느냐?"

사랑방에 앉아서도 마루방 일을 한눈에 꿰고 있다는 말투였다.

"장동 김 대감 댁에서 영정 이모를 맡아 줄 화원을 보내라 해서 너를 추천했다. 이제야 김 대감 어른이 우리 광일화원의 진가를 알아본 모양이야."

장 화원 입가에 환한 웃음이 떠올랐다. 장동 김 대감이라면 인국이 말한 그 사람이었다.

"일이 잘못돼 내가 의금부 추국장에 끌려가게 되면 장동 김 대감을 찾아가 내 처지를 알려라. 틀림없이 방책을 세워 주실 거다."

그때는 인국의 말을 별 뜻 없이 지나쳤다. 인국이 실성해 우리 같은 화사들은 쳐다볼 수도 없는 어른을 들먹인다고 여겼다. 장 화원이 그 김 대감에게 나를 천거했다니, 우연치고는 때를 맞춘 것처럼 절묘하다 싶었다.

"장동 김 대감님이라면 세도가 안동 김씨 문중의 그 어른 말이지요?"

"그래. 그 어른 눈에 들면 네 앞길은 탄탄대로로 열릴 게다. 물론 나한테도, 우리 화원에도 더없이 좋은 일이 될 거고."

뻔질나게 북촌을 들락거리더니 드디어 김 대감이 입질을 시작했다는 걸까? 장 화원은 기분 좋은 웃음을 감추지 않았다. 온화한

겉모습 속에 날카로운 이빨을 숨긴 이리라는 인국의 말이 퍼뜩 떠올랐다.

"인국이 일로 네 마음이 복잡한 건 알지만 이런 때일수록 일에 정신을 쏟는 것도 마음을 잡는 한 방법이다."

장 화원은 곰방대에 엽초를 꾹꾹 눌러 담았다.

시험에 들다

장동 김 대감 집은 멀리서도 금방 눈에 띄었다. 궁궐 문이라고 해도 손색없는 솟을대문 앞에 서니 그 위세에 절로 어깨가 움츠러들었다.

미처 인기척도 하기 전에 대문이 열렸다. 행랑아범이 기다렸다는 듯 나를 사랑방으로 안내해 주었다.

김 대감은 마른 수건으로 도자기를 닦고 있었다. 온 마음을 담은 아주 꼼꼼한 손놀림이었다. 구름 사이로 여의주를 문 용 세 마리가 서로 꼬리를 물고 있는 백자였다.

나는 재빠르게 방 안을 둘러보았다. 김 대감의 위세는 방 안을 가득 채운 수장품들로 충분히 짐작할 만했다. 자개를 두른 문갑과 사방탁자 안에 놓인 백자와 청자, 청나라 유리창에서 구입해 온 것이 분명해 보이는 중국 고서들이 가득 꽂혀 있는 책장, 열두 폭 병풍과 고급스러운 보료, 섬세한 나뭇결이 도도록하니 드러나는 서안 등 방 안의 모든 것이 눈이 휘둥그레질 만큼 대단했다. 진품의 위력, 아니 세도가의 위세에 주눅부터 들었다.

수장품에 정신이 팔린 나를 보며 김 대감은 기묘한 웃음을 지었다.

"며칠간 우리 집에 있다 보면 더 진귀한 것을 많이 보게 될 거다."

"네? 며칠이라니요?"

나를 잠깐 건너다볼 뿐 김 대감은 도자기를 닦는 손길을 멈추지 않았다.

"그림이 한나절에 뚝딱 그려지는 게 아니잖느냐?"

"그야 그렇지만. 화원 어르신이 일거리가 있다는 말씀만 하셔서 며칠씩 걸리는 일이라고는 짐작도 못 했습니다."

"일거리? 아하, 네 주인이 그렇게 말하더냐?"

김 대감이 입가를 비틀었다. 아랫사람이니 아무 때나 불러들이고, 필요 없으면 내쳐도 된다는 건가? 몸에 밴 김 대감의 오만함이 눈에 거슬렸지만 허리를 굽히고 눈을 내리깔았다.

"장 화원이 부리는 화사들 중에 모사로는 네가 으뜸이라는 게 사실이냐?"

김 대감이 도자기를 책장 위에 올려놓으며 떠보듯 물었다.

"저는 잘 모르겠는데 광통교 서화 가게에서는 좀 알아준다 하더군요."

　김 대감의 부추김에 불쑥 그런 말이 나왔다. 잘난 척을 하려고 그런 것은 아니지만 함부로 대해도 될 만큼 하찮은 사람이 아니라는 것을 알려 주고 싶었다.

　"자신 있다는 말로 들린다만, 내 살아오면서 근거 없는 호기로 패가망신하는 자를 여럿 봤다."

　김 대감은 내 대답이 탐탁지 않았는지 두툼한 볼살을 실룩댔다.

　"그거야 결과를 보고 판단해도 늦지 않을 것 같은데요."

　"무슨 일인 줄 알고 그렇게 자신만만한 거냐?"

　김 대감이 마뜩잖은 눈길로 나를 훑어보았다.

　"이런 댁이라면 제 평생 다시 못 볼 명화를 모사할 테니 그걸 보는 것만으로도 더없이 큰 영광이겠지요."

　나는 몸을 낮춰 주제넘었던 행동을 얼른 추슬렀다. 마음이 누그러졌는지 김 대감이 다시 입을 열었다.

　"사당에 모신 조부님 초상화가 지난 장마에 좀이 슬어 아주 못 쓰게 됐더구나. 장황사 손을 빌려 그림을 살려 볼까 고민도 했다마는."

　"더없이 귀중한 초상화인가 봅니다."

　"영조 임금 어진 제작 때 주관 화사를 지낸 변상벽 화원이 그린 것이니 말해 무엇하겠느냐? 변 화원을 구워 삼느라 문중 어른이 고생을 좀 많이 했는 줄 아느냐?"

천하의 변상벽 화원을 무릎 꿇게 한 것만으로 안동 김씨의 위세를 미루어 알 듯했다.

"고양이 그림을 최고로 잘 그리셨다는 그분이군요! 어진 제작 때는 임금께서 몹시 흡족해 하시며 현감 벼슬을 내리셨다는 말을 들었는데… 그분이 그린 초상화라니, 듣고도 믿지 못하겠습니다."

주제넘은 말이었지만 솔직한 내 심정이었다. 우리 같은 모사가들은 평생 한 번 볼까 말까 한 변상벽 화원이 그린 초상화라니, 가슴이 벌렁대다 못해 숨이 막힐 지경이었다.

"변 화원에 대해 잘 알고 있구나. 당대 영의정이셨던 신회 어른의 추천으로 어진 제작에 참여하셨다고 하더군. 너는 어진화사가 되려면 어찌해야 하는지도 잘 알겠구나."

"시재를 치러야 한다는데 아닌가요? 시재에는 도화서 화공이나 지방의 이름난 화사들도 참여할 수 있다는 말도 들었고요."

나의 되물음에 김 대감 얼굴에 속 모를 미소가 떠올랐다.

"물론 시재를 통해 그림 실력을 인정받긴 해야지. 그 시재에 참여하려면 어진도감의 책임자인 도제조나 대신들의 추천을 받아야 하는 것도 아니냐?"

그 말을 하면서 김 대감은 잔뜩 목에 힘을 주었다.

"그런 추천장을 받으려면 엄청 힘들겠군요. 돈도 많이 들겠지요?"

"암, 힘들다마다. 그림 잘 그린다는 말만 듣고 잘못 추천했다가는 뇌물을 받았다는 누명을 쓸 수도 있고, 잘못 엮였다가는 벼슬에서 쫓겨날 테니 당연히 신중할 수밖에 없지."

김 대감이 끙 하고 마른침을 삼켰다.

"그런데 말이다, 대신들이 서로 눈감아 주자고 모의한다면 어떻게 되겠느냐? 아 됐다, 됐어. 어린애를 앞에 두고 내가 무슨 말을 하는 건지."

김 대감이 곰방대로 놋재떨이를 몇 번 두드렸다. 처음 보는 어린 것 앞에서 무슨 주책인가 싶어 스스로 무안해진 것일까?

모의라니. 그럼 솜씨가 아무리 뛰어나도 자신을 밀어줄 벼슬아치가 없다면 모든 게 허사라는 말인가? 조정의 요직은 대부분 안동 김씨들이 차지하고 있는 데다 정순왕후의 죽음 이후 경주 김씨 가문은 빠르게 권세를 잃었다. 그 후 순원왕후의 친정인 안동 김씨와 세자빈의 친정인 반남 박씨가 팽팽한 줄다리기를 하고 있었다. 김 대감 역시 그 일가붙이니 가문의 권세를 누구보다 더 많이 누리고 있을 터였다.

"며칠 전 장 화원이 나를 찾아왔더구나. 소문이 돌았는지 조부님의 초상화를 모사할 수 있게 허락해 달라고 말이다. 장 화원이 박 대감의 사람이라고 들었는데, 무슨 꿍꿍이인지 몹시 궁금해지더군. 하도 납작 고개를 숙이니 사람이나 한번 보내 보라고 이르긴 했다만…."

장 화원의 어설픈 처세까지 들먹이는 게 나를 여기 보낸 데는 다른 이유가 있다는 말처럼 들렸다. 김 대감은 잘 다듬은 수염을 느긋하게 쓸어내렸다.

장 화원이 박 대감에게 그림을 대어 주고 있다는 것은 웬만한 광통교 사람들은 다 아는 사실이었다. 그런 사실을 누구보다 잘 알고 있을 인국이 손 닿기 쉬운 박 대감이 아니라 김 대감을 만나 보라고 한 이유가 궁금했다. 어긋나게 돌아가는 바퀴살처럼 마음이 기우뚱거렸다. 김 대감 이야기가 길어질수록 의심은 점점 더 커졌다.

"도화서 출신의 나이 지긋한 화원을 보낼 줄 알았는데 새파랗게 어린 애송이를 보내다니, 좀 놀랍구나. 장 화원이 무슨 생각으로 너를 보냈을꼬?"

비아냥대는 말투만큼이나 나를 찬찬히 뜯어보는 김 대감의 눈길이 곱지 않았다. 방 안에 팽팽한 긴장감이 돌았다. 등허리에서 삐질삐질 진땀이 솟았다.

"변상벽 어르신께서 그린 마지막 어진은 얼굴의 아주 작은 특징까지 자연스럽게 살려 내고 맑은 안색의 표현과 섬세한 피부 묘사로 이전까지의 어진을 모두 뛰어넘은 걸작이라는 말을 들었습니다."

어색한 분위기를 모면하려고 말꼬리를 다른 곳으로 돌렸다.

"내가 조부님 초상화에 섣불리 손대지 않으려는 이유도 바로 그거다."

앞뒷말을 이어 붙이지 않아도 겨우 이름이나 걸친 애송이 화가에게 변상벽 화원의 초상화를 맡긴다는 게 내키지 않을 만했다. 당대 최고의 화사요, 그처럼 치밀하고 완벽한 묘사력을 가진 화사는 그 이전에도, 그 이후에도 없었다는 변상벽 화원이었다. 그분의 그림을 모사할 거라는 욕심 따윈 없었다. 그저 그림을 보는 것만으로도 충분했다.

"돌아가신 후에야 영정을 제작하자는 말이 나왔으니 변 화원도 기로회 계회도와 20년 전 초상화를 비교하면서 그려야 했다. 사정이 그랬으니 다들 큰 기대를 하지 않았지. 그런데 신이 내린 솜씨라는 게 빈말이 아니더구나. 그날 문중 어르신들도 어린 시절 뵈었던 그분이 살아오신 것 같다며 입을 모아 칭찬했다고 하더군. 난 초상화에 눈곱만큼의 오점도 남기지 않게 조선 최고의 모사가에게 이 일을 맡길 생각이다."

김 대감은 내가 마음에 차지 않는다는 걸 숨기지 않았다. 내가 그런 깜냥이 되는지 알아볼 생각조차 없는 듯했다. 김 대감의 냉랭한 눈길을 느낄 때마다 그 초상화가 보고 싶어 더욱 안달이 났다. 이런 기회는 내 인생에 다시 오지 않을 것이다. 김 대감은 그림을 보여 줄 생각도 하지 않고 내내 딴소리로 변죽만 울렸다.

"장 화원 말이 네 그림 솜씨가 진품인지 모사품인지 구분이 안 갈 정도라던데…."

김 대감은 생색이나 내려는 심사인지 말끝을 얼버무렸다.

"제 그림을 한번 보자는 말씀조차 않으실 만큼 제가 부족하다는 것을 잘 압니다. 하지만 제게는 천하의 변상벽 어른이라도 절대 가질 수 없는 게 있습니다."

이왕 내친걸음이었다. 나를 쳐다보는 김 대감의 얼굴이 뜨악해졌다. 여차하면 몰매 맞을 일이지만 이미 던져진 주사위였다.

"너는 가지고 있고 변 화원한테는 없다는 게 도대체 무엇이냐?"

"시간입니다."

"뭐, 시간?"

갑자기 김 대감이 손바닥으로 보료를 내리치며 웃음을 터뜨렸다. 어이없다 못해 황당하다는 웃음이었다.

"화원 어른은 이미 저승 사람입니다. 아무리 그림을 그리고 싶어도 다시는 그릴 수 없지만 제게는 강산도 바꿀 만한 시간이 있습니다. 부족하면 채우고, 잘못하면 되돌릴 수 있는 시간 말입니다."

"무슨 말을 하려는 건지 알았다. 하지만 새털같이 많은 시간을 가져도 재능이 없으면 무용지물이지 않겠느냐?"

"그럼 제게 재능이 있다는 것을 보여 줄 기회는 주시겠습니까?"

"어떻게?"

김 대감 눈에 능글맞은 웃음이 고였다.

"대감 어른께서는 많은 그림을 수장하고 있는 것으로 압니다. 그러니 그중 하나를 그릴 수 있는 기회를 주십시오."

나는 고개를 더욱 낮게 조아렸다. 변상벽 화원의 그림을 보겠다는 내 욕심이 그렇게 만들었다.

"네 조건은 그렇고, 내 조건은 귀한 그림을 바깥으로 내돌릴 수 없으니 네가 이 방에서 그려야 한다는 건데, 그래도 괜찮겠느냐?"

"…."

"조건에 맞지도 않는데 어떻게 그림을 보여 줄 수 있겠느냐?"

내가 난감한 얼굴을 하자 김 대감은 예상한 일이라는 듯 잘라 말했다. 인국을 옥에서 빼낼 만한 증거를 찾아야 하는 터라 잠시라도 김 대감에게 붙잡혀 있을 처지가 아니었다. 그렇다고 손만 내밀면 잡힐 듯한 기회를 놓칠 수는 없었다.

"나리, 그 그림이 무엇이든 이레 안에 똑같이 그려 온다면 그림을 보여 주시겠습니까?"

"네 재주가 어느 정도인지도 모르면서 그림을 보여 줄 수는 없지. 원래 거래라는 것은 주고받는 게 서로 공평해야지, 안 그러냐?"

조금 전과는 달리 김 대감의 눈빛이 사나워졌다.

"그럴 리 없겠지만 만약 제 그림이 마음에 들지 않는다면 대감마님께서 원하시는 대로 하겠습니다. 머슴이 돼 대감의 수족이 돼라 하면 그리하겠습니다."

"그래? 처음 그림이 엉망이라면 다음 그림이야 보지 않아도 뻔하지 않겠느냐?"

그제야 아차 싶었다. 역시 어른은 어른이었다. 사람의 마음을 짚어 내는 것이 대령숙수가 요리의 간을 보듯 한 치의 어긋남도 없었다. 새삼 뒷골이 욱신거렸다.

"공평을 얘기하면서 대감마님도 저와 똑같은 실수를 하신 것 같습니다."

"똑같은 실수라니?"

김 대감이 놀란 얼굴로 나를 건너다보았다.

"제가 그리겠다는 그림은 모사화입니다. 그러니 판단의 잣대는 똑같이 그렸느냐 그렇지 않느냐 하는 것이지 대감마님의 마음에 드느냐 아니냐가 아니지 않습니까?"

내 말에 다시 김 대감이 웃음을 터뜨렸다. 그 웃음의 이유를 몰라 더 오금이 저렸다.

"음, 듣고 보니 네 말도 과히 틀리지 않구나. 어쨌든 나와 맞서는 네 배포는 마음에 든다. 그럼 어찌했으면 좋겠느냐?"

일단 한 고비는 넘긴 듯했다.

"그림을 전혀 모르는 사람들에게 평가를 받았으면 합니다. 제가 그린 그림과 대감마님의 그림 중 어느 것이 모사화이고 진품인지 가리게 하는 것이 어떻겠습니까?"

"그거 좋겠구나. 그러면 네가 자신 있는 그림을 한 폭 골라 볼 테냐?"

대답 대신 한가운데 있는 자개장 쪽으로 고개를 돌렸다. 그 안에는 김 대감이 아끼는 그림, 세상에 내로라하는 명화들이 들어 있을 터였다. 어떤 수장가는 따로 수장고를 지어 그림과 도자기, 진귀한 서양 물건을 보관한다는 말을 들었다.

보란 듯이 김 대감은 자개장 앞으로 다가갔다. 조심스럽게 장을 열고 비단으로 둘둘 만 두루마리를 꺼내 놓았다. 절로 침이 고였다. 김 대감이 두루마리를 펼칠 때마다 그림들이 하나씩 제 모습을 드러냈다.

"이것은 연경 사신단에 부탁해 구한 청나라 그림이다. 어떠냐?"

"말로는 그 감흥을 전할 수 없을 듯합니다. 이미 대감마님의 소장품들은 세간의 평가를 넘어선 것들이 아닙니까?"

김 대감의 자존심을 한껏 치켜세워 주었다. 내 말에 김 대감의 어깨가 들썩했다.

"필법이 어떻고 색감은 어떻고 하면서 주절대는 것보다는 훨씬 마음에 드는 대답이다."

방바닥은 어느새 난생처음 보는 그림들로 손바닥만 한 틈도 없었다. 그림 하나하나를 눈 속에 담기라도 하듯 보고 또 보았다. 세상에 이런 눈 호강이 또 어디 있을까. 초상화를 모사하지 못한다 하더라도 이것으로 족하다 싶었다.

"이건 내가 갖고 있는 그림 중 몇 손가락 안에 드는 명품이라 할 만한 건데 말이다…."

김 대감이 펼쳐놓은 그림을 보는 순간 눈앞이 아찔했다. 그 그림은 지난달 인국이 이 참판에게 거금을 주고 판 그림이었다. 심사정의 〈패초추묘〉. 방아깨비를 보고 있는 고양이, 고양이 뒤편으로 보이는 붉은 꽃송이와 찢어진 파초잎, 이들이 서로 어울려 가을의 쓸쓸함을 불러일으키고 있었다.

"이 그림이 대감마님의 수장품이라니…. 이 그림을 전에 본 적이 있습니다."

내 말에 김 대감의 얼굴은 된서리를 맞은 댓잎처럼 싸늘해졌다.

"어디서 말이냐?"

"광통교 서화전에서요. 아는 거간꾼이 도화동 이 참판에게 팔 그림이라 했습니다. 그때 제가 본 그림이 모사화겠죠? 대감마님께서 모사화 따위를 소장하실 리 없잖습니까?"

내 말을 듣지 못한 척 김 대감은 딴소리를 했다.

"이 참판을 만날 일도, 그 그림을 다시 볼 일도 없겠지만 오늘 본 건 영원히 네 머릿속에서 지워 버려야 한다. 이것도 내 조건 중 하나다."

"예, 알겠습니다. 그러면 이제 대감마님과 저의 거래는 이루어진 것입니까?"

"알았다. 거래가 깨지면 책임을 묻는 것으로 끝나진 않을 테니 명심해라."

김 대감의 으름장은 호랑이 아가리에 얼굴을 들이미는 것같이 위협적이었다.

"제 목숨을 걸고 명심, 또 명심하겠습니다."

지긋한 시선으로 한참 나를 보고 나서야 김 대감은 모사할 그림을 골라 보라며 선심 쓰듯 말했다. 퍼뜩 정신을 차리고 방바닥을 내려다보았지만 늘어놓은 그림은 눈에 들어오지 않았다.

〈패초추묘〉를 베껴 그린 화사는 누구일까? 분명 누군가의 명령을 받았을 텐데. 김 화장일까? 아니면 인국이 아는 도화서 화원일까? 어쨌든 김 대감은 진품을 갖고 있다. 이 참판 집에서 〈패초추묘〉를 본 사람이라면 그가 갖고 있는 그림을 진품이라고 생각할 것이다. 진품과 가품의 기준 역시 가문의 위세와 서로 맞물려 있다니, 입안에 쓴 침이 고였다. 진짜 수장가라면 수단을 가리지 않고 모사화를 없애야 하는 것 아닌가? 돈도 권세도 남부러울 것 없는 김 대감이 모사품 장사에 관련돼 있다면 그 일로 그가 얻는 것은 무엇일까? 궁금증이 커질수록 앞에 앉은 김 대감이 무서워졌다.

"너는 이 나라 최고의 수장가가 누군 줄 아느냐?"

느닷없는 물음이었다.

"태종의 셋째 아드님이셨던 안평대군이라고도 하고, 석농 김광국이라는 말도 있습니다만."

"아니다, 아니야. 이 나라 최고 수장가는…. 안평대군이 수장했던 서화들은 지난 임란 때 거의 다 불타 없어졌지. 그러니 없다고 할 수 있지, 안 그러느냐?"

"그렇긴 하군요."

"가산을 털어 서화를 사 모은 석농의 수장품을 그 자식들이 얼마나 오랫동안 지켜 낼 거라고 생각하느냐?"

돌을 씹은 듯 입안이 꺼끌거렸다. 천하의 명품이라도 진정한 가치를 모르는 사람 눈에는 보리쌀 한 되보다 못할 것이다. 김 대감은 명품을 알아보는 사람에게만 진짜 명품이 된다는 것을 말하고 싶은 걸까, 김 대감의 속내를 가늠할 수 없었다.

"넌 내가 왜 그림을 모으고 이를 지키려 하는 줄 아느냐?"

무슨 의도로 이런 말을 꺼내 놓는 건지 가늠조차 할 수 없었다. '돈 많고 권세가 있으니 그림 호사도 당연히 누리고 싶은 것 아니냐, 그것 역시 욕심 아니냐.' 그렇게 말하고 싶었다. 하지만 한 마디도 입 밖으로 내뱉을 수 없었다.

"그게 바로 권세요, 힘이기 때문이다."

김 대감은 보료의 팔걸이를 지그시 눌렀다. 그림 자랑을 하며 최고 수장가가 누구인지 떠들어 대던 조금 전의 김 대감은 어느새 세상을 휘두르는 세도가로 돌아가 있었다.

"그래, 그림은 선택했느냐?"

김 대감이 음흉스럽게 나를 바라보았다. 내 안목을 보겠다는 뻔한 속셈을 드러낸 물음이었다.

"김득신 어른의 〈수하일가도〉로 하겠습니다."

그 그림은 죽어 가는 노송 아래 짚신을 삼는 초로의 남자와 뒤로 돌아앉아 베틀을 돌리는 아낙, 어미의 품을 찾아 갓난아이가 기어가는 정경을 담은 풍속화였다. 모사할 그림을 내려다보며 발가락을 두른 짚의 방향과 노송의 옹이가 몇 개인지, 크기는 어떤지를 꼼꼼하게 머리에 담았다.

"그 그림을 택한 이유라도 있느냐?"

"초상화의 기본은 인물에 있고 인물화의 기본은 터럭 한 올 놓치지 않는 정밀함과 함께 그 사람의 생각과 성격을 드러내는 데 있다고 들었습니다. 영정을 모사할 만한 재주가 있다는 것을 보여 드려야 하는데 보여 주신 그림들 중에서 사람들의 표정이 가장 풍부하기 때문입니다."

필방 어른이 아버지는 계회의 분위기를, 나는 인물 묘사에 타고난 재능이 있다고 한 말도 선택에 한몫했다.

"알았다. 그럼 이 그림을 가져갈 수 있게 준비하마."

"가져가지 않겠습니다. 이미 제 머릿속에 다 들어 있으니까요."

"지금 나를 놀리는 것이냐?"

김 대감이 불쾌하다는 듯 이맛살을 찌푸렸다.

"아닙니다. 어찌 감히 대감마님을 놀릴 수 있겠습니까? 제가 가진 미천한 재주 중 하나가 한 번 본 것은 절대 잊어버리지 않는 것입니다."

"그게 말이 되느냐? 난 판을 벌이기도 전에 승부가 나는 내기는 하지 않는다."

"저 역시 승부를 가리기도 전에 판조차 벌이길 꺼리는 상대와는 내기하지 않습니다."

돌연 방 안에 찬바람이 돌았다. 넌지시 나를 건너다보던 김 대감이 갑자기 행랑아범을 불렀다.

일하다 급히 불려 왔는지 행랑아범은 한 손으로 이마를 훔쳤다. 김 대감이 사당에 가서 영정을 가져오라고 했다. 김 대감의 갑작스러운 행동에 어리둥절했다. 아무에게나 보여 주지 않는 그림이라고 스스로 말하지 않았던가? 무슨 영문인지 모르겠지만 변 화원의 초상화를 볼 수 있다는 기대에 가슴이 벌렁거렸다.

"이 거래가 할 만한 건지 어디 보자꾸나."

늘어놓은 그림을 치우려 무릎걸음으로 다가서자 김 대감이 황급히 나를 말렸다.

"내가 꺼냈으니 내가 치울 것이다. 아무한테나 손 타게 하고 싶지 않구나."

당황스럽긴 했지만 그림을 몹시 아끼다 보면 그럴 수 있겠다 싶었다.

행랑아범이 방문을 나서자 김 대감이 영정을 내 앞으로 내밀었다.

"네 입으로 한 번 본 것은 절대 잊어버리지 않는다고 했으렷다?"

초상화 속 어른은 죽은 사람이라고 믿기지 않을 만큼 늠름했다. 대단한 유학자였다는 어른은 영락없는 선비의 풍모 그대로였다. 깊은 생각을 품은 듯한 길쭉한 눈매와 꽉 다문 입에서는 칼 앞에서도 뜻을 굽히지 않겠다는 강직함이 엿보였다.

나도 모르게 초상화에 빨려들 듯 몸이 앞으로 숙여졌다. 웬만한 사람은 평생 볼 수 없는 그림이었다. 꿈만 같았다. 세상이 멈춘 듯했다.

"아주 그림 속으로 들어갈 기세구나."

김 대감이 초상화를 집어 들었다.

"이제 네가 본 것을 들어 보자꾸나."

그제야 김 대감의 의중을 알아챘다.

"어르신 얼굴에는 두 군데 검버섯이 있습니다."

"어디 말이냐?"

김 대감이 내게 보이지 않게 초상화를 반쯤만 펼치고는 그림 너머로 뾰족하게 눈을 치떴다.

"오른쪽 이마, 눈썹 위로 손가락 두 마디쯤 되는 곳에, 또 귀쪽 가까운 왼쪽 뺨에는 이마의 것보다 훨씬 크지만 색깔이 좀 엷은 검버섯이 있습니다."

김 대감은 그림과 나를 번갈아 쳐다보았다.

"그렇구나. 또 무엇을 봤지?"

"그림 속에는 희미하지만 인중 위에 쌀알 크기만 한 작은 흉터 자국이 있습니다. 점은 아닌 것 같고 댓돌이나 쪽마루에서 떨어져 생긴 것으로 짐작됩니다."

"오, 그것까지 봤단 말이냐? 할아버님께서 어릴 적에 쪽마루에서 떨어지셨다는 이야기를 들었다. 네 재주가 제법 쓸 만하구나. 네가 어떻게 그려 올지 점점 기대가 되는구나."

김 대감은 눈알을 굴리며 열흘 말미를 주겠다고 했다.

"내가 저녁나절에 약속이 있으니 이제 그만 가 보거라."

쫓기는 손짓으로 족자 그림을 말며 김 대감이 말했다.

"대감마님께 한 말씀 여쭤도 되겠습니까?"

"내가 대답할 수 있는 거라면, 기꺼이 그리해 주마."

나는 무릎걸음으로 보료 앞으로 다가앉았다.

"혹시 광통교의 서화 거간꾼 이인국을 아십니까? 형님은 대감마님께 몇 번 그림을 구해다 준 적이 있다고 했습니다."

내 입에서 나온 이름 때문이었을까? 설핏 눈빛이 흔들렸지만 김 대감은 이내 정색했다.

"거간꾼이라…. 이 집에 들락거리는 사람이 얼마나 많은데 일일이 다 기억할 수 있겠느냐? 혹시 그자가 살인 혐의를 받아 옥에 갇혔다는 그 사람이냐?"

안다는 건지 모른다는 건지 감을 잡을 수 없는 대답이었다. 대충 둘러대는 김 대감 얼굴에 스치는 곤혹스러움을 놓치지 않았다. 나는 틈을 주지 않고 단숨에 다음 말을 이어갔다.

"형님이 살해했다는 분이 바로 제 아버지입니다. 저는 그분이 진범이 아니라고 확신합니다. 아버지께서 형님에게 원한 살 일도 없고, 돌아가실 무렵 형님은 아버지를 알지도 못했습니다. 그런데…."

처음 본 김 대감 앞에서 너무 많은 말을 했다는 후회는 뒤늦게

들었다. 인국의 존재와 무고를 알려야겠다는 성급한 마음이 화를
불러일으킬지도 몰랐다.

"음, 아버지를 여의었다니 안 됐구나."

김 대감이 새삼스럽게 끌끌 혀를 찼다.

"옥에 있다는 그 거간꾼이라는 자가 내가 자기를 안다고 하더냐?"

"아닙니다. 조금 전 〈패초추묘〉를 보고 대감마님께서 형님을 알
수도 있지 않을까 그런 생각이 들었습니다."

자기 누명을 벗기는 데 도움을 줄 거라는 인국의 말을 그대로
전했다가는 낭패가 될 듯싶어 얼른 얼버무렸다.

"순전히 네 짐작인 게로구나. 난 그 사람을 알지 못한다. 얼굴을
보면 누군지 기억이 날지도 모르겠다만, 그런 불미스런 일에 끼어
들고 싶지 않다. 앞으로 그 거간꾼 일에 내 이름이 거론된다면 너
도 무사하지는 못할 거다."

사람을 바짝 얼게 만들 정도로 섬뜩한 말투였다.

"화원 어르신도 대감마님께서 필요하다시면 인국 형님이 천 길
도 마다 않고 그림을 구해 주었다고 하던데요?"

벌렁대는 가슴을 누르며 나는 장 화원을 끌어들였다. 순전히 넘
겨짚은 말이었다.

"장 화원이 그런 말을 했단 말이지?"

김 대감의 꼬부라진 눈이 노기로 번들거렸다.

"내게 불똥이 튀지 않게 단단히 입단속시키라 했는데 그런 말을

했단 말이지? 천한 것들에게는 조금만 틈을 보여도 꼭 뒤탈이 생긴다니까."

김 대감의 이맛살이 심하게 구겨졌다. 김 대감이 말하는 천한 것이 장 화원인지 아니면 인국인지 아리송했다.

그림이 완성되면 다시 오겠다며 엉거주춤 자리에서 일어났다. 그때 사방탁자 세 번째 칸에 올려져 있는 연적이 보였다. 조금 전까지만 해도 보이지 않던 것이라 더욱 기겁했다. 아버지의 계회도에서 본 바로 그 연적이었기 때문이다.

계회도를 처음 본 날, 아버지는 입가에 허옇게 거품이 일 정도로 희선의 어여쁨을 자랑했다.

"내가 누구를 본 줄 아니? 장안의 양반들과 대전별감들이 눈독 들인다는 천하제일의 명기, 희선이를 봤지 뭐냐. 어찌나 예쁜지 먼발치에서 보아도 가슴이 벌렁대더구나. 복숭앗빛 볼하며, 개미가 미끄럼을 탈 것 같은 오똑한 콧날하며, 앵두가 무색할 정도로 도톰하고 붉은 입술… 에그, 그러니 사내들 애간장이 다 녹지 않겠냐?"

아버지는 손을 가슴에 대고 호흐거렸다. 어린 아들에게 그런 낯 뜨거운 말을 하고 싶을까? 아버지의 불쾌한 얼굴을 마주볼 수 없어 얼른 고개를 떨궜다.

그때 희선 앞에 놓인 연적이 눈에 들어왔다. 경복궁 앞에 서 있는 해태 석상을 닮은 연적은 내가 본 어떤 연적과도 비교가 안 될 만큼 진귀해 보였던 기억이 선명했다.

"엄청 귀해 보이는데 이 연적은 누구 것입니까?"

"당연히 내 것이지. 그 해태 연적은 임금이 왕족들이나 나라에 공을 세운 대감들에게 내리는 하사품이란다."

김 대감이 희선과 어떤 관계로 얽혀 있다면 김 대감도 장 화원의 계회와 연관이 있다는 것을 의미했다. 계회도 속 그 연적이 아버지의 살인범을 찾고 인국의 무죄를 밝히는 데 도움이 될까? 돌아오는 내내 그 생각이 머릿속을 떠나지 않았다.

반촌 아이 범이

한성부에서 차일피일 미루는 바람에 인국은 계속 포도청 옥사에 갇혀 있었다. 그런 뜨뜻미지근한 한성부의 태도에 인국은 재심을 건너뛰고 바로 의금부 추국으로 넘어가는 게 아닌가 싶어 몹시 불안해 했다.

혹시나 순두가 나와 있을까 두리번거렸지만 옥사 앞엔 개미 새끼 한 마리 보이지 않았다. 판결이 나기 전에 옥사에 갇혀 있는 사람을 만나는 일은 쉽지 않았다. 옥졸들에게 아쉬운 소리를 하는 것밖에는 별 뾰족한 수가 없었다. 숨을 거푸 들이쉬었다.

"네가 올 때쯤 됐다 싶어 내내 기다리다 잠깐 측간에 갔다 왔더니…."

옥 안으로 막 들어서려는 순간 순두가 어깨를 잡아챘다.

"훈장님께서 뭐라셔?"

순두 입꼬리에 웃음이 걸렸다.

"오늘 술시쯤 한성부 오 검시관을 찾으래. 다른 사람들 눈에 띄지 않게 조심하라고 신신당부하시더라."

순두가 내 귀에 대고 빠르게 말했다.

"정말 잘됐어. 그분만 만나면 모든 게 확실해질 거야. 인국 형님은 누명을 벗게 될 거고, 진짜 범인이 밝혀지면 너도 마음고생 끝인 거지, 안 그래?"

"훈장님께서 이렇게 빨리 손써 주실 줄은 정말 몰랐어."

빈말이 아니었다. 눈앞에 있다면 절이라도 하고 싶은 심정이었다.

"한데 아무래도 영 찜찜하단 말이야."

순두는 고개를 외로 틀며 말했다.

"뭐가? 뭔 일인데?"

"종사관 나리가 옥졸에게 그랬대. 네가 옥사에 들락거리더라도 못 본 체해 주라고. 도대체 그런 부탁을 한 사람이 누굴까? 너 혹시 짚이는 거 없어? 설마 화원 어르신은 아니겠지?"

그동안 뻔질나게 들락거리는 나를 보고도 옥졸이 데면데면하게 굴었던 이유를 알 듯했다. 순두가 우두둑 손가락을 꺾었다.

"화원 어르신 입장에선 내가 여기 들락거리는 게 좋을 이유가 없잖아. 한성부와 의금부에 모두 손이 닿는 사람일 거야."

말은 그렇게 내뱉었지만 머릿속에선 자꾸 김 대감 얼굴이 떠올랐다. 아무리 모진 사람이라도 인두로 지지고, 고춧가루 물을 콧구멍에 들이붓는 고문을 당하면 하지 않은 일도 했다고 자백하는 게 다반사였다. 인국이 살인범이 되면 곤란할 사람 중에 김 대감이 포함되는 건 아닐까? 순전히 김 대감 방에서 본 해태 연적이 만든 억측이었다.

"난 아무래도 포도청 종사관 나리가 의심스러워. 한성부나 의금부의 윗사람이 한 부탁이라면 거절하기 힘들 거 아냐?"

생각과 달리 불쑥 튀어나온 말에 제가 모시는 윗사람을 걸고넘어지니 심사가 꼬이는 모양이었다.

"잘 생각해 봐. 3년 전에도 우리 아버지를 살해한 게 검계라면서 한성부는 범인을 잡아들이는 걸 설렁설렁 넘어갔잖아? 어쨌든 범인을 못 잡았으니 계속 뒤가 켕겼을 거야. 그런데 누군가 인국 형님을 범인으로 지목했어. 그렇게 되면 누가 제일 기뻤을지 생각해 보라고!"

순두는 내 말이 어이없다는 듯 멍한 얼굴이었다.

"그때 놓친 살인범을 잡아들일 절호의 기회일지도 모르는데 아무리 머리 나쁜 사람이라도 그 정도는 계산했겠지. 설사 인국 형님이 범인이 아니라고 해도 다시 수사할 수 있는 명분이 생겼으니 이래저래 손해날 게 없잖아. 그래도 드러낼 만한 건 못 되니까 포도청에 넌지시 뒷일을 부탁한 거지."

말을 하고 보니 더 그럴듯했다. 누가 손을 썼든 간에 옥졸 눈치를 안 보고 인국을 만날 수 있는 것만으로도 한 짐 덜어 낸 기분이었다. 묵은 체증이 쑥 내려갔다. 빨리 기쁜 소식을 인국에게 전하라며 순두가 내 등을 밀었다.

인국의 움푹 꺼진 얼굴은 꺼칠하다 못해 초췌했다. 상한 몸을 추스르기도 힘겨운데 온갖 냄새와 탁한 공기 가득한 감옥을 맨정신으로 버티기 어려울 것이다. 볕이 따사로워지자 죄수들은 이와 벼룩 때문에 쉴 새 없이 몸을 긁어 대고 있었다.

"방금 순두를 만났는데, 훈장님께서 내일 술시에 한성부에 가서 검시관을 만나 보라고 하셨대요."

"그래? 잘됐다. 고마운 어르신이다."

인국은 그 말만 하고 다시 고개를 숙였다. 기뻐서 어쩔 줄 몰라 할 거라는 내 예상은 완전히 빗나갔다.

창살을 뚫고 들어온 햇살이 어두컴컴한 옥사 안에 희미하게 퍼지자 먼지들이 희부연 공기 속을 어지럽게 떠돌았다.

"지금 김 대감 댁에서 오는 길인데요…."

"어딜 다녀왔다고?"

인국이 바짝 고개를 쳐들었다. 낭패라는 기색이 완연한 얼굴이었다. 최 훈장이 어렵게 검시관을 만나게 해 준 것보다 김 대감 집에 다녀온 게 더 놀라운 모양이었다.

"일부러 찾아간 건 아니에요. 화원 어르신이 다녀오라고 하는 바람에 그렇게 됐는데, 김 대감께서 형님을 모른다고 해서….”

“나를 모른다 했다고?”

되묻는 인국의 얼굴이 하얗게 질렸다.

“네. 알고 지내는 거간꾼이 한둘이 아니라고. 제가 성급하게 굴었나 싶어 후회가 돼요.”

생각 없이 한 행동이 인국에게 화가 미칠까 싶어 덜컥 겁이 났다.

“음, 김 대감이 왜 그런 거짓말을 했을까? 김 대감과 얼굴을 마주하는 서화 거간꾼이라야 내가 거의 유일했는데….”

“그래요? 그럼 더 이상하네요. 얼굴을 보면 기억날지도 모른다고 하긴 했는데 왠지 아는 척하고 싶지 않은 눈치였어요. 진짜 몰라서 모른 척하는 게 아니라 무슨 의도가 있는 것 같다니까요.”

인국은 대답 대신 끙 하고 신음 소리를 냈다.

“천한 것들은 상종할 것이 못 된다고 막말하신 것도 마음에 걸리고요.”

“천한 것? 필요할 때만 사람대접을 하시겠다?”

인국은 한숨 끝에 입을 닫았다. 마지막 말은 하지 말걸, 하루하루가 지옥 같을 인국에게 그 말이 얼마나 맥 빠지게 할지, 생각이 모자랐다는 자책감에 쥐구멍에라도 숨고 싶었다. 사방에 괴괴한 정적만 흘렀다.

누군가 빗장을 여는지 삐걱대는 문소리가 들렸다. 그제야 풀 죽은 얼굴로 인국이 나를 보았다.

"먼저 약속을 깬 건 나니까, 김 대감이 나를 모른다고 한 게 당연해. 너무 서두른 내 탓이다. 모두 내 탓이야."

인국이 제 손으로 가슴을 내리치기라도 할 듯 몸을 움칠댔다.

"아니에요. 제 잘못이에요. 형님 믿고 기다렸어야 했는데. 연적을 보는 순간 그만… 앞뒤 생각 없이 굴어서 일을 다 망친 거예요."

미안한 마음에 목소리가 기어들었다.

"장 화원이 너를 김 대감에게 추천했다고?"

인국이 시꺼멓게 멍든 눈두덩을 치뜨며 힘없이 물었다.

"김 대감께서 조부님 영정을 모사할 사람을 찾는다고 했어요."

"그 일에 장 화원이 다른 화사가 아니라 너를 추천했단 말이지?"

무슨 말을 할 듯하더니 인국은 지그시 입술을 깨물었다.

"그 방에서 〈패초추묘〉도 봤어요."

내내 입안에서 맴돌던 말을 꺼냈다.

"심사정의 〈패초추묘〉 말이냐?"

인국이 어색한 표정으로 되물었다.

"그 그림은 형님이 이 참판 어른께 구해다 준 그림이잖아요? 그럼 그 그림이 가짜라는 건데, 내 말이 맞는 거죠?"

김 대감의 그림이 위작일 리 없다는 생각에서 나온 말이었다.

"음, 이제 너도 양반들이 그림을 가지고 무슨 짓을 하는지 대충 눈치챘겠구나. 가짜 그림이 많이 나돌수록 진짜의 값어치가 높아지는 법이지."

그림이 곧 권세라는 김 대감의 말도 그런 뜻이었을 것이다.

"마음은 급한데 자꾸 일이 어긋나는 것 같아 불안해요."

"김 대감이 저렇게 나온다면 다른 방도를 찾아봐야겠구나."

"어떻게요?"

"네 아버지가 그린 계회도를 본 적이 있다고 했지? 특별히 눈에 띄는 것은 없었니?"

"연적이요. 꼭 궁궐 앞에 서 있는 해태를 닮았어요."

"해태 연적? 그건 관요에서만 만드는 것이니 왕실 사람이나 공신이 거기 왔었다는 건데…. 도대체 누구지?"

인국이 갑자기 몸을 앞으로 내밀었다.

"금화관 기생 희선이요. 아버지께서 희선이 장안의 뭇 사내들을 다 녹일 만큼 예뻤다고 자랑하셔서 또렷이 기억해요. 형님처럼 아버지도 희선이가 어떻게 해태 연적을 갖고 있는지 궁금하다 하셨어요."

"희선이라고? 그럼 그 소문이 맞나 보군."

"무슨 소문이요?"

"희선이 김 대감의 애첩이라는 소문이 한참 돌았거든. 애첩이 해태 연적을 들고 온 걸 보면 일가붙이인 영안부원군 김조순 대감 쪽에서 그 연적이 나왔다는 건데."

"그렇게 대단한 연적이에요?"

"연적이 대단한 게 아니라 그날 비밀 회합이 안동 김씨 가문과 연결돼 있다는 게 대단한 일이지."

인국은 복잡한 얼굴로 옥사의 바람벽을 쳐다보았다.

"희선을 찾아가 볼까요? 우리한테 도움이 될 만한 걸 얻을 수 있지 않겠어요?"

나는 인국의 말꼬리를 자르며 들떠서 말했다.

"찾아가 봐도 별 소용없을 거다. 김 대감이 어떤 사람인데 아직까지 희선이를 옆에 두고 있겠냐? 벌써 딴 데로 빼돌렸거나…."

"그럼 죽이기라도 했단 말인가요?"

내가 놀란 눈으로 인국을 쏘아보았다.

"아무리 모진 사람이라도 그렇게까지 했을라고. 아마 그러지는 않았을 거다."

그런 상상은 하고 싶지 않았다. 아버지로 인해 다치는 사람이 더는 없어야 했다. 인국의 말 때문에라도 희선이라는 기생을 빨리 찾아야겠다는 생각이 들었다.

잔뜩 뜸을 들이고서야 인국이 굳은 목소리로 말했다.

"송 화원이 새 단서를 알려 줄지도 모르겠구나."

"송 화원이라면?"

"그날 회합에 참여했던 화원이야. 그 계회도 때문에 영문도 모른 채 실명한 딱한 어른이지."

"어디 사시는데요?"

인국이 그를 찾아가 보라고 한 이유가 분명 있을 거라는 확신이 들었다.

"나도 몰라. 그림을 그릴 수 없는 처지지만 한양 땅을 뜨지는 않은 모양이더라. 몸이 그리됐으니 달리 갈 만한 데도 없을 테지."

"그럼 도성 안 어디엔가 살고 있겠네요?"

"글쎄다. 만약 그렇다면 광통교나 시전의 누군가는 보지 않았을까? 아직 그런 말을 들은 적은 없다만…."

"그럼 반촌밖에 없겠네요."

반촌이라는 말을 뱉고 내가 더 놀랐다. 그곳이라면 살인자가 숨어들어도 함부로 들어갈 수 없다는 법 밖의 공간, 산 사람에게는 저승 같은 곳이었다.

"서화 가게에 물어보면 반촌에 사는 성균관 유생 하나쯤 알아낼 수 있을지도 몰라요. 순두도 반촌 사람 몇쯤 알고 있을 테고요. 검시관 어른도 뵙고, 송 화원 어른도 찾으면 곧 나오실 테니 형님도 너무 속 끓이지 마세요."

"너에게 이런 고생을 시킬 줄 몰랐구나. 정말 미안하고 고맙다."

인국의 눈에 설핏 눈물이 어렸다. 그사이 인국이 내게 해 준 것에 비하면 모래알만큼 작은 수고였다.

골목을 누비던 바람이 마른 먼지를 일켰다. 유난히 황사가 심한 날이었다. 송 화원의 거처를 알게 된 것은 순두 덕분이었다. 반촌 가까이 산다는 동료 순라꾼으로부터 이태 전에 소경 일가족이 숨어들었다는 말을 들었다고 했다. 고맙다는 내 말에 순두는 친구 일인데 목숨인들 아깝겠느냐며 우스갯소리를 했다.

육조 거리를 지나 창경궁 쪽으로 걸음을 재촉했다. 송 화원을 만나면 물어볼 것이 많았다. 송 화원도 아버지의 계회도를 보았을까? 김 대감의 해태 연적을 송 화원도 기억하고 있을까? 송 화원의 실명이 아버지의 계회도 때문이라는 인국의 말은 사실일까? 생각이 많아서인지 걸음이 자꾸 더뎌졌다.

반촌은 아무나 드나들 수 없는 치외법권 지역이자 지방에서 과거를 치르러 올라온 서생들이 잠시 머무르는 여관촌이었다. 성균관 식당이 좁아 반촌 주막들은 유생들에게 숙식을 제공했고, 그곳에 터를 잡은 재인들은 공자 사당에 올리는 제사 음식을 담당했다. 한마디로 반촌은 성균관 유생들을 위해 일하는 사람들이 모여 사는 곳이었다. 엄격하게 도축이 금지된 한양에서 성균관 제사를 이유로 도축이 허용된, 참으로 이상한 곳이었다.

사람 사는 곳이 거기서 거기라고 여겼지만 반촌 입구에 서니 막막했다. 괜히 뒷목이 근질거리고 쭈뼛거려졌다.

한창 물오른 회화나무들의 행렬이 눈에 들어왔다. 반촌 입구부터 가게들이 즐비하게 늘어서 있었다. 국밥집부터 들러야 할까? 아니면 주막에 먼저 가 볼까? 늦게 점심을 먹으러 나왔는지 젊은 유생 둘이 힐끔거리며 지나갔다.

간신히 마음을 추스르고 나서야 발치에 드리운 낯선 그림자를 발견했다. 그림자는 작달막한 키에 비쩍 마른 몸매의 사내였다. 옆구리로 비죽 튀어나온 칼이 보였다. 그런 짧은 칼은 혈기 방자한 반촌 사내들이나 우세스럽게 차고 다녔다.

그림자는 담장 그늘에 몸을 붙인 채 고개를 내밀고 바깥 동정을 살피고 있었다. 머리카락이 쭈뼛 섰다. 포도청에서부터 나를 쫓아온 건 아닐까? 누가 쫓아오는 줄도 몰랐다니, 한심하고 어처구니없었다.

한참 동안 꼼짝 않던 사내가 머뭇대며 걸어 나왔다. 또래이거나 겨우 한두 살 정도 더 먹었을 듯싶은 사내아이였다.

"왜 나를 쫓아온 거지? 진즉부터 쫓아온 거 다 알고 있어."

내 다그침에 아이는 눈도 꿈쩍하지 않았다.

"네가 지전에서 일했던 조만규 어른의 아들 맞지? 다 알고 묻는 거니 둘러댈 생각은 마라."

적반하장도 유분수지, 어이없었다. 다짜고짜 반말로 따지는 품새가 눈빛만큼이나 만만치 않았다.

"그건 왜 물어?"

나도 지지 않고 눈알을 부라렸다.

"우리 아버지께서 너를 만나고 싶어 하신다."

"네 아버지?"

"그래. 네 아버지의 살해범으로 이인국이라는 거간꾼이 잡혀갔다는 걸 알고 널 찾으신다."

아이는 뭐가 못마땅한지 연신 딱딱거렸다.

"그 일이 네 아버지와 무슨 상관인데?"

"우리 아버지께서 그 계회에 계셨으니까."

아이의 말이 내 뒤통수를 후려쳤다.

"혹시 네 아버지라는 분이?"

"네 짐작대로 송, 우 자 형 자 쓰는 분이시다."

세상에! 손도 안 대고 코를 푼다는 게 이런 때를 두고 하는 말이었다. 여기까지 오면서 내내 가슴 끓인 게 억울할 지경이었다.

"내가 여길 올 걸 어떻게 알았지?"

속내를 들키지 않으려고 더 날을 세웠다.

"새벽부터 널 지켜보고 있었으니까."

사내아이의 말투는 여전히 퉁명스러웠다.

"그럼 날 감시하고 있었단 말이야? 그리고 너 아까부터 말이 왜 반토막이냐?"

생각할수록 기분 나빴다. 코밑에 검은 수염이 몇 가닥 돋아나긴 했지만 저런 애송이가 함부로 대할 만큼 어리지 않았다.

"오는 말이 고와야 가는 말이 고운 법이지 않나? 반말을 먼저 시작한 건 너였어, 아니었나?"

한 마디도 지지 않고 꼬박꼬박 말대답을 하는 그 아이, 범이는 나와 동갑내기였다.

"그랬나? 이왕 시작한 반말이니 초지일관하자고. 빨리 앞장서."

"어딜?"

"어디긴 어디야? 너네 집이지. 어르신이 나를 찾는다면서."

"뭐? 그럼 네가 가려던 데가 우리 집이었단 말이야?"

"알고서 쫓아온 거 아니었어? 괜히 몰랐던 것처럼 시치미 떼기는."

범이는 멋쩍은 듯 피식거렸다.

범이의 집은 반촌 끄트머리에 있는 허름한 초가집이었다. 범이가 나를 끌고 방으로 들어갔다. 조각칼로 무엇인가를 깎고 있던 송 화원이 인기척에 고개를 돌렸다.

"저를 찾으셨다면서요?"

내가 조심스럽게 말을 꺼냈다.

"이렇게 빨리 만날 줄은 몰랐는데…. 언제까지 그렇게 서 있을 거냐?"

장님이라면서 마치 보고 있는 양 말했다.

"절부터 받으십시오."

나는 주저 없이 넙죽 절했다.

"범이가 무례하게 군 건 아니지? 내 몸이 이렇게 된 후에 순하던 저 아이가 강퍅해진 것 같아 늘 미안해."

송 화원이 범이 쪽을 향해 고개를 돌렸다. 눈까지 깜박이는 걸 보니 장님이라는 게 더 믿기지 않았다.

"아버지 때문에 그런 게 아니라는데 왜 자꾸 그러세요."

범이가 불평 섞인 말투로 투덜거렸다.

"범이가 아니었으면 여기까지 오지도, 화원 어르신을 뵙지도 못했을 겁니다. 안 그래도 인국 형님이 어르신을 만나 뵈면 무슨 단서를 얻을지도 모를 거라고 했는데, 사는 곳을 몰라서 난감해 하고 있었거든요."

"내가 딱 시간을 맞춘 게로구먼."

송 화원이 혀끝으로 마른 입술을 적셨다.

"어떻게 반촌까지 들어오셨어요? 여기는 아무나 들어올 수도, 한 번 들어오면 나갈 수도 없다고 하던데요."

그제야 방 안을 둘러보았다. 단출한 살림살이였다. 낡은 궤짝 위에 올려진 이불 두 채가 전부였다. 송 화원은 조각칼을 내려놓고 손바닥을 꾹꾹 눌렀다.

"그건 저 아이가 더 잘 알 거야. 나야 저 아이 손에 이끌려 여기 왔으니까. 반촌이라는 것도 나중에서야 알았고."

송 화원이 범이 앉은 쪽을 턱짓으로 가리켰다.

"도대체 어떻게 된 일이야?"

"아버지께서 간신히 고비를 넘기고 사나흘쯤 지났나? 어떤 젊은 분이 새벽나절에 와서는 빨리 짐을 싸라고 하더라고. 거기 있다가는 무슨 사단이 날지도 모른다면서. 어머니를 잃은 지 얼마 지나지 않아 아버지까지 그렇게 되고 나니 무섭기도 하고. 살림살이도 버리고 옷가지와 이불만 챙겨 바로 나왔어."

그날 일이 떠올랐는지 범이 얼굴이 어두웠다.

"혹시 전에 본 적이 있는 사람이었어?"

"아니, 처음 뵙는 분이었어."

내 말에 범이는 고개를 세차게 가로저었다. 역시 생각한 대로였다.

아버지와 이 화원의 살해범으로부터 송 화원을 지키려고 했던 사람이 누굴까? 그 사람은 아버지를 죽인 진짜 살인범을 알고 있지 않을까?

"어르신께서도 짐작되는 사람이 없습니까?"

"비몽사몽간이라 기억나는 게 별로 없어. 장 화원이 아침에 다시 온 것까지는 생각나는데."

송 화원의 눈동자가 힘없이 흔들렸다.

"그럼 어르신이 이렇게 된 게 장 화원 어르신과 연관이 있다는 거군요?"

"심증뿐이지만 그 사람 아니면 누가 그런 일을 저지르겠어."

송 화원이 끔찍한 기억을 떠올렸는지 부들부들 몸을 떨었다.

"그날 계회에는 어르신 말고 또 누가 있었습니까?"

"이 화원, 장동 김 대감이 보낸 희선이, 그리고 장 화원, 또 처음 보는 젊은 사람이 하나 있었지. 장 화원이 옆에서 시중 들 필요 없다며 진즉에 사람들을 내보냈으니까."

송 화원이 눈을 지그시 감았다. 그날 일을 마치 눈앞에 그려 보는 듯했다.

"젊은 사람요? 누구라고 하던가요?"

"모르지. 장 화원도 잘 아는 사람 같지는 않았어. 난 속으로 김 대감이 희선이와 같이 보낸 사람인가 짐작했으니까."

"그렇군요. 어르신은 제 아버지가 계회도를 그렸다는 건 언제 아셨습니까?"

"이 화원이 변을 당했을 땐가? 아냐, 그 후였을 거야. 장 화원이 얘기해 줘서 알았으니까."

"화원 어르신이요?"

내 눈이 휘둥그레졌다. 또 장 화원의 이름이 들먹여졌다. 사건에 점점 다가갈수록 드러난 사실들이 장 화원을 지목하고 있었다.

"비밀 회합이었으니 계회도로 남길 만한 모임은 확실히 아니었지. 이 화원이 그리 허망하게 죽고 나서 얼마 지나지 않았을 때였나, 장 화원한테서 한번 보자는 연락이 와서 금화관에 갔는데 그때 장 화원이 계회도 얘기를 하면서 무섭게 화를 내더라고. 어찌나 펄쩍 뛰던지 기생들이 혼비백산해서 달아났을 정도였어. 지금 생각해 보면 그날 장 화원은 많이 수상했어."

송 화원이 씁쓸한 표정을 지었다. 사람들 눈에 띄어서도, 더구나 기록으로 남겨서는 안 될 비밀 회합을 누군가 지켜보았고, 또 계회도로 그려졌으니 모임을 주최한 장 화원으로서는 당연히 화낼 만했다.

"그날 모임은 어진화사 추천 때문이었다면서요?"

"그랬지. 나나 이 화원, 장 화원 모두 이미 시재를 통과한 상태였고, 이 화원은 시재에서 최고 점수를 얻은 터라 이미 김 대감의 추천을 받은 거나 진배없었지."

"장동 김 대감님 말인가요?"

고개를 끄덕이며 송 화원이 말을 이었다.

"실력도 검증받았으니 뒤에서 김 대감이 밀어준다면야 주관 화사 자리는 따놓은 당상이었어. 그날 이 화원은 그런 사실을 내색하지 않으려 무던히 애쓰는 눈치였지. 도감에 들어갈 날만 기다리면 되는 거였는데 그렇게 갑자기 갈 줄 누가 알았겠나?"

송 화원이 손바닥으로 까칠한 얼굴에 마른세수를 했다. 장 화원과 이 화원을 저울질하려던 거였을까? 이미 이 화원을 마음에 둔 김 대감이 희선을 추천 회합에 보낸 꿍꿍이를 알다가도 모를 일이었다.

"누가 이 화원 어른을 죽였을까요?"

조심스러웠지만 진작부터 묻고 싶은 질문이었다. 송 화원은 한참 동안 천장을 올려다보았다.

"나를 이렇게 만든 사람이겠지."

"그 사람이 장 화원 맞잖아요!"

범이가 날카롭게 목소리를 높였다. 송 화원은 끙 하고 신음 소리를 냈다.

"어르신께서는 어쩌다가 시력을 잃게 되신 건데요?"

나는 범이 어깨를 누르며 에둘러 물었다. 송 화원의 한숨이 길어졌다.

"내가 기억하는 건 술을 마시고 정신을 잃은 게 마지막이야. 그날 아침에 조 참판 어른으로부터 한번 찾아오라는 기별을 받은 터라 아주 기분이 좋았어. 그래서 장 화원이 권하는 대로 술을 받아 마셨지. 사대문이 닫혔으니 장 화원이 자고 가라고 했을 때도 별달리 생각하지 않았지. 나도 모르게 잠이 든 것 같은데 새벽 나절 칼로 도려내는 것처럼 눈두덩이 쑤시고 꼼짝할 수 없는 거야. 술을 너무 많이 마신 탓이라고 자책하면서 간신히 몸을 일으켰는데 눈앞이 가물가물하고 주위가 흐릿하게 보이지 뭔가. 밤인가 싶어 눈을 비벼 봤지만 아무 소용없었어. 밖에서 두런두런 말소리가 들리긴 했는데. 그리고 끝이었지. 다시 정신을 잃고 쓰러졌으니까."

"아버지와 마지막까지 있었던 사람은 장 화원밖에 없는데, 그 사람이 범인이 아니면 누구겠어요?"

범이의 목울대가 울룩불룩했다.

"정황이 그렇다 뿐이지 장 화원이 술에 이상한 것을 탔거나 내 눈을 어떻게 했다는 증거는 아무것도 없어. 그저 심증뿐이지."

송 화원이 칼등으로 손금을 천천히 그었다. 어지러운 마음을 감출 때 나오는 버릇 같았다.

"화원 어르신을 뵙고 보니 모든 게 아버지의 계회도 때문인 것만 같아 몸 둘 바를 모르겠습니다."

가시방석 위에 앉은 것처럼 마음이 불편했다. 비명횡사도 모자라, 죽어서까지 사람들을 괴롭히는 아버지가 원망스러웠다.

"자네 아버지가 계회도 때문에 목숨을 잃었고, 인국이라는 사람이 감옥살이까지 하니 그렇게 생각하는 것도 무리는 아니지만 모든 일이 아버지 때문이라고 원망하지는 말게. 화원들이야 남의 눈을 즐겁게 하기 위해 그림을 그리는 사람이야. 장안의 최고 화원들이 한꺼번에 모인 것을 보았다면 나라도 그림 욕심이 났을 거니까."

내 속을 들여다보기라도 한 듯 송 화원이 달래듯 말했다.

"장 화원 입장에서야 비밀 회합이 계회도로 그려진 걸 알았으니 기겁했을 거야. 어쨌든 좋은 의도로 그린 그림이었는데 이 화원은 목숨을 잃었고, 나는 환쟁이의 명줄인 눈을 잃었으니… 참 해괴한 일이야."

송 화원을 따라 범이도 깊은숨을 뱉어냈다.

"저도 그 계회도를 본 적 있어요. 화원들 얼굴은 가물가물한데 희선이라는 기생 앞에 놓여 있던 연적은 지금도 생생해요."

"해태 연적이었지 아마. 회합이 끝나고 그 연적을 두고 말들이 많았어. 장동 김 대감이 여기 있는 연적처럼 내가 너희들을 지켜보고 있다, 뭐 그런 시위 삼아 희선에게 연적을 들려 보낸 거라고…. 다들 그렇게 떠들었으니까."

"희선이라는 기생이 아직도 그 연적을 가지고 있을까요?"

"글쎄다. 벌써 주인에게 돌려주지 않았을까 싶은데."

"만약 그게 김 대감의 연적이라면 사건과 연관이 있는 게 아닐까요? 어쩌면 김 대감이 벌써 그 기생에게 무슨 짓을 했을 수도 있고요."

골똘히 생각에 빠져 있던 범이가 불쑥 끼어들었다. 송 화원이 놀라 조각칼을 떨어뜨렸다.

"그게 무슨 말도 안 되는 소리냐! 김 대감이 왜 그런 짓을 해?"

"물론 기생 하나 없어진다고 달라질 건 없지만, 가문과 명예를 목숨처럼 중히 여기는 사람이라면 살인사건 같은 불미스러운 일에 엮이고 싶지 않을 거 아니에요. 미리 화근이 될 건 없애려고 할 수도 있잖아요."

생각지도 못한 말이었다. 범이는 보기보다 영민한 아이인 듯했다. 범이 말이 사실이라면 정말 무서운 일이다. 그깟 명예가 사람 목숨보다 더 중하다니. 그림을 늘어놓고 잔뜩 허세를 부리던 김 대감이 떠올랐다.

"희선이를 찾아보면 알겠네요."

범이가 확신하듯 말했다. 내심 범이 말이 반가웠다.

"네 말대로라면 금화관에 가야 할 텐데, 반촌 사람이라고 만나 주기나 하겠냐? 아무쪼록 희선이한테는 이 화원이나 나처럼 불미스러운 일이 없어야 할 텐데, 걱정이구나."

송 화원의 낯빛이 어두워졌다. 송 화원은 다시 조각칼을 손에 잡긴 했지만 손끝 하나 까딱하지 않았다.

"어르신도 인국 형님이 진범이라고 생각하세요?"

"그 사람이 얻는 게 뭐 있다고 그런 짓을 하겠나?"

"그러면 장 화원 어르신은요?"

"음… 그 사람이야 진즉부터 박 대감이 뒤를 봐주고 있고 어진화사 추천도 너끈히 받을 수 있었네. 박 대감의 권세가 예전만 못해도 말일세. 그런 장 화원이 김 대감을 위해 계회를 연 게 좀 의외이긴 하지만, 그렇다고 사람 목숨을 해칠 것까지 뭐 있겠나?"

송 화원은 종잡을 수 없는 말을 했다.

"아버지, 만약에 누군가 그 일을 사주했거나 누군가에게 잘 보이기 위해 검계까지 끌어들여 살인극을 벌였다면 얘기가 좀 달라지지 않겠어요?"

"다른 사람 누구? 너 설마…."

나도 모르게 범이를 노려보았다. 인국이 누군가에게 잘 보이려고 검계의 힘을 빌려 일을 벌인 것이라는, 범이의 엉뚱한 짐작에 화가 났다.

"난 인국이라는 분이라고 한 적 없다. 하지만 아니 땐 굴뚝에서 연기 나지 않잖아? 밀고한 사람도 아무 근거 없이 그렇게 했겠냐? 죄 없는 사람을 옥에 가둘 이유가 있겠냐고? 장 화원이나 김 대감,

아니면 인국이라는 사람 중 누군가는 살인 혐의가 있다는 거야.”

두루뭉술하게 말했지만 범이는 내가 보지 못한 것을 알고 있다는 투였다. 살해범이 장 화원일 수도, 인국일 수도, 김 대감일 수도 있다니. 인국이 이 일과 연루되었을 거라는 생각은 한 번도 하지 않았다. 둘의 말싸움을 들으며 송 화원은 연신 혀를 찼다.

송 화원을 만나면 진범까지는 밝힐 수 없더라도 살해 동기는 알 수 있을 것이라 생각했다. 하지만 그것은 순진한 착각이었다. 송 화원을 만나고 머릿속이 개운해지기는커녕 더 복잡해졌다. 다시 뵙겠다고 인사한 후 자리에서 일어났다.

평상에 앉아 있던 사내들이 나를 힐끔거렸다. 떨떠름한 눈빛과 마주치고서야 이곳이 반촌이라는 사실이 퍼뜩 떠올랐다. 등줄기를 타고 벌레가 스멀스멀 기어오르는 것 같았다.

“성질만 급한 줄 알았더니, 간덩이도 부었구나.”

내 팔목을 억세게 잡은 건 범이였다.

“이상한 소리 할 거면 당장 꺼져 버려. 머리 복잡하니까.”

내 말투 역시 곱지 않았다.

“나도 네 일에 끼워 주라.”

범이의 눈이 가무스름해졌다. 이런 상황에 웬 농담인가 싶어 어이없었다.

“내가 왜 그래야 하는데?”

“너랑 목적이 같으니까.”

"뭔 자다가 봉창 두드리는 소리야?"

하는 짓만큼이나 황당무계한 말이었다.

"복수할 거야. 네 아버지를 죽인 범인이 우리 아버지를 저렇게 만들었고, 또 내 인생을 망쳤으니까."

"복수는 뭐고, 네 인생을 망쳤다는 건 뭔 소린지, 참."

달갑잖은 마음에 눈살이 찌푸려졌다. 범이가 작정한 듯 내 어깨를 눌러 평상에 주저앉혔다. 자리 잡는 우리를 보고 주모가 서둘러 뛰어나왔다.

"이래 봬도 도화서에서 촉망받는 생도*였다고. 그런데 아버지가 저리 되는 바람에 도화서에서 쫓겨났고 그림도 그릴 수 없게 됐어. 단원처럼 최고의 차비대령화원이 되고 싶었는데. 이제 내가 왜 그러는지 알겠어? 그리고…."

범이는 나를 빤히 쳐다보고는 말을 뚝 끊었다.

"그리고 뭐?"

"넌 화원에 묶여 있는 몸이니까 마음대로 나다닐 수도 없잖아. 그러니까 내가 대신 뛰어 준다고. 어때, 듣던 중 반가운 소리지? 그렇다고 날 부하 취급하면 그건 절대 못 참지."

범이는 주먹을 불끈 쥐어 보였다.

---

* 관리로 임명되기 전에 소속 관아의 학문과 기술을 익히던 사람. 여기서는 도화서에서 그림을 배우던 화학생도를 말한다.

"별말 없는 걸 보니 내 말대로 하는 걸로 알아도 되겠지?"

주문할 생각은 않고 딴짓만 하는 게 못마땅했는지 주모가 툴툴대며 부엌으로 되돌아갔다.

"다음에 옥사 갈 때 나도 데려가 줄래?"

"뭐라고?"

가뜩이나 싱숭생숭한데 기껏 한다는 말까지, 밉상이 따로 없었다.

"우리를 이곳에 데려다준 사람이 그 인국이라는 분이 아닐까 하는 생각이 들어서 말이야."

"야, 그게 말이 되냐?"

큰 목소리 때문이었을까, 평상 위에 있던 사내들이 우리 쪽을 힐끔거렸다.

"그 사람 얼굴을 아는 건 나뿐이니까, 그분이 맞다면 따져 볼 것도 있고."

"뭘 따져?"

"왜 하필 반촌에다 우리를 가둬 놨냐고, 처음엔 고맙다 싶었는데, 나중에는 화가 나더라. 이건 구원이 아니라 추방이거든. 다시는 세상으로 나오지 말라는."

범이의 거친 숨소리가 뺨에 부딪혔다.

"이만하면 그 사람을 만날 충분한 이유가 되는 거지? 너도 솔직히 그 사람이 우리를 이렇게 만든 사람인지 아닌지 궁금하잖아."

"하나도 안 궁금하거든. 그리고 형님은 네가 생각하는 그런 사람 아니야."

범이의 터무니없는 억지에 따질 기운도 없었다. 범이가 부리나케 일어선 것도 그때였다. 평상 위에 있던 건장한 몸집의 사내가 우리 쪽으로 걸어오고 있었다.

"어쭈, 못 보던 놈이네. 어디 반촌에 와서 목청을 높여. 낯선 놈을 끌어들인 네가 더 문제야."

사내 하나가 다짜고짜 범이의 머리통을 냅다 갈겼다. 나도 모르게 질끈 눈을 감았다.

"너 윗목에 사는 봉사 아들 맞지? 깝죽대지 말고 곱게 집구석에 처박혀 있으라고 했지?"

사내가 죽일 듯 범이를 을러댔다. 머리통을 그러안고 범이가 잔뜩 어깨를 움츠렸다.

"아, 죄송합니다. 성에 안 차는 상판대기는 얼른 꺼질 테니 노여움 푸세요. 형님들!"

범이가 서너 차례 고개를 조아리고는 내 손을 잡아끌었다.

"딴소리 말고 빨리 여길 뜨자. 우물거리다가는 내일 아침에 시체로 내걸릴지도 몰라."

앞만 보고 달리고 또 달렸다. 턱까지 숨이 차올랐지만 돌부리에 걸리든 말든 따질 겨를도 없었다.

해태 연적의 주인

시간은 더디게 흘렀다. 김 화장은 하루 종일 정신을 어디다 빼 놓고 있냐며 눈이 마주칠 때마다 생트집을 잡았다.

희선에 대해 알아보겠다는 범이의 꼬드김에 덥석 인국에게 데 려가겠다고 약속한 게 마음에 걸렸다. 무슨 뾰족한 수라도 있는 것 처럼 자신만만해 하던 범이 얼굴이 오락가락해서 눈이 자꾸만 대 문 쪽으로 향했다.

화선지 위로 김 대감 얼굴이 떠올랐다가 송 화원 얼굴로 바뀌었 다. 마음이 뒤숭숭해서 붓을 들고서도 멍할 때가 많았다.

"네 꼴이 딱 똥 마려운 강아지다. 기다리는 사람이라도 있는 거냐?"

붉은 물감을 개고 있던 진 화사가 팔을 뚝 쳤다. 광일화원에서 책가도와 화조도를 가장 잘 그리는 어른이었다.

"거기 똥 마려운 강아지, 누가 찾아온 모양이군그래."

진 화사가 놀림투로 키득거렸다.

대문 안을 기웃대는 더벅머리가 보였다. 범이었다.

"이런 시간에 저 녀석이 오다니, 무슨 급한 일이 있나 봐요. 별일
이 아니어야 할 텐데…."

신발을 꿰신으며 횡설수설하자 김 화장의 눈초리가 뾰족해졌다.

"나중에 다 말씀드릴 테니, 화원 어르신께서 절 찾으시면 대충
둘러대 주세요."

"어째 별일은 맨날 너한테만 생기는 거냐? 일 끝나는 대로 곧장
들어와. 나도 더 이상은 못 봐주니까."

뒤통수에다 김 화장이 대놓고 군소리를 퍼부었다.

"형님이랑 어울리더니 눙치는 솜씨가 제법이다."

대문을 넘어서자 범이가 히죽거렸다.

"뭐, 형님? 지나가던 개가 다 웃겠다."

입에서 피식 바람 빠지는 소리가 났다.

"너 지금 말 다했냐? 아침부터 성균관에다 금화관이랑 똥줄 빠
지게 뛰어다닌 걸 몰라서 그래?"

범이가 있는 대로 성깔을 부렸다. 눈치가 없는 건지 배포가 큰
건지 도무지 속을 알 수 없는 녀석이었다.

"성균관엔 왜? 희선이 보러 간 거 아니었어?"

"기생집에서 머리에 쇠똥도 안 벗겨진 애를 얼씨구나 하겠다? 전부터 알고 지내던 성균관 유생이 있거든. 공부는 영 젬병인데 그림은 좀 그려. 그림을 가르쳐 달라고 해서 가끔 만났는데 그 사람이라면 금화관에 들어갈 방도가 있을 것 같아서 말이야."

범이가 어깨를 으쓱하며 젠체했다.

"공부는 안 하고 기생집에나 들락거리고, 안 봐도 어떤 놈팽이인지 대충 알겠다. 그래서 희선이는 만났어?"

아침 내내 정신없이 뛰어다녔을 범이한테 성질부린 게 미안해서 어물쩍 넘어갈 속셈이었다. 제 공을 몰라준 것에 꽁했는지 범이는 발끝으로 바닥을 걷어찼다.

"내 생각이 맞았어. 네 아버지 일이 있은 석 달 뒤에 금화관을 떠났대. 행랑어멈 말로는 알 만한 양반집 청지기가 엄청난 돈을 싸들고 와서 희선이를 데리고 갔대. 희선이를 기적에서 빼 주고 논마지기 살 돈까지 쥐여 줬다는 거야. 한양 안에서는 눈에 띄지 말라는 뜻이지. 그 양반이 누군지 대충 감이 잡히지 않냐?"

"김 대감?"

"그래. 이제야 좀 통하는 것 같군. 내 생각에는 김 대감도 네 아버지 죽음에 관련 있는 것 같아. 어쩌면 이 사건의 뒷배일지도 모르고."

"뒷배?"

범이가 나를 빤히 보며 고개를 끄덕였다.

"어진화사가 되면 화원들만 좋은 게 아니거든. 화원이 그린 어진이 나랏님 마음에 들면 당연히 그를 추천한 대신에게도 돈이든 권세든 그 혜택이 돌아갈 거 아냐? 그러다 보니 화원들은 힘 있는 대신에게 추천받으려고 뇌물을 쓰고, 대신들은 자신에게 더 많은 권세를 안겨 줄 화원을 불을 켜고 찾는 거고."

왕비도, 정승도 임금을 마주할 기회가 많지 않은데 어진화사는 어진이 완성될 때까지 임금 곁에 있을 수 있었다. 그러는 사이 화원은 나라 안팎의 자질구레한 일이나 추천 대신에 대해 이야기하고, 임금은 속내를 내비치기도 할 것이다. 어진화사의 말 한 마디가 임금의 마음을 움직일 수도 있을 것이고, 뒤를 봐주는 대감들은 임금의 동태나 정보를 얻을 수 있을 것이다. 당연히 대감들은 누구를 어진화사로 추천할 것인가를 두고 골머리를 썩이고, 반대파 대신의 움직임에 신경을 곤두세울 수밖에 없을 것이다.

김 대감을 만나고 어렴풋이 짐작은 했지만 범이의 입으로 들으니 간담이 서늘했다. 그림이 부와 권세라는 김 대감의 말이 귀에 쟁쟁했다.

"그렇다고 사람을 죽일 것까지는 없는 거 아냐?"

"물론 그런 사람들이야 직접 손에 피를 묻히지 않지. 상전의 의중을 읽은 충직한 개가 그 일을 대신할 뿐이지. 정승 집의 개라는 말이 괜히 나왔겠어?"

범이 말대로라면 장 화원의 개는 새벽에 다녀간 검계라는 건가?

화원에서 드나드는 일은 모두 청지기가 알아서 하니 장 화원이 따로 검계를 만날 일은 없었다. 백 보 양보해도 수상한 일이었다.

"빨리 옥사로 가자. 어젯밤에 한잠도 못 잤어. 인국 형님… 너한테 형님이니까 나한테도 형님인 거지 뭐. 혹시 알아? 형님을 만나면 아버지를 그렇게 만든 사람이 누군지 일러 줄지."

근거 없는 장담이었지만 그런 범이가 왠지 믿음직했다. 아버지를 위해 무엇이든 하겠다고 덤비는 아들, 나와는 달랐다. 나는 아버지에게 범이 같은 아들이 아니었고 그럴 생각도 없었다.

인국을 만나러 큰길로 나섰다. 어느새 햇살이 조금씩 옅어지고 있었다.

"그 아저씨가 그러는데…."

범이가 갑자기 생각났다는 듯 입을 열었다.

"그 아저씨?"

"희선의 기둥서방이었대. 지금이야 기방에 얹혀사는 별 볼 일 없는 신세지만 한때 대전별감까지 했다고 어찌나 흰소리를 하던지."

"딴소리는. 그 아저씨가 뭐라 그랬는데?"

내 핀잔에 범이 코가 벌름거렸다.

"내가 슬쩍 연적 얘기를 꺼냈더니 아주 잘난 척하며 늘어놓더라고. 그 연적은 정조 임금이 김조순 대감한테 사돈 맺자는 약속과 함께 어린 왕세자를 잘 부탁한다며 주신 거라고. 하긴 그 어른이 부원군이 됐으니 두 분의 약속이 이뤄진 셈이긴 하지."

"네 말대로라면 그 연적은 김조순 대감한테 있어야 하는데 왜 장동 김 대감 집에 있는 거야? 일가붙이도 아니고 먼 친척이라면서?"

"그 아저씨도 그게 영 찜찜하다고 그러더라."

범이도 내 말에 고개를 갸웃했다.

"그것보다 계회에 한 번 다녀온 대가로 기적에서 빼주고 한 살림 뚝 떼어 줬다는 게 더 수상해. 켕기는 게 있지 않고서야 그럴 리가 없잖아?"

"네 말 들으면 인국 형님이 아주 재수 없게 걸려든 거네."

"그런 건 나중에 따지고 일단 서두르자."

급히 범이의 손을 잡아끌었다. 괜히 아는 사람 눈에라도 띄면 경을 칠 일이었다.

"너도 내가 옆에 있으니 든든하지. 안 그러냐?"

갑자기 범이가 내 어깨를 덥석 끌어안았다. 겨우 두 번 봤을 뿐인데 범이는 꽤나 붙임성 있게 굴었다.

골목길을 다 빠져나와서야 발걸음을 늦췄다. 늘 사람들로 북적대던 시전 거리를 지나니 포도청이 한눈에 들어왔다.

"형님 본다고 생각하니까 가슴이 벌렁거리는걸."

범이의 너스레에 헛웃음이 났다.

"형님? 누가 들으면 진짜 형님 만나러 가는 아우인 줄 알겠다."

"이 기회에 형님 하나 생기면 좋은 일이지. 빨리 가자. 어떤 분인지 궁금해 미칠 지경이다."

범이가 들떠서 쏜살같이 내달렸다.

인국을 보러 왔다는 내 말에 옥졸은 연신 범이를 흘끔거렸다.

"위에서 너만 들여보내라고 했는데."

"인국 형님이 꼭 데리고 오라고 해서요."

옥졸의 떨떠름한 말에 적당히 둘러댔다.

"일가붙이라도 되느냐?"

"인국 형님의 외가로 육촌 되는 동생이에요. 이제야 소식 듣고 멀리서 왔대요."

범이가 얼른 고개를 까닥하며 인사했다. 옥졸이 영 미심쩍은 얼굴로 범이를 훑어보았다.

"호패라도 보여 드릴까요?"

범이가 허리춤을 들쑤시며 수선을 떨었다.

"살인범 일가붙이인 게 뭐 자랑거리라고! 됐다."

옥졸이 볼을 실룩이고는 옥문을 열었다. 저녁 햇살이 나무 창살을 뚫고 들어와 옥 안에 옅은 기운이 퍼졌다. 범이가 겁먹은 얼굴로 주위를 두리번거렸다. 큰소리치더니 범이에게도 감옥은 낯설고 무서운 곳일 테지 싶었다. 신음 소리가 들끓고 피고름 냄새가 진동하는 옥사는 자주 들락거린다고 익숙해질 만한 곳이 아니었다.

"오늘도 영락없구먼. 요즘엔 저 아이 얼굴을 안 보면 섭섭할 지경이라니까."

"이런 데 있으면 사람이 젤 그리운 법이잖은가? 오늘은 새 얼굴도 같이 오는구먼."

죄수 몇이 창살에 달라붙어 수군거렸다. 그나마 이 정도 말소리라도 내는 죄수는 몇 되지 않았고 대부분은 시체처럼 누워 지냈다. 뼈가 으스러진 몸뚱이의 고통에다 배고픔, 벼룩과 이까지 들끓으니 산지옥이 따로 없었다.

"오늘은 손님과 같이 왔어요. 송 화원 어른의 아들 범이예요."

"그 아이가 여긴 왜?"

인국의 말이 떨어지기 무섭게 범이가 내 뒤에서 불쑥 고개를 내밀었다. 순간 인국의 얼굴 위로 놀라움과 곤혹스러움이 스쳤다.

"고생 많으시죠? 아버지도 형님 일 전해 듣고 걱정이 많으세요. 도대체 형님을 밀고한 사람이 누구랍니까? 제가 누군지 알면 당장이라도…."

범이가 목이라도 조를 것처럼 들까불었다.

"야, 그만해. 그러다 쫓겨날라!"

내가 쌍심지를 켜자 이내 수그러들었다.

"형님, 저 본 적 없으세요?"

눈알을 요리조리 돌리는 범이와 눈이 마주치자 인국이 고개를 돌렸다.

"글쎄, 난 기억에 없는데. 지전 일로 도화서에 몇 번 가긴 했다만… 그때 봤으려나."

인국은 처음 봤다면서 범이가 도화서 생도였던 것을 어떻게 알았을까? 어쩌면 인국이 범이와 송 화원을 예전부터 알고 있었을지도 모른다는 생각이 들었다. 내가 알고 있는 인국과 내가 모르는 인국, 도대체 누가 진짜 인국일까?

"그랬을지도 모르겠네요. 오늘 처음 뵙는데 저도 왠지 형님이 낯설지가 않네요. 진수랑 친구니까 형님이라고 불러도 되죠?"

범이가 넉살 좋게 코맹맹이 소리를 했다.

"네 아버지가 형님 연배이니까 삼촌이라고 부르든지."

어울리지 않게 인국이 농담으로 맞받아쳤다.

"삼촌요? 아까 여기 들어올 때 육촌 형님이라고 둘러댔는데. 어쨌든 여기 있는 이놈보다 저와 촌수가 더 가까운 거네요?"

"그런가? 오늘 검시관 보러 간다고 했지?"

인국이 이내 정색하고 물었다.

"네. 술시까지 한성부에 가야 해요. 범이가 형님을 꼭 봐야겠다고 하도 졸라서 먼저 들른 거예요."

"헤헤, 전 형님이 아버지와 저를 반촌에 버린 그 사람이 아닐까 의심했는데, 그 사람이 아니라서 천만다행이에요. 우리 아버지도 형님은 절대 살해범이 아니라고 하셨어요. 그러니까 힘내세요. 진수와 제가 꼭 범인을 찾아낼 테니까요."

범이가 옆구리를 찌르면서 눈을 찡긋했다.

"그 사람도 네 가족을 살인자로부터 구해 주려고 그랬을 테지. 어쨌든 그 사람과 닮지 않은 것도, 네 아버지의 말씀도 다 힘이 되는구나. 어른께 고맙다는 말씀 꼭 전해 드려라."

옥문 흔들리는 소리가 나더니 바깥이 시끌시끌해졌다. 곧 시큼털털한 국밥 냄새가 옥 안을 가득 메웠다.

"형님도 뭘 드셔야지요? 이럴 때일수록 배가 든든해야 하는 건데."

"요즘은 뭘 먹어도 자꾸 얹혀서 당분간 굶겠다고 말해 두었다. 참, 송 화원 어른이 달리 더한 말은 없니? 어떻게 시력을 잃었는지…."

인국이 말을 잇지 못하고 범이를 물끄러미 쳐다보았다. 범이를 처음 본대면서 인국은 필요 이상의 관심을 보였다.

"장 화원과 같이 술 마신 건 기억이 나는데, 아침에 일어나니 앞이 안 보였대요."

"실명한 게 그날 일인가 보군?"

인국이 들릴 듯 말 듯한 목소리로 웅얼거렸다.

"그게 좀 이상해요. 멀쩡한 사람이 어떻게 갑자기 실명할 수 있는지."

"무슨 수를 벌였겠지. 술에 비상을 탔거나, 인사불성으로 잠든 사이에 누군가…."

인국은 마치 제 일인 양 몸을 떨었다.

"술에 비상을 탔다면 눈만 잃는 게 아니라 목숨도 위태로웠을 거예요. 그런데 아버지는 시력만 잃었다 뿐이지 몸은 멀쩡하셨거든요. 분명 다른 방법을 썼을 거예요."

"다른 방법?"

내가 범이를 쳐다보며 물었다.

"응, 정신을 잃게 한 후 바늘이나 뾰족한 것으로 어떻게 했을 수도 있다는 거지."

"설마 그럴 리가?"

"바늘이라…. 검계들이 독침을 쓴다는 말은 들었다만."

인국도 믿기지 않는다는 눈치였다.

"방법은 모르겠지만, 아버지 눈을 그렇게 만든 사람이 이 화원 어른의 죽음에도 깊이 연관돼 있는 건 분명해요."

"검시관 어른이 작은 단서라도 찾을 수 있게 도와주면 좋겠는데."

내 말에 동의라도 한다는 듯 범이가 내 손을 꽉 잡았다.

"이 일 때문에 검시관한테까지 불똥이 튀는 것 아닌가, 그게 마음에 좀 걸린다만."

인국의 얼굴이 심하게 일그러졌다.

"아무리 간 큰 사람이라도 검시관까지 해코지하려고요."

"맞아요. 금부도사라도 한성부 관원은 함부로 할 수 없다던데요, 뭐."

범이의 맞장구 때문인지 검시관 만날 생각에 벌써부터 가슴이 떨렸다.

범이가 기둥서방이라는 사내에게서 알아낸 희선 이야기를 꺼내자 인국은 이번 일과는 상관없다며 잘라 말했다.

"범이는 자꾸 김 대감이 이 일에 연관이 있다고 하는데 제 생각은 좀 달라요. 하여튼 아는 것도 없으면서 나서기는."

"형님, 아니 아재도 잘 생각해 보세요. 연적도, 희선도 세상에 드러나면 안 되는 인물, 누군지 감이 잡히지 않나요? 그날 희선이 가져온 연적이 장동 김 대감의 것이었고, 살인사건이 일어나자마자 희선이 사라졌어요. 희선이 김 대감의 여자라는 건 조선이 다 아는데 누군가 뒷말 나지 않게 미리 알고 손을 쓴 거라고요. 김 대감이 직접 그랬을 리는 없고, 김 대감이 아는 사람이거나 믿을 만한 아랫사람일 거예요."

범이는 조목조목 짚어 내듯 말했다. 무슨 근거라도 있는지 희선과 김 대감을 싸잡아 걸고넘어졌다.

"형님도 범이랑 같은 생각이에요?"

"한성부 검시관이라고 했던가? 빨리 가 봐야 하는 거 아니냐?"

대답 대신 인국이 어서 가 보라고 채근했다. 어쩐 일인지 이 상황을 불편해 하는 기색이었다.

"그럼 우리는 가 볼게요."

"범이 너도?"

"당연히 따라가야지요. 진수 앤 아직 세상 물정을 너무 몰라요.

제가 옆에 있어야 아재도 마음이 놓일 거예요."

범이가 팔짱을 끼며 친한 척 굴었다.

"그래, 진수한테 좋은 동무가 생겨서 다행이구나."

인국은 얼른 나가 보라며 손짓했다.

옥사를 벗어자나 범이가 바짝 붙어 서며 헤헤거렸다.

"형님이 네가 찾는 그 사람이 아니라서 정말 다행이다."

"나도 그래. 옛날 그 사람은 아주 말랐고 형님처럼 이마에 흉터도 없었어. 사실 나도 엄청 마음 졸였거든. 네가 그렇게 믿는 형님이 그 사람이었으면 어쩔 뻔했어."

그림을 그렸다더니 역시 범이의 눈썰미가 남달랐다. 그 짧은 순간에 이마의 상처까지 본 걸 보면 말이다. 인국은 그 상처를 가리려고 망건이 이마를 가리도록 내려 쓰기까지 했다.

"참, 검시관은 왜 만나?"

"그분이 우리 아버지 시장을 갖고 있다고 해서."

"뭐? 그거라면 너도 한 부 가지고 있을 거 아냐?"

살인사건의 검험이 끝나면 시장은 조정에 한 부 보내고, 한 부는 담당 검시관이, 그리고 한 부는 피해자 가족에게 보내 주는 게 관례였다.

"갖고 있다고 해서 돌아가신 분이 살아 돌아오는 것도 아니고. 어머니께서 너무 힘들어 하셔서 태워 버렸거든. 일이 이렇게 꼬일 줄 알았더라면 어떻게든 갖고 있었을 거야."

내 말에 어이없다는 듯 범이는 혀를 내둘렀다. 그때는 한 가지 생각밖에 없었다. 하루빨리 아버지의 죽음에서 벗어나는 것. 어머니가 시장을 태워 버리라고 했을 때 조금도 망설이지 않은 것도 그 때문이었다.

"살인사건은 복검이 기본이고, 더구나 네 아버지처럼 사인이 불분명한 사건은 반드시 삼검을 했어야 한다고. 미처 알아내지 못한 걸 삼검에서 찾아낼 때가 많거든. 진짜 넌 모르는 게 뭐 그리 많냐?"

세상 물정 어두운 숙맥 취급까지 받으니 성질이 곤두섰다.

"너를 반촌에 보낸 사람이 형님이 아니란 걸 확인했으니까 이제 넌 돌아가."

"약속이 틀리잖아? 아재 일이니까 나도 낄 이유로 충분하지 않나?"

"약속? 난 널 끼워 준다고 약속한 적 없어. 아재는 무슨!"

웬 딴말이냐며 범이가 손바닥으로 제 이마를 쳤다.

"측간 들어갈 때랑 나올 때 맘 다르다더니, 날 동무로 받아 준 줄 알았는데 아니었어?"

능글맞게 구는 꼴이 계속 찰거머리처럼 달라붙을 기세였다.

"벌써 와 있었네."

순두가 투닥거리는 우리를 보고 한달음에 뛰어왔다.

"여기서 안 만났으면 어쩔 뻔했냐?"

볼이 퉁퉁 부은 순두는 눈까지 하얗게 치떴다.

"한성부 앞에서 보기로 한 거 아니었어?"

"너무 일찍 나와서 잠깐 형님 좀 보고 가려고 왔더니, 까딱하면 길이 엇갈릴 뻔했잖아."

얼토당토않게 성깔을 부리는 순두를 보고 범이가 뚱한 얼굴을 했다.

"그런데 얘는 누구야?"

순두가 눈짓으로 범이를 가리켰다.

"송 화원 어르신의 아들, 범이야. 여긴 내 불알친구, 순두."

"만나서 반갑다. 아무래도 낯이 익은데, 어디서 봤더라…."

머리를 긁적이던 순두 앞에 범이가 쑥 손을 내밀었다.

"아, 너… 포도청 앞에서 본, 그 애 맞지?"

"아마 그럴 걸."

범이가 멋쩍은 듯 헤벌쭉거렸다. 포도청 앞에서 어슬렁대던 아이가 범이라는 것을 알고 순두가 펄쩍 뛰었다.

"그래도 늦는 것보다는 미리 가는 게 낫지 않겠어? 한성부 구경이나 하면서 기다리지 뭐. 그리고 범이라고 했지?"

"그래서 뭐?"

"진수와 내가 들어간 사이 넌 바깥에서 망 좀 봐라."

"싫다면 어쩔 건데?"

범이가 발끈해서 목소리를 높였다. 저를 깍두기 취급하는 것이

영 못마땅한 모양이었다.

"한성부는 아무나 들어가는 데가 아니야. 괜히 사람들 눈에 띄어서 일 망치지 말고 시키는 대로 해. 진수 봐서 그나마 끼워 주는 거니까."

"내가 뭘 망치는데?"

범이는 주먹이라도 날릴 기세였다.

"우리도 몰래 만나는 건데 갑자기 낯선 네가 나타나면 좀 그렇지 않겠냐? 그리고 네 꼬라지 좀 봐라. 나 반촌에서 왔소, 아주 대놓고 드러낸 꼴이잖아?"

순두 말에 범이 얼굴이 께끄름했다.

"진작 그렇게 말할 것이지 괜히 오해할 뻔했잖아. 나도 눈칫밥이라면 신물 나게 먹어서 그만한 건 다 알거든."

범이가 변죽 좋게 흐흐댔다. 순두는 그런 범이가 더욱 탐탁지 않은 눈치였다.

한성부 가는 내내 범이와 순두는 틈만 나면 눈싸움을 벌였다.

"야, 너 쟤 뭘 믿고 붙이고 다니는 거야? 괜히 그러다 인국 형님이 알면 어쩌려고."

"형님이 조카 삼겠다더라. 쟤 넉살이 보통 아니야. 대감님 수염이라도 잡을 아이라니까."

"뭐? 인국 형님을 벌써 만났다고? 그럼 아까 옥에서 나오는 길이었어?"

"그래. 쟤도 우리 아버지 때문에 도화서에서 쫓겨났대. 쟤한테 갚을 빚이 있으니 막무가내로 내칠 수 없더라고."

내 말에 순두는 마지못해 고개를 끄덕였다.

"진수야, 좀 이상하다."

"뭐가?"

두어 발짝 떨어져 걷던 범이가 우리 옆으로 다가섰다.

"사건 조사 중일 텐데 아직도 시장이 여기 있을 리 없잖아?"

"검시관 어른이 오늘 밤에 보자고 하신 걸 보면 아직 시장을 안 넘긴 모양이지."

나 대신 순두가 냉큼 범이 말을 되받아쳤다.

"그 시장을 오늘 못 보면 말짱 도루묵 되는 거네?"

"진짜 그 친구 말만 많은 게 아니라 초 치는 데도 일등이네. 재수 없게시리."

순두가 범이를 보며 하얗게 눈을 흘겼다.

"그나저나 검시관 어른 만나도 뭔 소리 하는지 제대로 알아듣기나 할까 모르겠네."

"그럼 넌 시장을 보면 다 안다는 거야 뭐야?"

순두가 다짜고짜 범이에게 덤벼들었다. 가뜩이나 밉상인데 사사건건 말씨름을 붙자 하니 순두인들 순순히 넘어갈 리 없었다.

"당연하지. 아버지를 따라 검험 현장에 여러 번 갔거든."

"눈도 꿈쩍하지 않고 거짓말을 해대네. 우리가 어수룩해 보이나 본데, 포도청 생활 3년에 환쟁이가 검험 현장에 갔다는 말은 처음 듣는다. 아주 뻥이 몸에 뱄어."

순두가 범이의 잘난척에 한바탕 대거리를 벌일 기세였다.

"믿든지 말든지."

범이가 시큰둥하게 콧방귀를 뀌었다.

"진짜 같지 않아? 그냥 데리고 가는 게 어때?"

순두가 마지못해 앞서 가는 범이 어깨를 덥석 잡았다.

"검험 현장에 가 본 거 진짜 맞는 거지?"

"아버지가 경기 감영의 화공으로 계실 때 관찰사 나리를 따라 검험 현장에 갔었다고. 살인인지 자살인지 밝혀내는 데 중요한 단서가 되니까 아주 정확하게 그려야 하거든. 시형도는 피살자들의 모습을 앙면과 합면으로 그려야 하는데… 참, 너희들 앙면이 뭔지 알아?"

범이는 고개를 빳빳하게 세우고 앙면은 피살자의 인체도 앞면이고 합면은 뒷면을 가리키는 거라고 했다. 인정하고 싶지 않지만 세상 물정 어둡다는 범이의 핀잔이 아주 틀린 말도 아니었다.

"이만하면 같이 갈 자격이 충분하지?"

나와 순두는 고개를 끄덕일 수밖에 없었다.

"데리고는 가는데 지금처럼 나대고 그러면 안 돼, 알았지? 그리고 너 그 칼 좀 눈에 안 띄게 할 수 없어? 그러다간 대문 안에 들어서기도 전에 쫓겨날 거다."

순두도 지지 않고 비딱한 말투로 쐐기를 박았다. 범이가 머쓱해하며 얼른 허리춤을 손으로 가렸다.

육조 거리 안에 있는 한성부까지 잰걸음으로 걸었다. 대신들을 태운 가마 몇이 육조 거리를 느긋하게 지나가고, 관원들로 보이는 갓 쓴 사내들도, 빈 지게를 진 장사치들도 사대문을 향해 걸음을 재촉했다.

인정까지 얼마 남지 않은 시각이어서 발걸음이 더욱 분주해 보였다.

육조 거리 초입에 들어섰다.

"술시에 오라고 한 게 맞아?"

범이가 발을 멈추고 나를 빤히 쳐다보았다.

"그랬지, 아마. 뜬금없이 그건 왜?"

"이상하잖아. 볼일 끝나면 해시쯤 될 텐데 육조 거리를 벗어나기도 전에 순라꾼에게 붙잡히면 어떡해?"

"검시관 어른이 어련히 알아서 하실까, 얹혀 가는 주제에 별걱정을 다 해."

둘의 티격태격을 보다 못한 내가 혼자서 오 검시관을 찾아가겠다고 나섰다.

"애가 무슨 경을 치려고. 진수, 넌 그냥 여기서 기다려. 내가 얼른 다녀올게. 포도청 포졸이니까 의심 살 일 없을 거야."

순두가 팔을 벌리며 내 앞을 막아섰다.

"포졸이 뭔 대단한 벼슬이라고, 잘난 척은."

범이가 팔을 겨드랑이에 끼고 발을 까딱였다.

"아무려면 반촌 출신인 너하고 같겠냐?"

콧방귀를 한번 날리고는 순두가 한달음에 거리 한복판으로 달려갔다.

"쟤 원래 저렇게 천방지축이냐?"

"내가 보기엔 너도 만만치 않아. 빨리 따라가기나 하자."

"가재는 게 편이다, 이거지?"

범이가 나를 밀치며 사람들 틈으로 숨어들었다.

한성부 앞에 서자 괜히 주눅이 들며 입이 바짝 탔다.

"여기서 어슬렁대다가는 큰일 난다. 더 늦기 전에 빨리빨리 집에 가."

문 안에서 아전 하나가 바깥을 흘끔대며 소리쳤다. 잠시 후 담벼락 안쪽에서 문 닫히는 소리가 났다.

순두는 물론 범이까지 눈에 보이지 않으니 더 떨렸다. 달랑 이름 하나만 들고 사람을 찾아 나섰으니, 어처구니없는 일이었다. 진즉에 순두를 따라붙을걸 하는 후회까지 들었다.

헐떡이는 숨소리와 함께 담벼락 뒤에서 순두가 뛰쳐나왔다.

"검시관 어른 안 계신대."

순두가 어깨를 떨어뜨리고 시무룩하게 말했다.

"정말? 말도 안 돼. 누가 그래?"

"서리 같던데. 우리가 오기 전에 누가 찾아왔대."

"누구?"

"그야 모르지. 그래도 시장은 챙기신 모양이라고 하더라. 서리 말이 검시관 어른이 뭘 찾아봐야 한다며 한참이나 서가에 머무르셨대. 나가시면서 자기를 찾는 사람이 오면 내일 다시 오라고 전해 달라 하셨다던데."

잡고 있던 동아줄을 놓친 것처럼 다리에 힘이 빠졌다. 순두가 내일 아침에 다시 오라니 다행이지 않느냐며 나를 달랬다.

"그런데 범인지, 소인지는 어디 갔어?"

"글쎄, 너 쫓아가는 것 같던데 못 봤어?"

"못 봤는데. 잘됐어, 찰거머리 같더니 저절로 떨어져 나갔네."

순두가 히죽거리며 손바닥을 탈탈 털었다.

"찰거머리?"

등 뒤에서 범이가 튀어나오며 말꼬리를 물고 늘어졌다. 이름값을 하는지 동에 번쩍 서에 번쩍 했다.

"어디서 오는 거냐?"

"찰거머리 주제에 일일이 보고할 필요 없잖아? 검시관 어른을 벌써 만난 거야? 늦을까 봐 얼마나 뛰었던지 심장 터지는 줄 알았다."

금방이라도 주저앉을 듯 범이가 엄살을 떨었다.

"내일 다시 오라고 하셨대."

"왜?"

"무슨 급한 일이 있다 그러셨다는데, 하여튼 오늘은 그냥 가자."

"내일 새벽에 다시 오라고? 그럼 예서 하룻밤 묵어야 한다는 건데, 어쩐다?"

"사람이 염치라는 게 있으면 그런 건 자기가 알아서 해야지, 안 그러냐? 내일 묘시에 여기서 보기로 하고, 난 그만 포도청에 들어가 봐야겠다."

순두의 쌀쌀맞은 말본새에 범이가 눈두덩이를 쌜룩거렸다. 순두가 멀어지자 범이가 내 옆에 바짝 달라붙었다.

"화원에 다시 들어가 봐야 하는데, 어쩌지? 마음 같아서는 하룻밤 재워 주고 싶지만, 화원 어르신 눈에라도 띄면 다 된 밥에 코 빠뜨리는 거고…."

"알았어, 알았어. 오랜만에 도성에 왔으니 도화서 동무라도 만나 봐야겠어. 묘시라고 했지? 그럼 내일 여기서 보자."

범이는 말릴 틈도 없이 도화서가 있는 동대문 쪽으로 뛰었다.

예고된 죽음

범이는 담벼락 아래에서 꾸벅꾸벅 졸고 있었다. 꽤 오래 기다린 모양새였다.

"일찍 나온다더니, 한 시각도 더 기다렸잖아."

나를 보고는 반가운 기색도 잠시 범이가 툴툴거렸다.

대문을 지키는 군졸들이 보이지 않았다. 대문 안을 기웃거리던 범이가 소맷부리를 잡아당겼다. 범이가 가리키는 한성부 마당에는 사람들이 둘러서서 웅성대고 있었다.

"무슨 일이 있나 봐."

범이가 귀에 대고 낮게 속삭였다.

"이게 무슨 변괴인지 모르겠네."

"음독자살은 아닌 것 같지? 겉은 멀쩡하다 그러던데."

방 안을 들여다보던 관원들 몇이 댓돌을 내려서며 혀를 찼다.

범이가 사람들을 뚫고 앞으로 나아갔다. 범이 뒤에 바짝 붙어 걷는데도 몸이 잰 범이를 번번이 놓쳤다. 한참 만에 사람들 틈에 서 있는 범이를 발견했다.

"어제 우리가 만나려고 했던 분이 오 검시관이라고 그러지 않았어?"

"응, 그런데 왜?"

"돌아가신 분이 오 검시관이래."

"그럴 리가?"

어제까지 멀쩡하던 사람이 죽다니, 내 귀를 의심했다.

잠시 후 바짝 굳은 얼굴로 금부도사와 종사관이 들이닥쳤다.

"금부도사가 한성부에 왜 온 거지?"

두 사람을 보며 사람들이 술렁거렸다.

"앞으로 엄정한 수사를 위해 의금부에서 이 사건을 맡을 것이오. 모두 사건 해결을 위해 협조해 줄 거라 믿겠소."

금부도사만큼 종사관의 얼굴도 잔뜩 굳어 있었다. 새벽 조회 때 관원 하나가 변사체로 발견됐다는 한성 부윤의 보고에 임금은 한성부 안에서 벌어진 살인사건이지만 의금부에 사건 전권을 넘기라 했다고 종사관이 덧붙였다. 누구 하나 그 이유에 대해 해명하지 않았다.

금부도사는 사람들이 들어오지 못하도록 방문에 금줄을 치고 대문 앞에 나졸들을 세웠다. 종사관이 오작인을 불러 시체를 내오라고 지시했다. 이내 시체는 가마니 위에 뉘어졌다. 시체 무릎 부근이 봉긋 솟은 것이 유난히 눈에 띄었다. 종사관과 금부도사 옆에 서는 서리 하나가 열심히 붓을 움직였다. 입고 있는 옷의 상태, 시체의 상태, 피부색까지 검시관의 말을 한 마디도 놓치지 않으려는 듯 신중한 모습이었다.

"혹시 오씨 성을 가진 검시관이 저분 말고 또 계세요?"

옆에 서 있던 서리에게 조심스럽게 물었다. 내 말에 서리가 갈퀴눈을 했다.

"오씨 성을 가진 검시관은 저분뿐이다만, 그걸 왜 묻는데? 처음 보는 얼굴인데… 여긴 애들이 함부로 들락거리는 곳이 아니다."

"저기 있는 저분이 물어보라고 해서요."

나는 얼떨결에 금부도사 옆에 있는 종사관을 가리켰다. 꼬치꼬치 캐물을까 싶어 가슴이 벌렁거렸다.

"누구한테 원한 살 일은 없었소?"

금부도사가 날선 목소리로 다그쳐 물었다. 좀 전의 뜨뜻미지근한 태도와는 사뭇 달랐다. 앞에 서 있던 아전 하나가 절대 그럴 사람이 아니라며 고개를 절레절레 흔들었다.

"어제 당직 선 사람은 누구요?"

종사관이 사람들을 둘러보며 말했다.

"저, 접니다."

사람들 틈에서 늙수그레한 사내가 앞으로 나섰다.

"어제 특별한 일은 없었소? 누가 찾아왔다든가 뭐 그런 것 말이오."

금부도사의 호통에 서리가 잔뜩 어깨를 옹송그렸다. 바짝 언 서리와 눈이 딱 마주쳤다.

"좀 이상한 일이 하나 있긴 있었습니다만."

"뭐요? 생각나는 건 뭐든 다 말해 보시오."

"어제 술시 무렵에 포도청 포졸 하나가 오 검시관을 뵙기로 했다며 찾아왔습니다. 딱 요 또래였습니다."

서리가 나를 손가락으로 가리켰다. 순두를 말하는 게 분명했다. 몸이 그대로 얼어붙었다.

"어디 포도청 소속이라고 했소?"

"그것까지는 물어보지 않았습니다. 내일 아침에 다시 오라고 했더니 뒤도 안 돌아보고 가더라고요."

서리의 눈동자가 불안하게 흔들렸다. 입을 잘못 놀렸다가는 문초를 받을지도 모른다는 걱정 때문일 것이다.

"얼른 나가자."

범이가 내 등을 밀며 낮게 속삭였다. 대범한 척 굴던 범이 목소리도 떨렸다.

"거기, 여긴 무슨 일로 왔지? 혹시 오늘 오 검시관을 보러 오기로 한 자가 너희들이냐?"

종사관의 눈초리는 먹이를 노리는 매처럼 매서웠다.

"아뇨, 그냥 지나다 무슨 일인가 싶어 구경하던 참인 걸요."

엉겁결에 둘러대긴 했지만 벌떡대는 가슴이 가라앉질 않았다.

"조사하면 다 나온다. 거짓말하면 곤장 맞는 것으로 끝나지 않을 거다."

종사관이 윽박지를 때마다 다리가 후들거렸다. 그럴수록 오 검시관의 죽음이 나 때문이라는 생각을 떨쳐 낼 수 없었다. 하필이면 내가 만나려던 사람이, 그것도 약속한 시간에 맞춰 죽임을 당하다니. 머릿속이 하얘졌다.

"검시관, 무슨 단서라도 나왔소?"

금부도사가 검시관 쪽으로 다가섰다.

"오늘 운 좋은 줄 알아라."

종사관이 우리에게 다시 한 번 눈을 부라렸다.

"몸에 이렇다 할 상처는 없습니다. 찢어지거나 부은 데도 없고요."

"그럼 독살이란 말인가?"

"그것도 아닙니다. 은비녀를 입안에 넣어 보았지만 아무 변화도 없었습니다."

"그럼 자연사라는 말이오?"

금부도사의 얼굴이 일그러졌다.

"글쎄요. 그렇다고 하기에도 좀 애매합니다."

검시관의 목소리가 기어들었다.

"혹시 이 사람한테 평상시 앓던 병이라도 있었소?"

"아뇨, 오 검시관이 얼마나 건강했는데요."

옆에 서 있던 동료 몇이 확신에 차서 말했다.

"독살도 아니고, 자연사도 아니라면…. 도대체 간밤에 귀신이라도 다녀갔단 말이오?"

금부도사가 사람들을 향해 윽박질렀다.

"검시관, 필요하다면 몇 번이고 다시 살펴보시오. 죽은 자는 말이 없지만 어딘가에 단서를 남기지 않았겠소?"

"그게… 오 검시관은 여기서 죽은 게 아닌 것 같습니다."

"그건 또 무슨 황당한 말이오?"

"시체는 대여섯 시간 지나면 굳는 법이지요. 그러니 사후에는 의자에 앉히는 게 거의 불가능합니다."

검시관이 시체 바지를 들썩이며 말했다. 눈앞에서 아버지의 죽음을 보는 듯했다. 아버지도 누군가에 의해 죽임을 당한 후 광통교 아래에 버려졌다고 했지 않은가.

"그럼 언제 죽었단 말이오?"

"어젯밤 해시쯤인 듯합니다. 사체가 굳은 다음에 강제로 의자에 앉혔기 때문에 이렇게 무릎뼈가 부러진 거지요. 아마 튀어나온 게 만져질 겁니다."

검시관 말에 금부도사와 종사관이 시체 쪽으로 다가섰다. 시장과 검시관을 번갈아 보던 의관이 다리에 손을 갖다 댔다.

"검시관 말이 맞습니다. 불거져 나온 뼈가 만져집니다."

지켜보던 사람들이 웅성거렸다. 종사관도 손을 뻗어 시체의 무릎을 만져 보고는 금부도사를 향해 고개를 끄덕였다.

"이제 남은 것은 사인을 밝히는 건데…. 원인 없는 죽음은 없는 법이니 놓친 부분이 없나 꼼꼼히 살피시오."

금부도사의 말에 검시관은 바짝 언 마음이 풀렸는지 손바닥으로 이마를 짚었다.

"겉으로는 보이지 않는 곳을 노렸을 거야."

내 입에서 불쑥 그런 말이 튀어나왔다. 그냥 별 뜻 없이 한 말이었다.

"누구냐?"

종사관의 쏘는 듯한 눈길이 내게 꽂혔다.

"겉으로 보이지 않는 곳이라니, 그게 무슨 말이냐?"

금부도사가 종사관을 뒤로 물리더니 무섭게 다그쳤다.

"사, 사람 몸에는 급소라는 게 있다는 말을 들었습니다. 갓난아기들은 정수리의 숨구멍만 눌러도 죽는다고…."

나는 겁에 질려 말까지 더듬거렸다.

"우리 집 근처에 사는 침술사 아저씨도 정확하게 급소를 찌르면 쥐도 새도 모르게 목숨을 앗을 수 있다고 그랬어요."

내 앞을 가로막으며 범이가 거들었다.

"검시관, 이 아이들 말이 틀리지 않은 것 같은데, 어떻소?"

"네. 다시 한 번 잘 살펴보겠습니다."

검시관이 잔뜩 인상을 쓰며 나와 범이를 꼬나보았다.

"이 아이들 말처럼 검험할 때 대부분은 보이는 상처에만 신경 쓰게 되지요. 오히려 보이지 않는 부분에 훨씬 더 많은 진실이 숨겨져 있을 텐데 말입니다."

종사관이 금부도사를 똑바로 쳐다보며 잔뜩 상기된 얼굴로 말했다. 조금 전에 으름장을 놓던 모습과는 사뭇 딴판이었다.

"이자의 죽음이 자살이 아니라면 분명 뭔가를 노린 것이 있을 것이오. 혹시 간밤에 없어진 것이 있는지 그것부터 찾아보시오."

금부도사의 말에 찬물을 끼얹은 듯 주위가 조용해졌다. 그때 방 안에서 율관이 뛰쳐나오며 소리쳤다.

"도사 나리, 이것 좀 보십시오."

율관이 내민 것은 시장을 묶은 서책이었다.

"여기 찢긴 부분이 있습니다. 허둥대다가 미처 챙기지 못했는지 방바닥에 떨어져 있었습니다."

대단한 것을 발견한 양 율관은 몹시 흥분해 있었다. 금부도사도 지그시 입술을 깨물었다.

"없어진 부분이 무엇인지 알 수 있겠느냐?"

"다행히 사건 목록이 적힌 표지 부분은 남아 있습니다. 음….."

율관이 손끝에 침을 바르고는 책장을 넘겼다. 둘러선 사람들도 일제히 숨을 죽였다.

"3년 전 사건인데…. 검계들과 연루된 조만규 살해사건이군요."

순간 사레든 것처럼 기침이 쏟아졌다. 범이가 세차게 등을 후려쳤다. 눈물까지 나왔지만 놀란 가슴은 좀체 가라앉지 않았다.

"검계라… 그 사건과 관련되어 있는 사람들을 다시 조사해야겠군."

금부도사의 말에 사람들이 다시 술렁거렸다. 종사관이 율관을 불러 사건 문서를 더 찾아보라고 했다. 곧이어 나졸들이 둘러서 있던 사람들을 바깥으로 내몰았다.

"어제 저녁에 내가 본 게 검계였나 보군."

당직 서리가 옆 사람에게 귓속말을 했다.

"뭐?"

듣고 있던 서리의 눈이 휘둥그레졌다.

"내가 문단속을 하러 나왔는데 오 검시관 방 쪽으로 검은 그림자가 휙 지나가는 거야."

"에, 난 또 뭐라고. 어제는 보름이라 달빛이 훤했잖은가? 바람에 흔들린 나뭇가지를 본 거구먼."

두 사람 이야기를 듣는데, 등에서부터 소름이 쫙 돋았다. 앞서 가던 범이가 되돌아와 나를 잡아끌 때까지 정신을 차릴 수 없었다.

옥졸이 불러 세우기도 전에 범이가 옥 안으로 뛰어들었다.

"오 검시관 어른이 돌아가셨어요. 금부도사도, 검시관도 자살이 아니라고….”

범이가 흥분해서 소리쳤다.

“살인범이 시장을 찢어 갔대요. 우리가 찾던 바로 그거요.”

영문도 모른 채 죽어 갔을 오 검시관의 파리한 얼굴이 떠올랐다. 어쩌면 그를 사지로 몰아넣은 건 나와 인국일지도 몰랐다. 최 훈장에게 그런 부탁을 하지 않았다면 벌어질 일이 아니었다. 아버지의 죽음에 가까이 갈수록 알고 싶지 않은 진실들이 점점 얼굴을 드러내고 있었다.

인국이 말없이 고개를 떨궜다.

“타살 증거를 찾지 못했어요. 사람이 죽었는데 어떻게 죽었는지 모른대요.”

사람이 죽었다는데도 인국은 너무나 덤덤했다. 미리 예견한 일이라 그런 건지, 너무 기막힌 일이라 정신줄을 놓은 건지 인국의 침묵은 낯설고 섬뜩했다.

“급하긴 급했나 보구나. 그런 실수를 하다니.”

인국이 입술을 깨물며 낮게 중얼거렸다.

“이번 오 검시관 죽음에도 화원 어르신이 관련됐다고 생각하시는 거예요?”

“그럼 누가 그런 짓을 했겠냐? 자기 죄를 덮기 위해 다른 사람의 목숨 따윈 안중에도 없는, 잔인한 사람이다.”

검험서를 찾은 방법을 알아보겠다고 했던 장 화원이었다. 목숨을 앗아 가면서까지 장 화원이 숨기려는 진실은 무엇일까? 인국의 눈빛이 서늘했다.

"순두라는 친구한테 별일 없어야 할 텐데."

"순두가 왜?"

"서리가 포도청 포졸이 오 검시관을 찾았다고 그런 거 생각나? 검시관이 누군가를 만나러 갔고, 아침에 시체로 발견됐으니, 의금부에서는 당연히 순두를 의심할 게 아냐?"

범이가 겁먹은 눈으로 나를 쳐다보았다. 범이의 걱정은 내내 마음에 걸렸던 내 생각과 똑같았다. 네 잘못이 아니니 걱정하지 말라고, 별일 없을 거라고, 무슨 말이든 해야 하지 않는가? 미동도 없는 인국을 바라보자 감정이 북받쳤다.

"형님이 시키는 대로 했는데, 점점 더 수렁에 빠지는 기분이에요. 사람이 죽었어요. 검시관 어른이 돌아가셨다고요."

이를 악물었지만 울분이 목울대까지 차올랐다.

"너 왜 그래? 인국 아재인들 이렇게 될 줄 알았겠냐?"

범이가 나를 노려보며 인국 편을 들고 나섰다.

"넌 가만있어, 알지도 못하면서. 이젠 순두까지 의금부에 잡혀갈 판인데 어쩜 그렇게 아무렇지 않을 수 있어요? 무슨 말이라도, 아니 무슨 변명이라도 해 보시라고요."

나의 악다구니에도 인국은 여전히 꿈쩍 않았다. 눈빛 하나 흔들리지 않는 인국을 보니 심장이 터져 버릴 것 같았다. 옥문 쪽을 향해 냅다 뛰었다.

"하여튼 성질머리하고는."

범이가 투덜거리며 마지못해 나를 쫓아 나왔다.

옥을 나서자 서늘한 아침 공기가 한꺼번에 달라붙었다. 벌떡거리는 가슴이 조금씩 가라앉았다.

"형님은 만난 거야?"

순두가 우리를 보고 헐레벌떡 달려왔다. 멀쩡한 순두를 보자 온몸에서 힘이 쑥 빠져나갔다.

"너, 괜찮은 거야?"

"얘는 또 왜 이래? 남세스럽게."

범이가 죽은 사람이라도 만난 것처럼 와락 순두를 끌어안았다.

"눈앞에 있는 거 보면서 그런 소리는 왜 해? 하여튼 형님 좀 뵈어야 하니까 다시 들어가자."

순두에게 손목을 잡힌 채 다시 문턱을 넘었다.

"넌 괜찮은 거냐? 네가 잡혀갈지도 모른다고 진수가 어찌나 걱정하던지."

인국의 까칠한 얼굴에 그제야 화색이 돌았다.

"검시관 어른이 돌아가셨다니 도대체 어떻게 된 거야?"

순두가 어리둥절한 얼굴로 물었다.

"그걸 어떻게 알았어?"

"의금부에서 너 찾으러 누가 안 왔어?"

범이와 내가 동시에 소리쳤다.

"차례로 얘기해. 안 그래도 정신 없는데. 조금 전에 포도청에 기별서리가 와서 그러더라."

기별서리? 기별서리는 승정원이 발표하는 궁궐 소식을 담은 조보를 베끼는 아전이다. 순두의 말대로라면 벌써 포도청은 물론 근처 육조 거리 사람들이 모두 오 검시관의 죽음을 알고 있는 셈이다.

"아침에 오 검시관을 뵈러 한성부에 갔는데, 금부도사에다 종사관도 오고 난리도 아니었어. 서리 한 분이 어제 내 또래로 보이는 포졸 하나가 오 검시관을 찾으러 왔었다고 하잖아. 그게 너라는 걸 알고는 얼마나⋯."

가슴이 떨려 뒷말을 이을 수 없었다. 순두까지 잘못되면 더는 견뎌 낼 수 없을 것 같았다.

"그래서 조회 때 부장 나리가 어제 한성부에 갔던 사람 있냐고 물은 거구나."

"그런데도 아무 일 없었다고?"

"벙거지를 쓰고 있으면 그놈이 그놈 같으니까 날 찾아내려면 한참 걸릴 거야."

순두는 별일 아니라는 듯 시큰둥하게 말했다.

당장의 위기는 모면했지만 순두를 찾아내는 건 시간문제라는 생각이 들었다.

"걱정하지 마. 마침 퇴청 시간이라 서리 어른도 빨리 집에 갈 생각에선지 이름이 뭔지, 어디 소속인지 묻지도 않더라고. 검시관 어른도 그냥 누가 찾아올 거라고만 했나 보던데 뭐."

걱정 말라며 순두가 어깨에 손을 얹었다. 버럭 성질을 부리며 뛰쳐나간 것이 무안할 지경이었다.

"어쨌든 순두나 진수는 당분간 여기 들락거리지 않는 게 좋을 것 같다."

한참 만에야 인국이 입을 열었다. 나를 보는 인국의 얼굴이 어두웠다. 추국 날도 얼마 남지 않았고 결정적인 단서가 돼 줄 시장도 사라졌는데 도대체 무슨 생각인 걸까?

순두가 어리둥절한 눈초리로 나를 쳐다보았다.

"그게 좋을 것 같아요. 아재에게 볼일 있으면 제가 찾아올게요."

범이는 이제 대놓고 인국을 아재라고 불렀다.

"단서도 없어지고 일이 꼬이긴 했다만 무슨 수가 생길 테지."

애써 담담한 척 인국이 희미하게 웃었다.

"단서라면? 잘 생각해 봐. 네 아버지 일이니까 네가 제일 잘 알 것 아니야?"

인국이 아니라 아버지 때문이라면 예까지 오지도 않았을 것이다. 남의 속도 모르고 범이가 염장을 질렀다.

"이젠 계회도를 찾아내는 것밖에 방법이 없을 것 같구나."

한참 만에 인국이 무겁게 입을 열었다.

"없어진 계회도를 어디서요? 아직도 그게 있을 거라고 생각하는 거예요?"

계회도를 다시 입에 올리는 인국을 보니 밑도 끝도 없는 부아가 치받쳤다. 근거 없는 확신에 목을 매고 있는 인국이 마음에 들지 않았다.

"장 화원이 갖고 있을 거다. 집 안 어디엔가 분명 있을 거야."

잡히는 데가 있기나 한 것처럼 인국의 말은 확신에 차 있었다.

"돌려 말하지 말고, 알아듣기 쉽게 말해 달라고요."

성질 급한 범이 목소리에 짜증이 묻어났다.

"장 화원같이 스스로 완벽하다고 자만하는 사람일수록 의외의 구멍을 갖고 있는 법이야. 그런 무모함이 제 발목을 잡을 거라는 것을 번연히 알면서도 계회도를 없애 버리지 못하지. 충분히 그러고도 남을 사람이다. 장 화원은."

"아무려면 그게 사람 목숨보다 중하겠어요?"

순두가 제 목을 감싸며 앓는 소리를 했다.

"검계들의 짓으로 판결 났으니 자기는 혐의 대상에서 벗어났다고 생각했을 테고 무엇보다 그림이 탐났을 거야. 네 아버지 그림은 장 화원 눈에도 대단했을 게 분명하니까."

"그걸 형님이 어떻게? 마치 본 것처럼 말씀하시네요."

인국이 내 눈을 피하며 갑작스럽게 헛기침을 해 댔다. 대답을 피하고 싶을 만큼 곤란한 질문이었나? 예상 밖의 반응이었다.

"오늘 아침에 월이가 왔길래 대충 얘기해 두었다. 지금쯤 네가 오기를 기다릴 거다."

느닷없이 월이라니, 잘못 들었나 싶어 인국을 쳐다보았다. 예전의 인국은 한사코 월이와 부딪히는 것을 꺼렸다. 월이가 반기는 기색만 보여도 옆 사람이 민망할 만큼 쌀쌀맞게 굴었다.

"도대체 월이와는 어떤 사이죠? 숙부와 조카 사이라도 되는 겁니까?"

말이 거칠게 튀어나왔다. 인국이 처음으로 피붙이처럼 월이를 살갑게 부르는 것도 미심쩍었다.

"그래, 내 스승이던 이 화원 어른의 딸이다."

그 한 마디로 인국의 지난 행동을 염주알 꿰듯 단번에 알 듯했다. 계회도와 관련된 일을 자세히 아는 것도 다 그런 연유일 것이다. 승재도 이 사실을 알고 있을까? 혹시 장 화원이 승재를 한사코 월이에게서 떼어 놓으려는 것도 그런 이유에서일까. 엉킨 실타래가 툭 끊기는 기분이었다.

"장 화원이 이 화원을 죽였다고 하셨잖아요? 그런데 월이가 어떻게 장 화원 댁에 있을 수 있어요? 도대체 말이 안 되잖아요?"

월이를 몇 번 본 적 있는 순두가 펄펄 뛰었다.

"스승님이 그렇게 되고 나서 집으로 찾아갔을 때 월이는 거기 없었어. 수소문을 해 봤지만 찾을 수 없더군. 뒤늦게 제 어머니와 함께 노비로 팔려 갔다는 것을 알게 됐지. 우여곡절 끝에 월이 어머님을 만났는데 몇 달 전에 험악하게 생긴 사람들이 월이를 데려갔다고 하더군. 그제야 스승님이 검계한테 돌아가신 게 생각나더구나."

"장 화원이 검계들과도 모종의 거래를 했다는 말이군요?"

범이가 착잡한 듯 입술을 씹었다.

장 화원이 광통교에서 그렇게 빨리 자리를 잡을 수 있었던 건, 뒤를 봐주는 박 대감과 수족처럼 부리는 검계들 때문이라는 말이 무성했다.

"스승님께서 그렇게 돌아가시자, 도화서 화원들 사이에 장 화원을 경계하는 사람들이 늘어났어. 같은 밥 먹어야 하는 사람에게는 치명적인 일이긴 하지. 도화서 교수였던 스승님에게는 따르는 제자들이 제법 많았으니 스승님의 딸을 데리고 있으면 도화서 화원들도 함부로 못 할 거라는 속셈이었겠지. 역시 장 화원다운 술수였어."

인국은 서화 거간꾼이나 도화서 화원들이 집에 올 때마다 굳이 월이를 사랑방에 불러들인 것도 장 화원이 다 계산에 넣은 것이었다고 했다. 자기 안위를 위해서 월이까지 이용했다는 생각에 치가 떨렸다.

그사이 한사코 그림을 그리지 못한다고 잡아뗀 것도, 서화 거간꾼으로 숨어 산 것도 장 화원의 눈을 속이려는 게 아닐까? 잠시라도 인국을 믿지 못한 게 부끄럽고 미안했다.

"지금쯤 월이가 장 화원이 계회도를 숨겨 놓은 장소를 찾아냈을지도 모르겠구나."

인국이 눈빛으로 나를 재촉했다.

"빨리 월이라는 아이를 보러 가자. 추국 전에는 증거를 찾아야
한다면서?"

"장 화원이 바보냐? 어디 맘껏 뒤져 봐라 하고 뒷짐 지고 있겠냐
고."

범이 말에 순두가 핀잔 섞인 말로 불퉁거렸다.

"무슨 수가 있겠지. 그렇다고 이렇게 가만히 손 놓고 있을 수는
없잖아. 되든 안 되든 일단 부딪쳐 봐야지."

범이가 빈주먹을 허공에 날렸다. 주먹부터 먼저 나오는 범이다
웠다. 눈이 마주치자 인국이 내 마음을 읽기라도 한 듯 천천히 고
개를 끄덕였다.

미끼

화원에 돌아와 밤늦게까지 밀린 그림을 그렸다. 월이, 인국, 장화원, 계회도…. 복잡한 마음에서 벗어나는 데는 그림에 집중하는게 제일이었다.

일이 끝나고 억쇠 아저씨의 행랑방에 들어서자 피곤이 한꺼번에 몰려왔다. 눈두덩이 쑤시고 다리도 후들거렸다. 벽에 등이 닿자마자 졸음이 쏟아졌다.

범이가 휘파람 신호를 보낸 것은 술시가 지나서였다.

"네 친구 범이라고 했던가? 지금 온 모양이다."

억쇠 아저씨가 그냥 있으라며 일어서는 나를 말렸다. 금방 들어올 줄 알았던 범이는 한참 후에야 방으로 들어왔다. 범이를 따라들어온 서늘한 밤공기가 쌀쌀했다. 졸음이 단번에 날아갔다.

"김 화장은 아직 퇴근하지 않은 모양이던데?"

"아까 좀 전에 사랑방에 드시는 걸 보고 왔는데, 왜요?"

억쇠 아저씨가 찜찜한 얼굴을 했다.

"저 아이 찾으러 나가는데 김 화장이 어디 가느냐고 소리쳐서 하마터면 간 떨어지는 줄 알았다."

억쇠 아저씨가 저고리 앞섶을 여미며 고개로 범이를 가리켰다.

"이게 다 무슨 일이냐? 진수가 하도 부탁해서 아무 말 안 한다마는."

"인국 형님이 뭘 찾아야 한다고 해서요."

억쇠 아저씨는 나와 범이를 번갈아 쳐다보았다.

"그게 어떻게 된 거냐 하면요…."

내가 끼어들 틈도 주지 않고 범이가 나서서 그간의 일을 찬찬히 말했다.

"어찌 됐든 인국을 위한 거라면 뭐든 해야지. 그런데 오기로 한 사람이 더 있다더니 언제 오는 거야?"

말이 떨어지자마자 문밖에서 인기척이 들렸다.

"쳇, 호랑이도 제 말 하면 온다더니, 양반이 아니길 다행이네."

말과는 달리 범이의 눈이 반짝였다. 방 안에 들어선 월이가 재빠르게 문고리를 닫아걸었다.

"아니, 네가 여기 웬일이냐?"

억쇠 아저씨 눈이 휘둥그레졌다.

"죄송해요. 진작 말씀드리지 못해서."

"뭘 말이냐?"

억쇠 아저씨가 월이와 나를 번갈아 보며 눈알을 굴렸다. 범이를 보자 월이가 흠칫했다.

"월이가 도화서 교수였던 이 화원 어르신의 딸이래요."

범이가 월이를 힐끔대며 툭 내뱉었다.

"뭐? 이 화원 어르신이라면 3년 전에 돌아가신 그분 말이냐?"

"네. 놀라셨죠? 인국 아재는 아버지의 제자였고요."

월이 말에 억쇠 아저씨는 연거푸 받은 충격 때문인지 한 손으로 이마를 짚었다.

"참, 세상 좁긴 좁구나. 네가 그 어르신의 딸이라니…. 그걸 알면서도 화원 어르신이 널 이 집에 들였다는 말인데…. 도대체 속을 모를 양반일세."

억쇠 아저씨는 고개를 홰홰 저었다.

"인국 형님 말로는 네가 알아 났을 거라던데?"

내 말에 월이는 대답 대신 억쇠 아저씨를 쳐다보았다.

"바깥 좀 살펴보고 올 테니 말들 나눠라. 봄날이라는데 어째 날씨가 으스스한 게… 군불이라도 지펴야겠다."

뭉그적대며 억쇠 아저씨가 자리에서 일어났다. 오랜 더부살이로 몸에 밴 눈치였다.

"군불은 무슨. 벌써 풀이 퍼런데요."

자리를 비켜 주려고 그러는 것을 뻔히 알면서도 범이가 뒷말처럼 구시렁댔다.

"아직 확인한 건 아닌데 아무래도 사랑방이 수상해."

"설마? 몇 번 들어가 봤지만, 뭘 숨길 만한 데는 없어 보이던데."

얼토당토않은 월이 말에 맥이 빠졌다.

광통교에서 가장 큰 서화 가게의 주인이자, 열 명이 넘는 화사들을 부리는 장 화원의 살림 규모야 웃대에서도 손꼽힐 만큼 컸지만 특별한 데라곤 없어 보였다. 서화 가게에 내보낼 그림은 사랑방에 있는 오동나무 장에 보관했다. 일주일에 한 번씩 거간꾼들이 들락거리면서 그때그때 그림을 내가기 때문에 그림이 쌓일 틈이 없었다. 그나마 눈에 띄는 것이 있다면 벽 한 면을 가린 열두 폭 병풍이었다. 장 화원이 직접 그린 산수화 병풍이었다. 한강의 잠두봉이 보이는 양화진, 소금배가 들락거리는 마포나루와 말들이 뛰노는 밤섬, 해 뜨는 목멱산, 한눈에도 사시사철 한강의 풍경을 담은 것이었다.

"얼마 전에 늦게까지 사랑채에 불이 켜져 있다고 안방마님께 말했더니 다과라도 좀 들여놓으라고 하시잖겠어? 수정과랑 한과를 챙겨 들어갔는데, 허둥지둥 병풍을 거두면서 화원 어르신이 어찌나 역정을 내시던지. 방에 돌아와 곰곰 생각해 보니 병풍 뒤에 들키면 안 되는 무엇이 있다는 생각이 들더라고. 그러지 않고서야 그렇게 화낼 일이 아니잖아? 그전에 그런 일이 몇 번 있었던 것도 기억나고."

"그럼 그 병풍 뒤에 수장고가 있단 말이야?"

"내 생각엔 그래. 다른 여종은 방 앞에서 인기척을 내지 않았다고 안방마님한테 엄청 야단맞았다고 그랬어. 그날 이후 행랑어멈이 여종들을 불러 허락 없이 사랑채에 들락거리지 말라고 금지령까지 내렸대. 그리고…."

나도 모르게 무릎걸음으로 월이 쪽으로 바짝 다가앉았다.

"또 뭐 다른 게 있나 본데?"

안 듣는 척하던 범이도 눈을 치켜떴다.

"오늘 점심상을 들일 때 병풍을 유심히 살펴봤는데 어제보다 조금 뒤로 밀린 것 같았어. 병풍에 발이 달렸을 리 없고, 누군가 건드렸다는 거잖아? 사랑방에는 바깥 사람들이 들락거리지도 못하고, 억쇠 아저씨 말로는 방 청소도 꼭 어르신이 계실 때만 한다던데."

월이는 굳은 얼굴로 입을 앙다물었다. 헛말 할 월이가 아니었다.

"어쨌든 사랑방에 들어가야 한다는 건데, 이제 어쩐다?"

범이가 눈알을 되록거렸다.

"화원 어르신이 방을 비우는 때라야 가능한 거잖아?"

월이 말에 걱정이 묻어났다.

"수장고에 들어가서 계회도까지 찾으려면 시간이 넉넉해야 돼. 화원 어르신을 의심 없이 바깥으로 불러낼 만한 사람이 있으면 좋을 텐데. 화원 어르신을 움직일 수 있을 만한 힘을 가진 사람 말이야."

그 말을 내뱉는 순간 머릿속으로 한 사람의 얼굴이 지나갔다. 그림조차 권력이라고 했던 사람, 조선 최고의 수장가가 되려고 하는 사람, 장 화원을 쥐락펴락할 수 있는 사람, 장동 김 대감뿐이었다.

들락날락하던 억쇠 아저씨는 이야기가 길어지자 결국 방 한편에 한껏 몸을 웅크린 채 잠이 들었다. 자리를 파했을 때는 달빛이 훤한 밤중이었다.

다음 날, 점심상을 물렸을 때 범이가 찾아왔다. 여기저기 정신없이 뛰어다닌 뒤라 범이 얼굴이 땀으로 번들거렸다.

"훈장님 만난 건 어떻게 됐어? 이렇게 일찍 온 걸 보니 잘못된 건 아니지?"

"그럴 리가. 입을 여실 때마다 네 칭찬을 늘어놓으신 것 말고는 진짜 좋은 분이더라."

입꼬리가 샐쭉 말리긴 했지만 눈은 웃고 있었다.

"네가 부탁한 대로 쓰셨는지 어디 확인해 볼래?"

범이는 저고리 안쪽에서 편지 봉투를 꺼냈다. 장 화원에게 보낼 장동 김 대감의 편지였다.

편지는 어젯밤 셋이 머리를 맞대고 짜낸 묘안이었다. 화원 밖을 못 나가는 나 대신 범이가 최 훈장을 만나 편지를 부탁하기로 했다. 이 화원 일이라면 최 훈장도 기꺼이 나서 줄 거라는 인국의 말도 있었고, 오 검시관 죽음에 대해서도 알려야 했다.

"오 검시관이 돌아가셨다는 말에 훈장 어른도 사색이 되시더라. 편지 써 주시면서 꼭 범인을 찾아 그분의 억울함을 밝히라고 당부하셨어. 그 말을 듣는데 힘이 불끈불끈 솟더라. 우리가 진짜 큰일 하는 것 같아 어깨가 묵지근했다니까."

범이가 열에 들떠 마른 입술을 핥았다.

"화원 어르신께서 김 대감을 보러 가시겠지?"

"지금 와서 그게 무슨 얘기야? 안 갈 수도 있다는 거야 뭐야?"

범이가 내 말에 펄쩍 뛰었다. 매사 용의주도한 장 화원이 우리 가 친 덫에 걸려들 것이라는 확신은 없었다. 하지만 손톱만큼의 가 능성이라도 있다면 무엇이든 해야 했다. 이제 멍석을 깔았으니 장 화원이 춤추기를 기다릴 수밖에. 막상 편지를 보니 비장해지기까 지 했다.

"편지에다 이 화원을 죽인 진짜 범인이 누구인지 김 대감이 알 고 있다고 써 달라 했다며?"

대답 대신 고개를 주억거렸다.

장 화원이 진짜 범인이라면 놀라서 뛰어갈 거고, 설사 그렇지 않더라도 눈 밖에 날까 걱정돼서 김 대감을 만나러 갈 거라는 계 산이었다.

"아침부터 발에 땀나도록 뛰어다녔는데 헛걸음시키면 내 손이 가만 안 있을 거다."

범이가 달려들어 팔로 목을 휘감았다. 범이의 허풍에 가슴을 짓 누르던 체증이 조금 내려가는 것 같았다. 겨우 며칠 붙어 다녔을 뿐인데 오래 알아 온 동무처럼 든든했다.

장 화원이 김 대감 집까지 갔다가 돌아오는 시간을 계산해 보면 우리에게 주어진 시간은 고작 서너 시간뿐 어물거릴 겨를이 없었다.

남의 타는 속도 모르고 무슨 꿍꿍이속인지 범이가 실실거렸다.

"내가 그럴 줄 알고 미리 손을 써 뒀지. 동무들한테 아버지 모시고 김 대감 댁 앞에서 기다렸다가 장 화원이 김 대감을 못 만나고 나오면 무조건 한 시각쯤 붙잡고 있으라고 했지. 어때, 내 솜씨가?"

주먹뿐 아니라 머리도 꽤 쓸 만하다 싶었다.

"편지 한번 볼래? 훈장님이 네가 원하는 대로 쓰셨는지 궁금할 거 아냐?"

최 훈장이 쓴 편지는 밀봉돼 있었다. 범이는 금방이라도 뜯을 듯이 손가락에 침을 발랐다. 기겁해서 얼른 범이를 말렸다.

"내가 보면 너도 봐야 되고, 그러다 보면 편지가 구겨질 테고. 생각해 봐, 누가 그런 엄청난 내용이 담긴 편지를 밀봉도 안 하고 보내겠어? 괜히 뜯어봤다가 화원 어르신한테 의심만 살 거야."

"네 말 들으니 그렇네. 잘못 쓴 게 있다고 해도 이제 와서 어떻게 할 수 있는 것도 아니고."

범이가 소리 나게 입맛을 다셨다.

"내가 들어가면 잠시 있다가 대문을 두드려, 알았지?"

범이는 눈치가 구단이라며 내 어깨를 툭 쳤다. 덥지도 않은데 손바닥이 축축했다.

"측간에 빠져 일 치르는 줄 알았다. 어째 잠시도 엉덩이 붙이고 있질 못하는지."

"점심 먹은 게 얹혔나 봐요. 속도 울렁거리고, 뒤도 영 시원치 않고요."

김 화장의 군소리에 배를 끌어안으며 앓는 소리를 했다.

"같이 먹은 우리는 멀쩡한데 새파랗게 젊은 너만 그런다냐? 괜히 할 말 없으니까 둘러대는 걸 알면서도 또 속아 준다."

열심히 먹을 갈던 진 화사가 할끔거렸다.

"안 그래도 아파 죽겠는 사람, 엄한 말로 속 터져 죽게 만들 셈이세요?"

"아따 그 녀석, 펄쩍 뛰는 걸 보니 진짜 뒤뜰에서 계집 손이라도 잡고 온 모양이네."

진 화사 말에 방에 있던 사람들이 와르르 웃음을 터뜨렸다. 그리다 만 화선지 앞에 막 엉덩이를 내려놓았을 때 대문 두드리는 소리가 났다. 억쇠 아저씨가 신발도 챙겨 신지 않고 부리나케 마당으로 뛰쳐나왔다.

"도대체 어떤 놈인지 대문을 부수려고 작정을 했구먼."

억쇠 아저씨 목소리가 크게 들렸다. 진 화사가 입에 손가락을 대고는 방문을 빼꼼 열었다. 오지랖 넓은 사람이었다. 덕분에 문틈으로 바깥이 내다보였다.

"화원 어르신께 급한 서찰을 전하러 왔단 말이에요."

범이는 대문 안으로 들어서며 숨을 헐떡거렸다. 막아서는 억쇠 아저씨를 밀쳐 내며 뻗대는 폼이 웬만한 광대 못지않았다.

"어떤 어르신이 보낸 거냐? 똥 마려운 강아지 꼴인 걸 보니 어지간히 급한가 본데, 이리 줘 봐라."

억쇠 아저씨가 범이 앞에 손을 내밀었다. 범이가 재빨리 편지를 저고리 속으로 감췄다.

"대감마님께서 꼭 화원 어르신께 직접 전해야 한다고 그랬어요."

"진작 그렇게 말할 것이지. 성질 한번 까칠한 녀석이네."

억쇠 아저씨를 따라가면서 범이가 나를 향해 눈을 찡끗했다. 억쇠 아저씨의 능치는 솜씨도 보통 아니었다.

"월이한테 무슨 일 있는가 보던데?"

진 화사가 벼루에 붓을 담그며 지나가듯 말했다.

"왜요?"

"아까 점심때 보니 영 얼굴빛이 안 좋아서 말이다."

"별일 있겠어요? 여자애들은 하루에도 열두 번씩 기분이 바뀐다던데요, 뭘."

무심한 듯 대꾸했지만 가슴 한쪽이 뜨끔했다. 점심때, 국그릇을 내려놓는 월이 얼굴이 유난히 파리했던 게 생각나서였다. 예전 같으면 화사들의 농지거리에 지지 않고 쏘아붙였을 월이였으니 진화사가 수상하게 여길 만했다. 무슨 일이라도 생긴 건가? 가슴이 조마조마했지만 당장은 월이보다 사랑방에 간 범이 걱정이 더 컸다. 방문이 벌컥 열렸다.

"너, 나 좀 보자."

며칠 동안 못 보던 승재였다. 억쇠 아저씨 말로는 해마다 네 차례 있는 도화서 시험 준비로 몹시 바쁘다고 했다. 더구나 요즘은 도화서 화원인 형 문재로부터 개인 교습까지 받는 중이었다. 하필이면 오늘 집에 들르다니, 불길한 생각에 머릿속이 뒤숭숭했다.

꼼짝도 않자 승재가 다짜고짜 멱살잡이를 했다. 딴 데서 뺨 맞은 화풀이를 애꿎은 나한테 한다 싶어 화가 났다. 다른 화사들이 살살 하라며 킬킬거렸다.

앞뒤 없이 멱살잡이를 당한 채 화방 안까지 끌려갔다.

"너 월이한테 딴 맘 있냐?"

"어디서 무슨 소리를 듣고 이 난리야?"

"묻는 말에 대답이나 해."

"싫다면?"

내 말이 떨어지기 무섭게 승재가 내 뺨을 후려쳤다. 난데없는 주먹질이었지만 승재라면 얼마든지 받아 줄 생각이었다.

"어제 억쇠 아범 방에서 월이랑 왜 만났는데?"

"왜? 나는 월이 좀 만나면 안 되냐? 인국 형님이 월이한테 전해 달라는 말이 있어서 그랬다."

내 말에 승재가 슬며시 주먹을 내려뜨렸다. 낮말은 새가 듣고 밤말은 쥐가 듣는다더니, 억쇠 아저씨가 내내 바깥에서 지켰는데도 누군가 월이를 본 모양이었다.

"그럼 밖에서 보면 되지 왜 엉큼하게 방에 끌어들이고 난리야?"

"돼지 눈에는 돼지만 보인다더니, 네가 월이한테 엉큼한 생각을 갖고 있으니 나도 그렇게 보이냐?"

월이에게 괜히 집적거리지 말라며 승재가 맥없이 주먹을 쥐었다 폈다 했다.

"며칠 통 얼굴을 안 보이더니 오늘은 어쩐 일이냐?"

"아버지 뵈러 왔다 왜? 상전이 일일이 아랫사람한테 보고하는 거 봤냐?"

저도 씩둑거린 게 무안했던지 더 퉁명스럽게 굴었다.

도화서 시험 때문에 신경이 예민하니 괜한 일로 성질 돋우지 말라며 승재는 한 번 더 쐐기를 박았다. 갑작스런 승재의 출현이 자꾸 마음에 걸렸다. 제 아버지 방을 뒤지고 계회도를 찾을 거라는 걸 알면 승재가 어떻게 나올지 안 봐도 뻔했다. 억쇠 아저씨나 월이를 들볶으며 무슨 짓이라도 벌일지 모를 일이었다.

"너야말로 쓸데없는 데 기운 빼지 말고 시험 준비나 제대로 해."

승재 뒤통수에 대고 한 소리 했다. 빈말이 아니었다. 승재가 빨리 집을 벗어났으면 했다.

두루마기를 곱게 차려 입은 장 화원이 마당으로 나왔다. 장동 김 대감 집으로 가는 게 분명했다. 김 화장이 따라가겠다고 하자 전에 없이 버럭 화를 냈다.

"화원 어르신께서 어디 가시나 봐요?"

김 화장에게 지나가듯 물었다. 저물녘에 무슨 나들이인지 모르겠다며 김 화장의 볼이 잔뜩 부어올랐다.

"화장 어른께서도 들은 말이 없나 보네요?"

내 말에 화가 누그러졌는지 김 화장이 숱 없는 수염을 훑어 내렸다.

"우리도 그만 작파하자고."

"그럼세. 일주일 내내 밤샘 작업을 했더니 손마디도 퉁퉁 붓고 다리도 남의 다리처럼 당기고 쑤시는 게 뜨끈한 물에 담그고 싶구면."

화사들이 붓과 벼루를 챙기면서 실없는 소리를 늘어놓았다.

"나도 오늘은 어머니 제삿날이라 이제나저제나 눈치만 보고 있었는데, 잘됐지 뭔가?"

"자네는 참 일도 많네그려. 저번처럼 광통교에 그림 시세 보러 가는 건 아니고?"

구석에서 붓을 씻던 진 화사가 빈정댔다. 도둑이 제 발 저렸던지 맞은편 이 화사 얼굴에 붉은 기운이 확 돌았다. 화원 안에서는 작은 일에도 걸핏하면 시비가 붙었다. 그림이 조금만 엉성해도 트집거리가 되었고, 누구 그림이 비싸게 팔렸다는 말에도 날을 세웠다.

"나한테 웬 억하심정인지 모르겠네. 내 말이라면 사사건건 쌍지팡이를 짚고 나서니 말일세."

"아니, 내가 뭐라고 했다고 발끈하는 겐가? 뒤가 구리지 않고서야…. 그까짓 민화 아무리 잘 그리면 뭔 소용이라고. 땅이나 파는 상것들이 그림을 제대로 알기나 하겠냐고? 내 말이 틀렸는지 다들 말들 해 보게."

진 화사가 다른 사람들을 둘러보며 동조를 구했다. 화사들의 반은 아니꼬운 얼굴이었고, 반은 마지못해 고개를 끄덕였다. 진 화사는 도화서 출신이었다. 도화서에서 밀려난 후 거간꾼들에게 알음알음 그림을 내다 팔다 우연히 장 화원 눈에 띄어 이곳에 들어왔다. 간신히 쥐꼬리만 한 녹봉을 받는다는 것을 알고 있는데도 도화서에 잠시 다녔던 유세가 유별났다.

"잠시 자리만 떴다 하면 닭 새끼들처럼 싸움질이라니, 도대체 어린애들도 아니고 무슨 놈의 팔자가 남의 뒤나 닦아 주는 신세인지."

방으로 들어서던 김 화장이 팔자타령을 했다. 귀에 딱지 앉을 만큼 들은 푸념이었다.

"화장님도 그러시는 거 아닙니다. 그림이면 다 같은 그림이지, 여기서까지 사군자 그리는 화사는 높이 쳐주고 나같이 민화 그리는 사람은 개떡 취급이나 하고, 그러면 안 되는 거잖습니까?"

이 화사가 끝내 울분을 터뜨렸다. 그는 도화서 출신도 아니고 그림 재주가 대단하지도 않았다. 어쩌다 서화 거간꾼 눈에 들어 광일화원에 들어오게 된 것이 두고두고 책잡힐 흉이라 늘 기가 죽어 지냈다.

그나마 화원들이 목에 힘줄 세운 것도 정조 임금 때나 가능했다. 시 짓고, 글씨 쓰고, 그림 그리는 것은 양반이라면 당연히 갖춰야 하는 재주였다. 시서화 삼절의 마지막이 그림인 것처럼 글재주는 높이 쳐주면서 그림에 대한 대접은 한참 모자랐다. 장안의 수장가들이 기와집 한 채 값을 주고 그림을 사려 해도 양반들은 그림을 팔기는커녕, 돼먹지 않게 환쟁이 취급이냐며 매질이라도 안 당하면 다행이기 십상이었다.

"내가 뭘 어쨌다고 그러는 건가? 무당집 부적쯤으로 생각하는 상것들이 그림의 품격을 따져 사는 건 아니잖은가? 거꾸로 붙여놔도 잘못된 줄도 모르는, 눈 뜬 봉사들이 뭘 알고 사는 거겠냐 말이지. 그저 망둥이가 뛰니까 꼴뚜기도 뛴다고 그림 좀 사다 걸면 양반이라도 되는 줄 아는 게 꼴사나워 그러지."

김 화장이 진 화사의 말을 거들고 나서자 이 화사와 화사 몇이 붓을 내팽개치고 방을 뛰쳐나갔다. 김 화장과 진 화사는 멀뚱히 쳐다보고는 콧마루를 실룩였다.

"화장 어른, 이만 저도 집에 가도 될까요?"

"그러든지. 진 화사, 앞으론 쓸데없는 말싸움으로 분위기 흐리는 일은 없으면 좋겠네."

도화서 선배라며 진 화사에게만은 유난히 깍듯했던 김 화장이 싫은 소리를 했다. 김 화장이 덧저고리를 챙겨 나간 후에도 진 화사는 눈만 끔벅거렸다.

비밀 수장고

    화방에 들어서다 하마터면 뒤로 자빠질 뻔했다. 지금쯤 북촌 어디쯤에 있어야 할 범이가 떡하니 눈앞에 있었기 때문이다. 옆에 앉은 월이도 잔뜩 눈물 바람을 벌였는지 눈두덩이 퉁퉁 부어 있었다.

    "넌 여기 왜 있고, 월이는 왜 울린 거야?"

    "억쇠 아저씨가 화원 어르신 뒤를 밟아 주신다 그랬고 김 대감 집 앞은 내 친구들이 지키고 있으니까 걱정 마. 얘도 내가 울린 거 아냐. 제 오라버니 얘기를 하다가 혼자 저러는 거라고."

    범이가 억울한 듯 볼멘소리를 했다. 월이에게 오빠가 있었다는 건 뜻밖이었다.

    "쟤네 오라버니랑 같이 도화서에 있었거든. 알아주는 그림 신동이었는데…. 다들 최연소 어진화사가 될 거라고 했어."

범이가 털어놓은 말은 예상한 대로였다. 어머니와 월이가 노비로 끌려가던 날 월이 오라버니도 낯선 사람들에게 잡혀갔다. 그런 후 오라버니의 행방을 알 길 없었는데, 뜻밖의 장소에서 도화서 사람을 만났으니 월이의 눈물 바람이 생뚱맞을 것도 없었다. 월이가 얼른 소매로 눈가를 훔쳤다.

"월이 말로는 아들이 찾아와서 다들 정신없으니 수장고에 들어가려면 지금이 딱 좋대."

범이가 말하는 아들은 승재일 것이다. 월이도 거들 듯 고개를 끄덕였다.

"화장 어른과 화사들도 모두 퇴근했으니까, 우리도 슬슬 움직이자."

"어째 일이 착착 아귀가 맞아떨어지는 기분인걸. 예감이 좋아, 예감이."

가라앉은 분위기를 바꾸려는 듯 범이가 유난히 싱글벙글했다. 월이는 우리를 번갈아 쳐다보고는 싸한 얼굴로 화방을 나섰다.

"월이 오라버니는 어떻게 됐는데?"

"함경도 어디로 끌려갔는데, 얼마 지나지 않아 역병으로 세상 떴다는 소문이 도화서에 짠하게 돌았었어. 월이한테는 차마 그 말은 못하겠더라."

범이가 문 쪽을 보고는 잔뜩 목소리를 낮췄다. 월이가 인국에게 살갑게 구는 이유를 알 듯했다. 어쩌면 월이는 인국에게서 아버지와 오빠를 보고 있었는지도 몰랐다.

화방 문고리가 두 번 쨍그랑댔다. 지금 나오라는 월이의 신호였다.

화방을 나와 앞마당을 빠르게 질러갔다. 발소리를 내지 않으려고 모두 까치발을 했다. 홑처마 중문을 넘어서자 사랑채가 나왔다. 담벼락 옆 감나무 위에서 때까치 한 쌍이 날아올랐다. 얼른 주위를 둘러보았다. 바람까지 잠잠해서 사방이 더없이 고요했다.

방문이 열리며 월이가 얼른 들어오라는 손짓을 했다. 내가 망보는 사이 범이가 방으로 뛰어 들어갔다. 보는 눈이 없다는 것을 확인한 후 댓돌 위에 뒹굴고 있는 범이 신을 챙겨 들었다.

장 화원이 없는 사랑방에 들어와 본 것은 처음이었다. 하긴 김 화장이나 인국도 매한가지일 것이다. 사랑방을 비울 때면 장 화원은 몇 번이고 문단속을 챙겼다.

"아, 마음이 급해서 말이야. 역시 대장다운 걸."

제 신발을 들고 서 있는 나를 보고 범이가 제 머리를 쥐어박았다. 월이가 마른걸레를 깔고 그 위에 신발을 올려놓았다.

방 안에서는 옅은 남령초 냄새가 났다. 담배를 즐기지 않으면서도 장 화원은 늘 장죽을 물고 있었다. 월이가 문고리를 잠그고 눈짓으로 병풍을 가리켰다.

"저 병풍 뒤에 수장고가 있는 거 같아."

장 화원이 그린 병풍이 벽 한 면을 전부 가리고 있었다. 월이의 말 때문인지 유난히 병풍이 벽에 바짝 붙어 있다는 생각이 들었다.

월이가 서두르라며 눈을 껌벅였다. 범이가 병풍을 옆으로 조심스럽게 밀었다. 벽이 드러난 순간 '헉' 신음 소리가 터져 나왔다. 월이는 뒷걸음질쳤고 범이는 입을 다물지 못했다.

한지를 몇 겹 덧바른 벽에는 커다란 호랑이가 그려져 있었다. 금방이라도 달려들 듯 입을 벌린 호랑이 눈에서는 불꽃이 일었다.

"진짜 대단한 그림이다. 화원 어르신이 그린 거겠지?"

"당연히 그렇겠지."

"아니야. 우리 아버지 그림이야."

뒤에서 울먹이며 소리친 건 월이였다. 월이 눈에 눈물이 그렁그렁했다.

"그럴 리가? 너네 아버지 그림이 왜 여기 있어?"

범이도 넋이 나간 얼굴로 월이를 쳐다보았다.

"화원 어르신께서 월이 아버지를 필생의 경쟁자로 여겼다면 얘기가 달라지지."

"와신상담? 그림을 늘 눈앞에 두고서 경쟁자를 무너뜨릴 방법을 고민했다? 어, 그거 말 된다."

건성으로 맞장구를 치며 범이는 그림을 찬찬히 들여다보았다.

정말 장 화원이 그런 마음으로 그림을 붙여 놓았다면? 그는 내가 알고 있던 것보다 훨씬 무서운 사람일지도 몰랐다. 정적의 그림을 버젓이 제 방에 걸어 놓다니. 등골이 오싹했다.

"도대체 비밀 수장고가 어디 있다는 거야? 지금 그림 감상할 때가 아니잖아."

그림에서 얼굴을 떼고는 범이가 정색하며 말했다. 그림에 혼을 빼고 있었던 게 누군데, 한마디 하려다 그만두었다.

"여기 어딘가 수장고로 들어가는 비밀 문이 있을 거야."

월이가 마음을 추스렸는지 담담하게 말했다.

"그게 어디냔 말이지."

저도 심란한지 범이가 웅얼거렸다. 나 역시 짚이는 데가 없기는 마찬가지였다. 도대체 수장고가 있을 만한 곳이 아니었다. 월이가 뭔가 잘못 본 게 틀림없었다. 맥없이 벽만 쳐다보는 사이 애꿎은 시간만 흘렀다.

그때 갑자기 월이가 범이를 밀치더니 벽을 더듬기 시작했다.

"뭐 하는 거야?"

모래밭에서 바늘 찾듯 월이가 그림의 모서리부터 더듬기 시작했다. 손바닥으로 벽을 쓰다듬어 가던 월이 입에서 낮은 울음소리가 새어 나왔다. 나도 모르게 콧등이 시큰거렸다.

"내가 할 테니 넌 망이나 봐."

범이가 월이를 밀쳐 냈다. 내가 호랑이의 넓은 등을 지나 머리 쪽으로 더듬어 나가는 사이 범이는 윗부분의 소나무에서부터 서서히 아래로 더듬어 내려왔다.

"월이 생각이 맞을지도 몰라. 감상을 위해 붙인 거라면 병풍으로 가릴 이유가 없잖아?"

나 역시 같은 생각이었다. 화원보다는 장사치가 더 어울리는 장
화원이었다. 이 정도의 그림이라면 당연히 높은 값을 받을 텐데,
숨길 이유가 없었다. 손끝에 까칠한 호랑이 털이 잡히는 것 같았
다. 그림을 쓸어내려 가는데 손끝에 움푹 파인 것이 만져졌다. 호
랑이의 시커먼 입 부분이었다.

"뭐 이상한 거라도 있어?"

범이가 나를 보며 눈을 치떴다. 월이도 바짝 다가섰다.

"여기가 수상해."

범이가 나를 밀치며 달려들었다.

"미닫이문 같아. 한번 밀어 보자."

손끝에 힘을 모아 오른쪽으로 조심스럽게 밀었다. 삐꺼덕거리
는 소리와 함께 호랑이 그림이 옆으로 조금씩 말려들어 갔다. 벌어
진 틈으로 시꺼먼 구멍이 생겼다. 동굴 속 같았다. 드러난 방 안은
한 치 앞도 안 보일 정도로 컴컴했다.

"촛불이라도 있어야 할 것 같아."

"이거면 될 거야. 억쇠 아저씨가 챙겨 주셨어."

월이가 등롱을 내밀었다. 매사 찬찬하고 신중한 월이다웠다. 덜
렁대는 범이나 헛생각만 많은 나는 생각도 못 한 일이었다.

어둠 속에서 서서히 방 안이 모습을 드러냈다. 우리가 찾던 장
화원의 비밀 수장고가 분명했다. 사각장 위에는 상감청자, 회청자,

관요에서 진상하는 백자 등 진귀한 도자기들이 칸칸이 놓여 있었
다. 놀라움에 숨 쉴 겨를도 없었다. 사각장 옆에는 옻칠을 한 장롱
이 나란히 자리 잡고 있었다. 범이와 나는 누가 먼저랄 것도 없이
장롱 문을 열었다. 옅은 묵향이 코끝을 스쳤다. 장롱 안에는 그림
들이 차곡차곡 쟁여져 있었다.

"예사 그림들이 아니야. 조선의 내로라하는 명화들을 다 모아
놓은 것 같아."

그림을 들추던 범이가 연신 감탄사를 터뜨렸다.

"그렇게 대단한 거야?"

"두말하면 잔소리지. 이것 보라고. 이 그림은 석농이 수장하던
그림이라 들었는데, 여기 있네."

"석농이라면? 조선 최고의 수장가라는 김광국 어른을 말하는
거야?"

"너도 알고 있구나. 이 그림은 서예가로 유명한 이광사 어른의
〈고승간화도〉가 분명해."

도화서 생도였던 것을 뻐기는 것 같아 조금 배알이 뒤틀렸다.
나 역시 한 장 한 장 들어낼 때마다 정신을 차릴 수 없기는 마찬가
지였다. 김 대감 집에서 본 그림들과 견주어도 전혀 손색없었다.

"이 그림은 〈달마도〉로 유명한 김명국 어른의 〈설중귀려도〉가
맞는 것 같아. 어라, 이건 단원의 스승 강세황 어른이 그린 〈묵란
도〉고, 이건 메추라기 그림이라면 당대 최고였다는 외눈박이 최북

어른의 〈운산촌사도〉인데. 더 뒤져 보는 게 무서울 정도야."

"무서운 게 아니라 떨리는 거겠지? 우리 같은 피라미 화사들이 어디서 이런 그림을 볼 수 있겠어?"

내 말에 범이가 입을 비죽거렸다.

"이 정도 그림이라면 한양의 기와집 몇 채는 사들일 수 있겠는데."

"어디 집뿐이겠어? 웬만한 벼슬자리도 살 수 있을 거다."

"한가하게 그림 감상하고 있을 시간 없어. 빨리 계회도를 찾아야지."

월이가 다급한 목소리로 끼어들었다.

"넌 여길 찾아봐. 화원 네 명과 희선이, 어제 후원 봤지? 연못과 누각이 그려진 그림이니 한 장도 빼놓지 말고, 알았지? 난 저 옆에 있는 장을 뒤져 볼게."

알아서 할 테니 걱정 말라더니 범이는 그림을 펼칠 때마다 감탄사를 쏟아 내기에 바빴다.

그림을 들출 때마다 심장 박동이 빨라졌다. 범이 말대로 예사 그림이 아니라는 것은 붓질만 봐도 알 수 있었다. 쌓여 있는 그림을 반쯤 들췄을 때였다. 많이 보던 누각이 눈에 들어왔다.

"찾은 것 같아."

"진짜야?"

손이 바들바들 떨렸다. 범이와 월이가 급히 내 옆으로 달려왔다.

"얼른 꺼내 봐! 뭘 뭉그적대는 거야."

재촉하는 범이 목소리가 갈라졌다. 월이의 가쁜 숨결이 등에 닿았다. 나는 조심스럽게 그림 뭉치를 위로 들어 올렸다. 아버지의 계회도를 다시 만나는 것이 떨리면서도, 두려웠다. 숨을 멈추고 위에 놓인 그림을 옆으로 덜어 냈다. 그러자 누각 아래 사람들이 둘러앉아 있는 계회도가 모습을 드러냈다.

"이 그림 맞는 거지?"

월이가 나와 눈을 맞추며 물었다.

"맞아. 여기 이분이 우리 아버지야."

범이가 그림 왼쪽의 송 화원을 가리키며 소리쳤다.

"전체적인 분위기는 비슷한데 어딘가 달라."

"어디가? 이 그림이 진짜가 아니란 말이야?"

범이가 나를 빤히 쳐다보았다. 부채로 얼굴을 반쯤 가린 여자 옆에는 연적이 놓여 있었다.

"연적이 달라."

"정말, 이건 복숭아 연적이잖아. 네가 본 건 해태 연적이라고 했잖아? 흔한 모양이 아니니 헷갈릴 리도 없을 테고."

범이가 고개를 갸웃거렸다.

"이 여자, 김 대감의 애첩인 희선이라는 기생이야."

"부채로 얼굴을 가리고 있는데 어떻게 그 기생이라고 확신하는데?"

월이도 그림 쪽으로 바짝 얼굴을 들이밀었다.

"아버지 그림을 봤으니까. 그때 내가 본 그림에는 분명 얼굴을 가리지 않았어. 아버지께서 희선이 얼마나 예쁜지 한참 말씀하셨거든."

나는 부채로 얼굴을 가린 희선을 손으로 가리켰다.

"네 아버지가 그린 게 아니라면 누가 그렸다는 거야?"

월이가 바짝 굳은 얼굴로 물었다.

"왜 다시 그렸는지는 모르겠지만, 누가 그렸는지는 알 것 같아."

범이가 밥알을 씹어 삼키듯 찬찬히 말했다. 나와 월이는 아무 말도 못하고 눈만 씀벅였다.

"누구긴 누구겠어? 월이 아버지는 돌아가셨고, 우리 아버지는 그림을 그릴 수 없으니, 장 화원 아니면 여기 뒷모습을 보이고 있는 이 사람이겠지, 안 그래?"

범이가 우리 둘을 번갈아 보며 말했다.

"누가 그렸나보다 진짜 궁금한 건 왜 다시 그렸느냐는 거지."

입을 꾹 다문 나를 보고 범이도 잔뜩 긴장했다.

'화원 어르신이 그렸다면 이렇게 장롱 깊숙이 감춰 둔 이유는 뭘까? 이 정도 수장품이면 김 대감 아니라 영의정 대감의 마음도 움직였을 텐데 왜 계획까지 열었을까?'

머릿속에서 수많은 의문이 맴돌았다.

그때 신발을 끄는 듯한 발소리와 함께 문고리가 흔들리는 소리가 새어 들어왔다. 불안한 눈길이 오갔다. 월이가 입술에 손가락을 대고 열린 수장고 문을 조심스럽게 닫았다. 월이 손이 바들바들 떨렸다.

"아버님, 저 왔습니다. 문안 인사드리려고요."

방문 밖에서 승재 목소리가 들려왔다.

"가만있어. 금방 갈 거야. 늘 저러는데, 한 번도 화원 어르신이 문을 열어 준 적 없어."

바짝 언 월이가 더욱 몸을 움츠렸다. 월이 말이 사실이라고 해도 그냥 물어만 보고 갈 일이지 문고리까지 흔드는 게 마음에 걸렸다.

"아무 기척 없으면 그냥 갈 것이지 은근히 질긴 놈이네."

범이가 콧등을 찌푸리며 웅얼거렸다. 숨소리를 죽이고 승재가 돌아가길 기다리는 수밖에 없었다. 잊고 있던 묵향이 다시 코끝에 닿았다. 잠깐이 한나절처럼 길었다. 침 넘기는 소리까지 거슬렸다. 한참 만에 신발 끄는 소리가 들렸다. 나는 주섬주섬 그림 뭉치 속으로 계회도를 집어넣었다.

"왜 다시 집어넣는데?"

"우리 아버지가 그린 계회도가 아니니까."

"다시 봐 봐. 네가 잘못 기억하고 있는 건지도 모르잖아."

범이가 내 손을 잡고 절레절레 고개를 흔들었다.

"아버지 그림이 확실히 아냐. 아버지 그림에만 있는 게 없어."

말려 올라간 화선지 끄트머리를 손으로 꾹꾹 누르며 말했다. 월이와 범이는 내키지 않는지 입이 댓 발쯤 나왔다.

"인국 아재가 계회도를 찾으라고만 했으니까, 네 아버지가 그린 거든 아니든 상관없잖아."

미련 때문인지 월이가 괜한 고집을 부렸다.

"수장가들은 절대 원화와 모사화를 함께 갖고 있지 않아. 원화도 아닌 걸 이렇게 소중하게 감춰 뒀을 리 없고."

범이도 덩달아 신중하게 생각하라고 엉겨붙었다.

"네 말대로 형님은 찾으라고 했지 가져오라는 말은 없었어. 어쩐지 이 계회도는 화원 어르신이 아니라 다른 사람이 특별한 목적으로 여기에 집어넣은 것 같아."

잠시 말을 끊은 후 나는 월이와 범이를 차례로 보며 말했다.

"이미 내 머릿속에 다 넣었으니까 가져가는 거나 진배없기도 하고."

"머리에 다 넣었다고? 네가 뭐 천재라도 된다는 거야 뭐야? 잘난 척은."

범이의 빈정거림에 마음 쓸 겨를이 없었다.

"화원 어르신께서 집에 돌아오면 제일 먼저 뭘 하시겠어? 아무리 조심했다 해도 누가 들어온 흔적을 금방 알아챌 거고, 여기 들어와서 계회도를 찾아보지 않을 거라 장담할 수 있어?"

내 말에 범이가 마지못해 고개를 주억거렸다.

"나도 진수 말처럼 그냥 두고 갔으면 좋겠어. 아재가 더 큰 곤란에 빠지면 안 되잖아."

월이가 내 말에 힘을 보탰다. 범이의 불통한 입이 들어갔다.

"바깥에 아무도 없어."

수장고에서 나갔다 들어온 월이가 소리 죽여 말했다. 범이가 저고리섶으로 장롱 위에 찍힌 손자국을 지웠다. 거의 매일 들락거리는지 장롱 위나 사방탁자 위는 반질반질 윤이 날 정도였다. 범이를 따라 월이도 치맛자락으로 방바닥을 쓸었다.

방을 나서자마자 우리는 주위를 둘러보았다. 늦은 햇살과 바람 소리만 빈 마당을 가득 채웠다.

"형님을 보러 가야겠어."

"나도 같이 가."

월이가 저고리 자락이라도 잡을 듯 바투 다가섰다.

"그럴 것까지 뭐 있어. 진수랑 나랑 가서 보면 되지."

"화원 어르신도 안 계시는데, 같이 가자."

내 말에 월이 얼굴이 금세 환해졌다.

계회도를
모사하다

"찾는 계회도가 아니라니 무슨 소리냐?"

인국의 목소리는 화롯불에 데인 것처럼 벌떡거렸다.

"아무래도 범인은 장 화원이 아니라 다른 사람인 것 같아요."

범이가 나를 흘끔대며 말했다.

"다른 사람이라니, 누구 말이냐?"

"계회도에서 등을 돌리고 있는 사람 말이에요. 이 화원 어르신과 아버지 말고 다른 사람이 그림에 있었어요. 그 사람이 분명해요."

"그럴 리 없다. 절대로."

인국의 목소리는 지나치게 단호했다.

"어떻게 그렇게 확신하는데요?"

범이가 놀란 낯빛으로 되물었다.

"그 사람이 계회도를 그렸다면 이 화원 어른이나 네 아버지가 없어지면 얻을 이익이 있어야 하는데, 그럴 만한 게 없어. 설사 그 사람이라고 해도 얼굴도 모르는 사람을 어디서 찾을 거냐?"

"듣고 보니 아재 말씀이 옳아. 우리 아버지도 처음 보는 화사라고 했잖아."

인국의 말에 수긍했는지 범이가 이내 말을 바꿨다.

"아버지가 그린 〈맹호도〉가 화원 어르신 사랑방에 붙어 있었어요. 당신이 그린 그림 중에 최고라고 늘 자랑하셨는데, 아버지께서 돌아가신 후에야 그림이 없어진 걸 알았어요. 그게 왜 거기 있을까요?"

인국의 대답이 궁금했지만 그는 월이를 쳐다볼 뿐이었다.

"이 화원 어르신한테 속죄하는 마음으로 그런 건 아닐까?"

"아까는 와신상담 어쩌고 하더니, 웬 딴소리야."

내 말에 범이 입에서 피식 바람 소리가 났다.

"그건 아닐 거다. 김 대감이 이 화원 어른을 어진화사로 추천하기로 마음먹은 게 바로 그 그림 때문이었으니까. 단원의 〈송하맹호도〉에 견주어도 손색없을 만큼 대단한 작품이었어. 세필로 열흘은 족히 그렸음 직한 온몸을 뒤덮은 터럭들이나 금방이라도 화폭을 뚫고 나올 것 같은 이글거리는 눈빛, 생각만 해도 모골이 송연해지는 대작이지."

그림을 보고 있는 양 인국은 세세한 부분까지 기억해 냈다.

"월이 아버지가 돌아가시길 기다렸다가 팔려고 한 거 아닐까요? 원래 진품은 화사가 죽은 후에 값을 더 쳐주잖아요."

제 생각에도 기특했던지 범이 목에 잔뜩 힘을 주었다.

"그것보다는 평생 제 방에 걸어 놓고 스승님 화법을 배우고 익히려 했겠지. 그림을 봐서 알겠지만 구도나 필법, 색감까지 어디하나 부족함이 없지. 어진화사가 됐으면 전대의 어떤 화원보다도 뛰어났을 테니까. 장 화원은 아무리 발버둥을 쳐도 스승님 발꿈치에도 못 미칠 테지만."

인국의 말이 아니더라도 눈 덮인 산을 뒤로하고, 세상을 노려보는 듯한 그 형형한 눈빛은 다시 떠올려도 가슴이 서늘했다.

"네 아버지의 계회도와 그렇게 많이 다르더냐?"

한참 만에 인국이 침울한 목소리로 물었다.

"몇 군데가 달랐어요. 아버지 계회도에서 본 해태 연적이 아니라 복숭아 연적이 놓여 있고…."

"그 연적은 김 대감의 애첩 희선이 갖고 왔다고 했지?"

인국이 확인하려는 듯 되물었다.

"네. 우리 아버지도 해태 연적이었다고 분명하게 말씀하셨어요."

멀뚱히 있던 범이가 한마디 거들었다.

"희선이 얼굴을 부채로 가린 것도, 장 화원의 위치도 달랐어요."

범이 아버지 송 화원을 뵙고 월이가 제 아비를 지목했을 때야 3년 전에 보았던 아버지의 계회도가 선명하게 떠올랐다.

"아버지의 계회도에서는 이 화원 옆에서 이야기를 나누는 분이 장 화원이었거든요. 그런데 이번 계회도에는 송 화원 옆에 장 화원이 있더라고요. 결정적인 건 아버지 그림에 있는 표식이 없었어요."

내 말이 끝나기도 전에 인국이 앓는 소리를 냈다. 아버지의 계회도가 아니라는 사실이 충격적인 모양이었다.

"아재, 전 처음부터 화원 어르신이 범인이라고 확신했어요. 이번에도 잡지 못하면 돌아가신 아버지와 행방불명된 오라버니의 억울함을 어떻게 갚아요. 나만 살아 있는 게 죄스러워 한순간도 마음 편한 적이 없었어요."

월이가 참고 있던 울음을 터뜨렸다. 들썩이는 어깨를 보니 내 마음까지 심란했다. 때 아닌 울음소리에 옆 방 죄수들이 창살 사이로 기웃거렸다.

"어떻게든 방법을 찾아야지. 하늘이 무심치 않다면 무슨 수가 생길 거다."

순간 맥이 확 풀렸다. 여기까지 오는 것도 쉽지 않았지만, 앞날 역시 막막하기는 매한가지였다.

"시간이 있어야 다른 방법도 찾아보죠."

범이 말에 이내 월이는 시무룩해졌다. 우리가 할 수 있는 일이 남아 있기나 한 걸까? 모든 것이 다 어긋난 것 같아 마음이 복잡했다.

"마지막 방법이 있긴 한데…."

꺼내기 힘든 말인 듯 인국의 목소리가 잔뜩 잠겨 있었다.

"그게 뭔데요? 방법이 있다면 무슨 일이라도 해야죠. 지금 찬물 더운물 가릴 처지가 아니잖아요."

범이가 창살에 바짝 다가서며 객기를 부렸다.

"아재, 뭔지 빨리 말해 보세요."

소맷부리로 눈가를 찍어 대며 월이도 재촉했다. 하지만 인국은 입만 달싹댈 뿐 쉽게 말문을 열지 않았다. 머뭇대는 인국 때문에 더 속이 탔다. 조바심 때문인지 범이 목울대가 울렁댔다.

"진수가 계회도를 다시 그리는 거다."

"뭐라고요?"

내 입에서 새된 소리가 튀어나왔다.

"얘가 그걸 어떻게 그려요?"

범이가 당치도 않다며 코웃음을 쳤다.

"너라면 할 수 있을 거다. 장 화원이 부리는 사람 중에 너만큼 뛰어난 모사가는 없어. 더구나 그 계회도를 가장 많이 본 것도, 자세히 기억하는 사람도 바로 너잖니?"

인국이 한 마디 한 마디 힘주어 말했다.

"한 번 본 건 절대 잊어버리지 않는다고 큰소리칠 때는 언제고 이젠 발뺌하겠다고? 우리 아버지 얼굴은 내가 책임질게. 이래 봬도 왕년에 도화서 생도였다고."

"그래, 도움이 된다면 나도 뭐든 할게."

절대 안 될 것처럼 펄쩍 뛰던 범이와 월이까지 인국을 편들었다.

"그릴게요."

"정말이지? 너 나중에 딴소리했다간 국물도 없을 줄 알아."

범이가 객쩍은 소리로 으름장을 놓기까지 했다.

"그 계회도를 들고 의금부에 갈 거예요."

나를 쳐다보는 인국 표정이 심각해졌다. 내 마음을 읽은 듯했다.

"아, 이제 일이 어떻게 돌아가는지 감이 잡히는군."

나와 인국을 번갈아 보던 범이 입도 벙그러졌다.

"그게 무슨 말이야?"

월이 눈이 휘둥그레졌다.

"진수가 예전 한성부에서 놓친 아버지의 계회도를 찾았다면서 의금부에 찾아간다. 장 화원이 자기 죄를 숨기려고 거짓 계회도를 그렸고 그걸 집 안에 숨기고 있는 게 명백한 증거라면서 아버지의 살해범으로 장 화원을 고발한다. 그 소식을 들은 장 화원이 펄쩍 뛰면서 자기 계회도와 진수의 계회도 중 진위 여부를 가리자며 나선다. 네 말을 요약하면 이런 거네?"

범이가 한껏 우쭐거리며 말을 이어갔다.

"그때 그 현장에 있던 누군가 증언을 서 준다면 일은 깨끗하게 해결되는 거다. 이거지?"

"제법인 걸."

"하지만 누가 증언을 서겠다고 나서겠어? 잘못 나섰다간 거짓

말했다고 곤장을 맞을 텐데?"

월이가 걱정스러운 낯빛으로 말했다.

"우리 아버지가 계시잖아. 이 일로 눈까지 잃으셨으니 진범을 잡을 수만 있다면 기꺼이 나서 주실 거야."

범이는 장담하듯 잔뜩 눈에 힘을 주었다.

"그래 주시면 고마운 일이지만, 앞을 못 보신다며? 진수가 그린 계회도를 볼 수 없으니, 장 화원이 거짓말이라고 잡아떼면 별수 없을 텐데. 괜한 일로 네 아버지만 더 힘들어지실지 몰라."

힘이 빠진 목소리였지만 월이 말은 제법 일리가 있었다. 의금부에서 범이 아버지의 증언을 믿어 줄지 장담할 수 없는 일이었다.

"한 사람 더 있어요."

범이와 월이의 눈이 동시에 내게 꽂혔다.

"장동 김 대감."

"너 농담해? 궁궐 밖 임금이라는 김 대감이 이런 일에 나서줄 리도 없지만, 뭐가 아쉬워서 우리 같은 사람의 말을 들어 주겠어?"

김 대감이라는 말에 인국의 얼굴이 심하게 일그러졌다. 인국을 쳐다보던 범이 역시 심드렁한 얼굴이었다.

"희선이라는 기생을 보낸 사람이 김 대감이라고 했지? 혹시 그걸로 찔러보면 켕기는 구석이 있을 거야. 안 그래?"

월이가 기대에 차서 말했다. 어쩌면 월이 말대로 김 대감을 끌어들일 실마리가 될 수도 있겠다는 기대도 생겼다.

"그만한 위치에 있는 사람이 기생 하나 거느린다고 흠될 것도 없고, 임금도 쥐락펴락하는 안동 김씨 일가붙이인데 빠져나가려고만 들면 의금부쯤이야 식은 죽 먹기겠지. 다시는 그분 존함을 입에 올리지 않는 게 좋겠다."

지푸라기라도 잡아야 할 인국이 그렇게 말하다니 어이없었다. 며칠 전만 해도 김 대감이 자신에게 도움을 줄 거라고 하더니, 정작 도움이 필요할 때는 그런 말을 한 적 없다는 듯 한사코 발을 뺐다. 김 대감과 인국에게는 내가 알지 못하는 모종의 담합이 있는 건 아닐까? 더럭 의심이 고개를 들었다.

"추국장에서 증언까지는 못 해 주더라도 저를 만나 주긴 할 거예요. 제가 그분의 그림 한 점을 모사해 가겠다고 했거든요."

"매달린다고 남 사정을 봐줄 사람이 아니다. 차라리 장 화원에게 미끼를 놓는다면 모를까…."

인국은 내 말을 무시하고 제 말만 했다. 추국장에 끌려갈지도 모른다는 불안감 때문에 정신이 혼미해지기라도 한 걸까? 종잡을 수 없는 인국의 말 때문에 머리가 뒤숭숭했다.

"어떻게 미끼를 놓을 건데요?"

"어떻게 하면 좋을지는 이제부터 고민해 봐야지."

인국이 지그시 눈을 감았다. 시간이 없다면서 무슨 이유에서인지 인국은 한사코 김 대감을 싸고돌았다. 장 화원을 이용해 김 대감을 직접 끼어들이지 않고도 두 마리 토끼를 잡을 방법, 그런 게 있다면 왜 진즉에 그런 말을 하지 않았을까? 인국이 갈팡질팡하는 사이 오 검시관만 억울하게 죽지 않았는가. 도무지 인국의 속내를 가늠할 수 없었다.

"원래 손에 쥔 게 많은 사람들이 제일 두려워하는 게 구설수에 오르내리는 건데…."

월이가 혼잣말처럼 웅얼거렸다. 김 대감의 허를 찌를 만한 구설수? 어쩌면 해태 연적이 단초가 돼 줄지도 몰랐다.

"이런 건 어때요? 장 화원이 어진화사 추천을 받으려고 김 대감이 참석할 계회를 열기로 한 거예요. 이미 이 화원을 마음에 두고 있던 김 대감이라 덥석 나갈 수 없는 처지였죠. 장 화원이 갖고 있는 엄청난 수장품이 탐났던 김 대감은 어진화사로 추천할 의향을 전해 줄 사람으로 희선을 대신 계회에 보냈고요…."

"야, 그건 이미 나도 인국 아재도 다 아는 일이잖아?"

범이가 내 말을 끊고 타박 섞인 투정을 부렸다.

"끼어들지 말고 끝까지 들어 봐. 그다음에 이런 사실을 장 화원에게 흘리는 거야. 희선의 기둥서방이라고 했던 그 아저씨를 끌어들이는 게 괜찮을 것 같아. 희선을 빼앗겨서 쌓인 원한이 있으니 쉽게 나서 줄지도 몰라. 그러면 장 화원은 김 대감을 달래려고 득달같이 달려갈 테고, 화가 난 김 대감이 어떻게 하겠냐? 자신이 이 사건과 관련이 없다는 것을 증명하기 위해서라도 누군가를 희생양으로 삼아야 할 거야. 계회에서 추천하려고 한 이 화원 어르신은 죽었고, 살해범으로 엉뚱한 사람이 잡혀 들어간 사실을 알고 있는 김 대감이라면…. 그다음은 김 대감이 다 알아서 처리할 거야. 우리는 그냥 지켜보기만 하면 되지, 안 그러냐?"

말을 하고 나니 스스로도 완벽한 계획이라는 확신까지 들었다.

"만약 김 대감이 네 생각대로 안 움직이면 어떻게 되는 거지? 잘못하면 여우 잡으려다 범한테 잡혀 먹힐지도 모르는 위험한 일이야."

잠자코 듣고만 있던 인국이 딴소리를 했다.

"그 정도는 각오한 일이잖아요. 진수 말대로 한번 부딪쳐 봐도 될 것 같아요. 말짱 거짓말도 아니고, 밑져야 본전인데…."

"장 화원을 추국장으로 끌어내는 게 관건이니까 때맞춰 범이 아버지 이름으로 고소장을 넣는 거예요. 형님이 범인이 아니라 진짜 범인은 계회와 관련된 인물이라고."

범이의 맞장구에 나도 모르게 목청이 높아졌다. 위험한 일이지만 주사위를 던져 볼 만했다. 어차피 지금으로선 선택할 만한 방법이 많지 않았다.

"우리 같은 사람이 고소장을 어떻게 써?"

인국의 불편한 낯빛을 훔쳐보며 월이가 말했다. 고소장을 쓰더라도 상투도 틀지 못한 어린애라며 만나 주지도 않을 거라며 범이가 한술 더 떴다.

"훈장님한테 부탁해 보자. 글자를 모르는 사람들을 대신해 소장을 써 주는 외지부들이 있다고 들었어. 훈장님이라면 교서관에 계셨으니 외지부 몇 분은 아실 거야."

내 말에 인국은 이미 오 검시관의 죽음으로 충분히 힘든 최 훈장에게 어떻게 또 부탁을 할 수 있겠느냐며 난감해 했다.

"그런 건 나중에 생각하고 우선 계회도부터 그리는 게 낫지 않을까? 천 리 길도 한 걸음부터라는데, 급하다고 바늘허리에 실 뀔 수는 없잖아?"

문자까지 써 가며 월이가 내 편을 들었다.

"진수한테 궂은일 다 맡기고… 내가 미안해서 그러지. 여기서 나가면 내 다 갚아 주마."

처음으로 인국 얼굴에 미소가 떠올랐다. 어설픈 웃음이었지만 힘이 났다. 아니, 힘을 내야겠다는 생각이 들었다. 이 고비만 넘기면 모든 것이 끝날 거라는 기대 때문인지 마음이 가벼웠다.

뛰다시피 한 덕에 금방 화원에 도착했다. 화사들이 모두 퇴근했는지 집 안이 괴괴했다. 마침 사랑방에서 나오던 억쇠 아저씨와 부딪혔다.

"어르신은 돌아오셨어요?"

"좀 전에 오셨는데 낯빛이 심상치 않아. 네가 부탁해서 김 대감 댁까지 뒤를 밟긴 했는데, 뭔 일이다냐?"

억쇠 아저씨는 연신 손바닥을 비볐다. 억쇠 아저씨에게 내 부탁이라고 둘러댄 범이가 괘씸했다.

"김 대감께서 장 화원 어르신과 만나셨어요?"

"웬걸, 머슴이 나와서 김 대감이 출타하셨다고 하니까 어르신 표정이, 아, 그건 너도 봤어야 했는데. 마치 대낮에 귀신을 본 것 같았다니까. 진짜 무슨 일이 있는 거냐?"

"그럼 바로 집으로 돌아오셨겠네요?"

조마조마한 마음을 감추려고 마른침을 삼켰다.

"김 대감이 오실 때까지 안에서 기다리겠다고 버티는 바람에 청지기까지 나와 밀치고 버티고 아주 난리도 아니었다. 한참 실랑이를 벌이고 있는데 눈먼 사내 하나가 나타나서는 주인 어르신 앞을 탁 막아서는 거야. 사내를 맞닥뜨린 어르신 얼굴이 하얗게 질리는 게 저러다 쓰러지지 싶더라니까. 예전에 어르신이 그 어른한테 몹쓸 짓을 했나 짐작하긴 했다만."

억쇠 아저씨가 쓴 약을 삼킨 듯 얼굴을 찌푸렸다.

"그분이 범이 아버지세요."

"뭐? 범이 아버지랑 우리 화원 어르신이 뭔 인연으로 그런 곳에서 부딪힌다냐? 세상 참 요상타."

억쇠 아저씨가 별스럽다며 혀를 내둘렀다.

"나중에 다 말씀드릴게요. 일이 좀 복잡해요."

"알았다. 범이라는 아이와 같이 안 왔나 보구나?"

억쇠 아저씨가 어깨 너머로 대문 밖을 둘레둘레 살폈다.

"저 여기 있지요. 헤헤."

대문 안으로 고개를 쏙 내밀며 범이가 헤헤거렸다. 분명 집에 다녀오겠다고 해서 헤어졌는데, 발밑에 수레를 달았나, 너무 기막혀 할 말을 잃었다.

"궁금해서 그냥 갈 수가 있어야지. 집에 가면 아버지한테 다 들을 테지만 영 참을 수가 없어서 내처 따라왔지 뭐."

벌게지는 범이 얼굴을 보니 뭔가 다른 꿍꿍이속이 있는 게 분명했다.

"아저씨, 하룻밤만 재워 주세요. 죽은 듯이 있을게요."

범이는 억쇠 아저씨 팔에 매달리며 어울리지 않게 콧소리를 냈다. 공연히 귀찮게 하지 말고 집에서 편히 자고 오라고 달랬지만 범이는 고집을 부렸다.

"계회도, 거기 우리 아버지 부분은 내가 그릴 거거든. 우리 아버지가 유일한 증인이라는 거 알지? 네 솜씨를 못 봐서 영 미덥지 않다고."

덤비는 꼴이 쉽게 포기할 것 같지 않았다.

화방에 가서 붓과 벼루, 화선지를 챙기는 사이에 어떻게 구워삶았는지 억쇠 아저씨가 선선히 허락했다.

"어르신께서 집에 가기 전에 사랑방에 들르라고 한 걸 깜빡할 뻔했다. 얼른 가 봐라."

억쇠 아저씨 말에 온몸의 털이 곤두섰다. 낮에 김 대감 댁에 갔다 온 일로 따로 짚이는 데가 있어서 그런 걸까? 수장고에 들어간 것을 눈치챈 걸까? 행랑방에서 사랑채까지 가는 내내 뒤가 켕겼다.

"거기 앉아 봐라."

곰방대에 담긴 잎담배를 꾹 누르며 장 화원이 말했다. 의중을 들키지 않으려 무던히 애쓰는 품새였다.

"조만간 내 신상에 좋지 않은 일이 벌어질 것 같아 양자 문제를 매듭지어야 할 것 같구나. 저번보다 더 시끄럽겠지만 넌 신경 쓸 거 없다. 그냥 지금처럼 지내면 된다."

하필 오늘 같은 날 이런 말을 듣다니. 표정을 읽을 수 없는 얼굴과 무덤덤한 말투가 예사롭지 않았다. 이미 지난겨울에 유야무야 됐던 일을 새삼스럽게 꺼내는 속내를 알 수 없었다. 도화서 화원인 첫째 문재와 서당 동무인 승재를 포함해 다섯 자녀를 둔 장 화원이 양자를 들인다는 건 누가 봐도 납득할 수 없는 일이었다. 첫째 문재의 실력이 장 화원 눈에 안 차거나 승재의 재능이 모자라서도 아니었다. 둘 다 화원 가문의 피를 대물림한 듯 어디 내놔도 빠지지 않는 솜씨를 가진 재목이었다. 처음 그 말이 나왔던 때보다 지금은 상황이 더 나쁘다는 걸 장 화원이라고 모를 리 없었다.

"지금은 때가 좋지 않은 것 같습니다. 아버지 일로 인국 형님까지 저리 됐는데….."

"세상에 적당한 때란 없는 거다. 마음먹고 실행에 옮기는 때가 가장 좋은 때인 법이지."

"아직 어머니께 허락을 얻지도 못했고, 또⋯."

불편한 마음을 변명처럼 덧붙였다. 좋아하던 아버지는 아니었지만 아버지를 돌아가시게 한 장본인일지도 모르는데 그 사람의 양자로 들어가다니, 아무리 아버지가 미워도 말도 안 되는 일이었다.

"혹시 너도 문중 어른들처럼 우리 가문을 위해서, 내 개인적 욕심 때문에 이러는 줄 아는 거냐?"

"⋯."

머릿속 생각을 들킨 것 같아 얼굴이 화끈거렸다.

"네 아버지는 거리의 화사로 살기에는 아까운 사람이었어. 네 아비가 그리 허망하게 갈 줄은 나도 정말 몰랐다."

장 화원 입에서 아버지가 들먹여진 건 처음 있는 일이었다. 지전 배달꾼이었던 아버지를 거리의 화사가 아닌 진정한 환쟁이로 대접해 왔다고 생색이라도 낼 작정인가. 퍼뜩 장 화원이 내가 김 대감과 만나서 한 이야기를 전해 들었을지도 모른다는 생각이 들었다. 그렇다면 내가 김 대감에게 인국의 무죄를 이야기한 것도 알았을 것이다.

"참 까다로운 사람이었지. 몇몇 사화원에서 네 아버지를 데려가려고 무던히 애를 썼지만 매번 거절당했다는 말을 듣고 고집도 만만치 않겠다 싶더구나. 나도 우리 화원에 들어오라고 여러 번 구슬렸지만 자기는 계회도 화사가 딱 제격이라고 잘라 말하더군."

장 화원이 잘 피우지 않는 담뱃대를 입에 물었다. 복잡한 심경을 감추려는 듯 어설펐다.

'지금 어르신은 제게 아버지의 죽음과 무관하다는 말씀을 하고 싶으신 건가요? 이리 말씀이 길어지는 걸 보니 형님 말대로 어르신이 형님을 밀고하신 게 맞군요.'

목까지 올라오는 말을 꾹 눌렀다. 열두 폭 병풍 뒤 수장고에서 본 그림들이 떠올랐다. 그날 아버지가 장 화원의 제안을 받아들였다면, 지금 같은 일은 벌어지지 않았을 것이다. 한동안 잊고 지냈던 아버지에 대한 미움이 다시 치받쳐 올라왔다.

"나 역시 나보다 재주 많은 사람이 부러운 보통 사람이다. 나들예까지 오면서 왜 화산관 이명기나, 단원 김홍도처럼 되고 싶지 않았겠느냐? 하지만 살아갈수록 어진화사는 하늘이 내리는 것이지 욕심으로 될 수 있는 게 아니라는 생각이 더 굳어지더구나."

무슨 이야기를 하려고 이렇게 사설이 긴 걸까? 장딴지가 저릴 만큼 앉은 자리가 거북스러웠다.

"네 아비의 그림을 보지 못했지만 네 재주는 분명 아비의 대물림이니 감사히 여겨라. 그건 물이 아래로 흐르지, 위로 흐르지 않는 세상 이치 같은 거니 아비를 너무 원망하지도 말고."

장 화원의 굳은 얼굴이 조금씩 펴졌다.

'그럼 수장고에 있는 계회도는 어떻게 된 겁니까? 아버지의 계회도를 보지 않고 어떻게 모사할 수 있는 거죠?'

저리 담담한 얼굴로 거짓말을 술술 늘어놓는 장 화원에게 새삼

진저리가 났다.

'저를 양자 삼는 것도 어르신의 죄를 덮기 위한 것이었나요? 왜 자꾸 저를 시험하시려 드는 겁니까?'

장 화원은 볼이 오목하게 곰방대를 빨더니 끝내 기침을 쏟아 냈다. 금방 눈언저리가 벌게졌다.

"아버지!"

갑자기 문이 벌컥 열렸다. 승재였다. 장 화원의 눈꼬리가 빠르게 치켜 올라갔다.

"저희 두 형제가 아버지의 기대에 차지 않는다는 건 알아요. 하지만 꼭 저놈을 양자로 들여야겠습니까?"

악에 받친 듯 승재의 숨이 거칠었다.

"아비가 그렇게 얘기했으면 알아듣는 척이라도 해야지, 이게 무슨 무례한 짓이냐?"

"아버지 말씀이니 무조건 따르는 게 자식의 도리라면 저, 오늘부터 아들 안 할 겁니다. 아버지께서 그렇게 믿는 저놈이 무슨 짓을 하고 다니는지 알기나 하고 감싸시는 거냐고요?"

승재 말에 놀란 것은 장 화원뿐만이 아니었다. 심장이 벌렁거리고 숨이 가빠 왔다.

"진수가 대체 뭔 짓을 했다는 거냐? 동무를 시기하는 건 졸장부들이나 하는 짓거리다."

장 화원이 못마땅한 눈초리로 승재를 노려보았다. 승재 역시 물러설 기세가 아니었다.

"아버지께서 낮에 집을 비운 사이 진수가 무슨 짓을 한 줄 아시느냐고요!"

승재 목소리가 원망과 분노로 떨렸다. 수장고에 있는 동안 돌아간 줄 알았던 승재가 문밖에서 내내 우리를 지켜보고 있었다는 생각이 들자 머리끝이 쭈뼛 섰다.

"진수가 그런 데는 다 이유가 있었겠지. 알고 싶지 않으니 그만 나가거라."

"제 말을 듣지 않은 걸 틀림없이 후회하실 날이 올 테니 두고 보세요."

"후회를 해도 내가 할 테니 그만 나가 보라는데 뭘 어물대는 거냐?"

장 화원의 턱살이 노여움으로 불룩거렸다. 무슨 말을 꺼내려다 말고 승재는 나를 한참 노려보고는 거칠게 방문을 열어젖혔다.

"오늘 김 대감을 만나러 갔는데 뵙지를 못했구나. 영정 모사 일 때문인 줄 알았는데…. 하긴 김 대감이 찾는다는 말에 앞뒤 따지지 않고 달려간 내가 모자란 거지 누굴 탓하겠느냐."

장 화원이 헛웃음을 터뜨렸다. 편지 때문이 아니라니, 희선의 기둥서방을 만나지 않았으면 그렇게 허겁지겁 나갔을 리 없을 텐데도 장 화원은 딴말을 했다. 더 이상 장 화원의 말은 귀에 들어오지 않았다. 승재 앞에서 나를 감싸는 장 화원의 위선이 역겨웠다.

"그만 나가 봐라. 조만간 네 어미에게는 내가 잘 얘기해 보마. 그리고 인국이, 그 사람을 너무 믿지 마라."

결국 이 말을 하려고 불렀던 거구나. 곰방대를 재떨이에 걸친 채 장 화원은 눈을 감았다. 한낮의 그 곤혹을 치르고도 모든 것을 내려놓은 듯 너무나 평온한 얼굴이었다.

범이가 억쇠 아저씨 방에 찾아온 것은 달이 이울 무렵이었다. 방 안에 들어서는 순간부터 범이는 자꾸만 내 눈을 피했다. 고개를 외로 꼬는 어색한 꼬락서니하며, 터진 입술과 볼의 멍 자국이 영 수상쩍었다.

"얼굴이 왜 그래?"

범이는 들은 척도 않고 방구석에 놓인 이불을 밀쳐 냈다.

"얼굴이 왜 그러냐니까? 이런 상황에서 싸움질이나 해대고, 너한테 실망이다."

이죽거리는 나를 범이는 멀거니 쳐다볼 뿐 아무 대거리도 하지 않았다.

"별로 다친 것도 아닌데 뭐. 마음 쓰지 말고 그림에나 신경 써."

뭔가 감추려고 얼버무리는 듯싶자 더 부아가 났다. 인국뿐만 아니라 이젠 범이까지 위험에 빠뜨리는 것 같아 바늘방석이 따로 없었다. 범이와 나를 멀뚱히 쳐다보던 억쇠 아저씨가 슬그머니 문고리를 잡았다.

"크게 다친 것 같진 않다만 별일 아니었으면 좋겠구나. 내가 자리 피해 줄 테니 둘이 얘기하든가…."

범이가 몸을 일으켜 억쇠 아저씨 소매를 부여잡았다. 표 나게 굴어 사람들에게 의심받을 것까지 없다는 말도 덧붙였다. 붓에 먹물을 흠뻑 묻히고 심호흡을 했다. 눈을 감고 3년 전 보았던 아버지의 계회도를 머릿속에 그려 나갔다.

범이는 내가 그림을 그리는 동안 멀찌감치 떨어져 있었다. 꽤나 아플 텐데도 미욱스럽게 구는 게 자꾸 마음 쓰였다.

"그러고 있으니 너답지 않아."

사내치곤 좀 수다스러운 범이라서 더욱 그랬다.

"말 시키면 네가 헷갈릴까 봐 그렇지."

"그러고 있을 거면 아저씨 힘들게 여기서 자겠다고 우길 것까진 없었잖아."

"그럼 지금이라도 갈까?"

범이가 엉덩이를 들썩대며 짓궂게 말했다. 역시 너스레를 떨어야 범이다웠다.

"그런다고 삐치기는."

"내가 이렇게 옆에서 지키고 있으니 마음이 든든하지 않냐?"

비죽 웃음이 나왔다. 범이 말에 단단히 뭉쳐 있던 마음 자락이 먹물처럼 풀어졌다.

"정말 무슨 일 있는 거 아니지? 네 꼬락서니를 보니 한바탕 몸싸움을 한 모양인데 말 좀 해 봐."

지나가는 말이 될 걸 알면서도 슬며시 말을 붙였다.

"집에 잠깐 들렀더니 험악하게 생긴 사내가 칼을 빼 들고 아버지를 협박하고 있더라고. 화가 나서 무작정 달려들었는데, 순식간에 몇 대 후려치고는 달아났어. 그나마 나니까 이 정도지 너 같았으면 뼈도 못 추렸을 거다. 아버지께서 좀 놀라긴 하셨지만 별일 아니야."

범이는 신경 쓸 것 없다며 마른세수로 얼굴을 쓸었다.

"저번에 주막에서 본 그 부랑배들 아니야?"

범이는 원한 살 일을 한 적 없으니 반촌 사람이 아닐 거라고 잘라 말했다.

"반촌 사람이 아니라면 누구란 거야?"

"어제 수장고에 들어간 일 때문에 화원 어르신이 보낸 사람이 아닐까? 물증은 없는데 심증은 간달까? 그러니까 지금 네가 그리는 그림이 얼마나 중요한 건지 알겠지?"

범이는 터진 입술을 손으로 더듬으며 울상을 지었다.

"화원 어르신이 보낸 사람? 괜히 넘겨짚지 말고. 도대체 어떻게 생겼는데?"

"컴컴해서 못 봤어. 하지만 평범한 사람은 아니었어. 한 방에 나를 쓰러뜨린 걸 보면 힘도 엄청 세고, 무술깨나 하는 것 같았어."

범이는 실실거렸지만 그냥 넘겨지지 않았다. 괜한 일에 나서지 말라는 협박까지 했다니 진즉부터 송 화원을 아는 사람이 분명했다.

"잠깐만 기다려 봐라."

억쇠 아저씨 말에 범이와 나는 뜨악한 얼굴이 됐다. 억쇠 아저씨는 다락방 문을 열고 몸을 들이밀었다. 억쇠 아저씨가 꺼낸 것은 여름에나 쓰는 대나무 발이었다.

"불빛이 새어 나가지 않게 하려고 말이다. 밤말은 쥐만 듣는 게 아니니까, 뭐든 조심해서 나쁠 건 없지."

밑그림을 그려 나가는 동안 한 가지에만 집중했다. 지금 그리려는 건 장 화원의 수장고에 있는 계회도의 모사본이 아니라 기억에 남아 있는 아버지의 계회도였다.

인국은 아버지를 해친 검계가 계회도를 장 화원에게 건네주었을 거라고 했다. 그런데도 낮에 만난 장 화원은 아버지의 그림을 본 적 없다고 잡아뗐다. 확실한 것은 수장고의 계회도는 내가 본 아버지의 계회도가 아니라는 것이었다.

자기 죄를 덮기 위해서 계회도를 그린 것인지 또 다른 의도가 있는지 따지는 것은 의미 없는 일이었다. 내가 할 일은 장 화원의 계회도가 거짓이라는 것을 증명하는 것뿐이었다. 그것은 영문도 모른 채 손찌검을 당한 송 화원이나 억울하게 죽은 오 검시관, 죄 없이 옥살이하는 인국에 대한 미안함을 조금이라도 갚는 일이었다. 최악의 경우 진범을 알아내지 못하더라도 인국의 무죄를 밝힐 시간을 만들어 줄 것이고 의금부에서 장 화원을 추국할 빌미가 돼 줄 것이다. 그것으로 족했다.

내가 놓쳐서는 안 되는 것은 해태 연적이고, 아버지의 그림임을 증명해 줄 '억(憶)'이라는 글자를 그림 안에 숨기는 것이었다. 기억을 더듬어 후원 누각의 지붕 아래로 늘어진 버드나무 가지 안에 글자를 그려 넣었다. 늘어진 가지에는 연둣빛을 게워 내는 새싹들이 다닥다닥 나와 있었다.

사는 동안 아버지에게는 손톱만큼의 마음도 내줄 일은 없을 것이라고 생각했다. 나를 이렇게 만든 건 순전히 아버지 탓이라고, 아버지에 대해서는 언제나 연민보다는 원망이 앞섰다. 그런 내가 그림을 그리면서 몇 번이나 울컥했다. 희미한 기억 하나가 나를 그렇게 만들었다.

대여섯 살 무렵이었다.

아버지는 불콰한 얼굴로 싸리문을 들어서자마자 마루에 계회도를 펼쳐놓았다. 복날이라 아버지는 동네 어른들과 함께 개 한 마리를 몰고 뒷산 계곡으로 몰려갔다. 복날이면 으레 있는 일이었다.

그림에는 뒷집 솔이 아재와 건넛집 명근 아재, 더벅머리 덕진 아재가 생솔가지를 분질러 군불을 피우느라 법석을 떨고, 버드나무 아래 커다란 화덕 위에는 물이 끓고 있었다. 한참이나 그림을 들여다보던 나는 손끝으로 풀숲에 박혀 있는 글자를 가리키며 물었다.

"아버지, 이건 뭐예요?"

"그건 기억할 '억'이라는 글자지."

"기억? 그게 뭔데요?"

"시간이 사람 가슴에 새겨 놓은 그림 같은 거지."

아버지가 팔딱거리는 내 가슴을 가리키며 웃었다. 아버지의 사람 좋은 웃음이 떠올라 가슴 한끝이 얼얼했다.

새벽별이 뜰 무렵에야 나는 기지개를 켰다. 바짝 곤두세운 신경 때문인지 눈자위가 욱신거리고 뒷목이 뻣뻣했다. 아무 데나 뒤통수가 닿으면 금방이라도 고꾸라질 것 같았다. 손으로 뒷목을 꾹 눌렀다. 굳었던 몸이 조금씩 깨어났다. 내내 잠잠하다가도 제 아비 얼굴을 그릴 때는 얼굴형이 기네, 눈썹이 너무 올라갔네 하며 시도 때도 없이 트집을 잡더니 어느새 범이는 낮게 코를 골며 곯아떨어져 있었다.

"일어나! 벌써 한낮이야!"

잔뜩 옹송그린 범이 어깨를 흔들었다. 빨리 인국을 만나러 가야 한다는 마음에 거짓말이 튀어나왔다.

"뭐! 한낮이라고? 이제 깨우면 어떡해?"

눈도 안 뜨고 저고리를 꿰입느라 허둥대는 범이 모습에 웃음이 났다.

"한낮이라더니 뭐야?"

문을 열어 보고는 잡아먹을 듯 범이가 엉겨 붙었다.

"그 덕에 일어났잖아. 인국 형님한테 들르려면 지금 나가도 늦을지 몰라."

범이는 잠을 씻어 내려는 듯 손세수를 했다. 파루 어쩌고 하더니 들고 있던 그림을 냅다 뺏어 들었다.

"제법인 걸. 네 아버지가 그린 계회도는 못 봤지만 딱 이랬을 것 같아. 아무래도 장 화원 어르신의 얼굴은 너무 정면이지 않아? 저번에 본 계회도에서는 옆얼굴 같았는데."

범이가 작은 눈을 씀벅거렸다.

"아버지는 그림 그릴 때 인물 표정을 제일 중요하게 여기셨어. 얼굴에서 그 사람 마음이 그대로 드러난다고 하셨거든. 이날 모임의 주최자는 장 화원이었어. 당연히 모인 사람들에게 자기 위세가 어느 정도인지 자랑하고 싶어서 잔뜩 힘이 들어갔을 거야. 아버지였다면 그걸 절대 놓치지 않으셨을 거야. 이 사람은 예외겠지만."

뒷모습을 한 사내를 손가락으로 가리켰다. 새삼스럽게 아버지가 뒷모습으로 그린 사내의 정체가 궁금해졌다. 사람 표정을 가장 중요하게 여겼던 아버지여서 더 그랬다. 혹시 아버지는 직감적으로 계회에는 참석했지만 그가 모임의 취지와는 상관없는 사람인 것을 알았던 걸까?

"네 말 때문인지 인물만 따로 떼어 보면 초상화라고 해도 곧이 믿겠는 걸. 표정이 아주 생생해."

범이가 그림에서 눈을 떼지 않은 채 칭찬인지 넋두리인지 모를 말을 했다.

"그러니 씨도둑질은 못 한다고 하지 않더냐. 우리 만수 그려 줬을 때 딱 알아봤다."

범이 어깨 너머로 고개를 내민 건 억쇠 아저씨였다.

"놀라서 기절할 뻔했잖아요."

민망했던지 억쇠 아저씨가 엉거주춤 문 쪽으로 몸을 돌렸다.

"지금 나간다고? 바깥 좀 살펴보고 올 테니 잠깐만 기다려라. 아까 들어올 때 보니 사랑방에 불이 켜져 있던 것 같아서 말이야. 요즘 들어 어르신께서 통 잠을 못 이루는 것 같던데…."

"속 시끄러운 일이라도 있었나 보죠, 뭐."

마음에도 없는 말이 불쑥 튀어나왔다.

"아까 말한 속 시끄러운 일, 그거 김 대감 일이지?"

억쇠 아저씨가 방문을 나가고 나서야 범이가 목소리를 낮춰 물었다.

"대충 둘러댄 거야. 억쇠 아저씨는 이 일을 모르시는 게 나아. 우리가 여기서 밤새운 걸 알아서 득될 것도 없고, 화원 어르신 심기가 불편하니까 뭐든지 조심하는 게 좋아. 어서 여기서 나가자. 집안사람들 눈에 띄어 좋을 게 없잖아."

범이가 허겁지겁 이불 밑에 밀어 놓았던 단도를 챙겼다. 자기에게 닥치는 위험을 온몸으로 느끼는 범이였다.

"지금 뭐하는 겐가?"

문틈으로 장 화원의 노기 띤 목소리가 새어 들어왔다.

"자다가 갑자기… 화로 불씨가 걱정돼서요."

"화롯불은 괜찮네. 자네 방에 밤새 불이 켜져 있던 것 같은데 누가 온 건가?"

순간 범이와 눈이 마주쳤다. 범이도 긴장됐는지 바짝 얼었다.

"아닙니다. 그럴 리가요…."

"아니면 됐네. 괜히 낯선 사람 불러들이지 말게."

"그러믄요. 절대 그런 일 없습니다요."

억쇠 아저씨가 방 안으로 들어오며 급히 손바람으로 불을 껐다.

"아무래도 뒷문으로 나가는 게 좋을 것 같구나."

"설마 어르신께서 우리가 여기 있는 걸 눈치챈 건 아니겠죠?"

"그런 것 같지 않다만 뭐든지 조심하면 뒤탈이 없는 법이지."

범이는 벌써 신발을 챙겨 들고 뒷문 밖으로 빠져나갔다.

멀리서 이른 수탉 울음소리가 들려올 뿐 세상은 어둠 속에 묻혀 있었다.

"장 화원이 너한테 빚진 일이 있나 보지? 그렇지 않고서야 널 양자 삼을 이유가 없잖아?"

골목 어귀에 다다랐을 때 범이가 뜬금없는 말을 꺼냈다. 세상에 비밀은 없다더니 그사이 소문을 들은 모양이었다.

"이번 일 해결되면 저절로 다 없는 일이 될 거야. 그러니 너도 못

들은 걸로 해.”

“아들이 둘이나 있다면서 너를 양자로 들이겠다니 진짜 이해가 안 된다.”

그 이유라면 당사자인 내가 더 궁금했다. 입안이 모래알을 씹는 것처럼 서걱거렸다.

사대문 밖 주막들은 새벽부터 시끌시끌했다. 좁은 마당 곳곳에 지게에 몸을 대고 쪽잠을 자는 사내들이 보였다. 부뚜막 위 무쇠솥에서는 국이 끓는지 김이 펄펄 솟고 있었다.

범이와 나는 엉거주춤 평상에 엉덩이를 걸쳤다. 주모가 어깨를 흔들어 깨웠을 때는 희부옇게 날이 밝아 있었다. 서둘러 주모에게 국밥을 청해 빈속을 채웠다.

옥졸이 새벽부터 들이닥친 우리에게 드러내놓고 심통을 부렸다.

“옥살이엔 잠이 보약인데 웬 놈이 단잠을 깨우는 거야?”

맞은편 방에서 죄수 몇이 성질을 부렸다.

“진수냐?”

잠을 설쳤는지 인국은 눈이 벌겋게 충혈되어 있었다.

“잘 그렸죠? 물론 제가 옆에 있으니까 바짝 긴장해서 더 용을 썼겠지만요.”

“정말 그렇구나. 네 아버지가 살아와서 그렸다 해도 믿을 거다. 이제 이 계회도만 있으면 장 화원도 더는 버티지 못할 거야. 진수야, 정말 애썼다.”

근래 인국이 이렇게 흥분한 것은 처음이었다. 내가 그린 만수의 그림을 들고 왔을 때도 꼭 이랬다. 인국의 말대로라면 그가 모든 혐의에서 벗어나는 것은 시간문제였다.

"아재도 수장고의 계회도를 장 화원이 그렸을 거라고 생각하시는 거죠?"

범이가 말꼬리를 돌리며 인국을 건너다보았다. 인국은 아무런 대꾸도 하지 않고 그림만 뚫어져라 쳐다볼 뿐이었다.

'소장만 내면 이제 다 끝나는 거겠죠?'

그말이 입안에서 맴돌았다. 소장을 넣더라도 의금부에서 우리 생각대로 움직일 거라는 확신은 없었다. 하지만 한쪽 문이 닫히면 다른 쪽 문이 열린다는 것을 믿고 싶었다. 이 계회도가 인국에게 열리는 다른 쪽 문이 돼 줄 거라는 확신이 들었다.

"어르신이 왜 계회도를 그렸을까요? 밤새 생각해 봤는데 도무지 이해가 안 돼요."

"원래 그림 욕심이 많은 분이니까 그러셨을 테지."

범이 말에 생각 없이 중얼거렸다.

"그건 아니지. 만약 그림 욕심 때문이라면 이 화원 어른의 그림처럼 벽에 붙여 놓고 감상하셨을 텐데 깊숙이 숨겨 놓으셨잖아."

"범이 말이 맞다. 장 화원 나름대로 우리가 짐작도 못 하는 계산 속이 있을 거야. 누군가는 살인사건의 진실을 밝히겠다고 나설 거라는 걸 예상하고 있었던 건지도 모르고."

"나도 반촌 같은 데로 쫓겨나지만 않았더라면…."

범이가 불쑥 종주먹을 내밀었다. 하루아침에 아버지가 실명하고, 목숨을 잃었다면 누구라도 그랬을 테지. 범이의 불뚝거림이 미안할 만큼 안쓰러웠다.

"추국 전에 장 화원이 별다른 짓을 벌이지 않아야 할 텐데."

인국은 손톱을 물어뜯기 시작했다. 전에 없이 초조해 보이는 인국이 나를 더욱 불안하게 만들었다.

"장 화원이 그럴 동안에 우리는 놀고 있나요, 뭐. 아재가 시키는 대로 발에 땀나게 쫓아다닐 테니 걱정 마세요."

범이 말에 인국의 짓무른 눈자위가 움칠했다.

고소장

최 훈장은 우리를 외지부 김씨 집으로 데리고 갔다. 미리 들은 말이 있었던지 외지부 김씨는 선선히 소장을 써 내려갔다.

"잃어버린 줄 알았던 계회도를 아들이 찾았다고 써 주세요."

"네 아버지의 계회도는 검계가 가져갔다면서? 괜한 거짓말로 오히려 덜미를 잡힐 수도 있는데…."

붓을 멈춘 외지부 김씨가 비딱하게 말했다.

"벽장에서 찾았다고 해 주세요."

"그걸 왜 진작 증거물로 내놓지 않고 이제야 내놓느냐고 따지면 어쩌하려고?"

예상치도 못한 외지부 김씨의 말에 말문이 막혔다.

"그거야 이미 아버지는 돌아가셨고, 양자 삼아 주신다는 분의

심기를 건드리고 싶지 않았다고 하면 어때요?"

범이가 그럴듯하게 꾸며 댔다.

"네 말처럼 장 화원이 양자로 삼겠다고 한 걸 걸고넘어지면 의금부의 눈을 장 화원에게 돌릴 수도 있겠구나. 자기 죄를 덮는 것에 그치지 않고 피해자 아들의 입도 다물게 하려 했다고 생각할 테니까. 그럼 장 화원의 수장고에 있는 그 계회도가 가짜인 건 어떻게 밝힐 거냐?"

외지부 김씨의 눈이 가늘어졌다. 한 고개 넘으니 또 한 고개였다.

"그건 걱정하지 마세요. 우리 아버지도 그 계회에 계셨어요. 아버지께서 증인 서 주신다고 했어요."

범이가 장담하는 바람에 외지부 김씨의 실룩대던 뺨이 풀썩 꺼졌다.

"김 대감을 대신해 희선이 거기 왔었다는 말은 빼는 게 좋겠소."

잠자코 있던 최 훈장이 불쑥 말했다. 나와 범이, 외지부 김씨가 동시에 의아한 얼굴을 했다.

"의금부에서 조사하면 다 드러날 일인데 무리수를 둘 필요는 없잖소. 궁지에 몰리면 장 화원이 먼저 김 대감 이름을 입에 올리게 될 테고 그럼 김 대감이 그 일에 연루된 걸 알면 의금부에서 지레 겁먹고 사건을 덮을지도 모르잖소?"

최 훈장 말에 나도 범이도 고개를 끄덕였다. 김 대감은 의금부에서도 입에 올리기 껄끄러운 이름이었다.

나와 범이, 송 화원과 외지부 김 씨는 의금부에 계회도와 함께 고소장을 넣었다. 종사관은 사흘 후 인국의 추국이 끝나면 해결될 일을 다시 들춰내는 것에 드러내 놓고 못마땅해 했다.

"억울한 사람이 없게 하는 게 법이 하는 일 아니겠소? 지금 옥에 갇혀 있는 이인국이 조만규 살해사건이 일어났을 때 여기 없었다는 건 의금부에서도 알고 있는 사실이지 않소?"

외지부 김씨가 조목조목 따졌다. 종사관은 눈에 띄게 불쾌한 얼굴을 했다.

"소장을 받아 주지 않으면 우리는 격쟁이라도 할 생각이오. 신문고라도 만들어 칠 각오가 돼 있소."

외지부 김씨의 강경한 말투에 종사관은 마지못해 소장을 받아 들었다.

의금부를 나오자 다리가 꺾이며 금방이라도 주저앉을 듯했다. 그건 범이도 마찬가지였는지 이마에 삐질삐질 땀이 내비쳤다.

"오금이 저려 죽는 줄 알았소. 앞 못 보는 사람이 이리 부러울 수가."

외지부 김씨는 옥죈 마음이 풀어진 듯 생각없이 툭 내뱉었다. 송 화원이 마른기침을 했다. 그제야 외지부 김씨가 놀란 장닭처럼 눈을 껌벅였다.

"격쟁이 뭐냐?"

범이가 한껏 목소리를 낮췄다. 이런 와중에도 궁금한 건 못 참겠다는 투였다.

"우리같이 힘 없고 비빌 언덕 없는 사람들이 임금님이 궁궐을 나올 때를 기다려 징이나 꽹과리 같은 것을 치면서 억울한 사연을 직접 말하는 거야."

"아하, 소장이 안 받아들여지면 정말 그럴 작정이었어?"

"그러려고 그랬지. 힘센 네가 징을 치고, 내가…."

"됐어."

코웃음을 치며 범이가 얼른 제 아비 곁으로 달려갔다.

"아침부터 속 끓였는데 어디 가서 국밥이라도 한 그릇 먹자꾸나."

늦게 들어가면 장 화원의 의심을 살 것이라는 말에 범이가 내 팔을 잡고 있던 송 화원 손을 떼어 냈다.

졸인 마음이 풀렸는지 예전엔 눈에 들어오지 않던 사람들이 보였다. 걸음을 서두르는 관리들, 시전으로 향하는 상인들…. 모두 분주했다.

장 화원은 집에 없었다. 대문을 넘어서자마자 억쇠 아저씨가 팔을 잡아끌었다. 방금 검은 띠를 동여맨 사내가 다녀갔다는 말을 하며 내내 불안한 기색이었다. 예전에 보았던 그 검계일까? 아니면 범이 아버지를 협박했다는 검계일까? 어쩌면 그 두 사람이 같은 사람일지도 모른다는 생각이 들었다.

나를 보자 볼일은 다 봤느냐며 모처럼 김 화장 얼굴빛이 좋았다.

"그림 밀린 것도 있고 해서…. 화원 어르신은 아침부터 어디 가셨나 봐요?”

“어디 간다고 말하고 가시는 분이냐. 얼른 일이나 시작해라.”

참으로 오랜만에 손맛이 느껴져 시간 가는 줄 몰랐다. 장 화원은 저녁이 다 되도록 돌아오지 않았다. 술시가 되자 화원들이 주섬주섬 화구를 챙겼다. 장 화원이 없는 날은 화원들에게 모처럼 일찍 집에 갈 수 있는 절호의 기회였다.

“요즘 어르신 출타가 잦은 것 같지 않나?”

“그림 닦달을 하지 않으니 괜히 좋으면서 그러네.”

화원들이 그런 농담을 하면서 김 화장이 말릴 틈도 없이 꽁무니를 내뺐다.

나도 부리나케 대문을 나섰다. 억쇠 아저씨가 무슨 낌새를 느꼈는지 문간까지 쫓아 나왔다.

“일이 잘 풀린 모양이구나. 네 얼굴이 밝은 걸 보니 말이다.”

속을 들여다보듯 억쇠 아저씨 눈빛이 빛났다.

“다 잘될 것 같아요. 형님도 곧 풀려날 거예요.”

“다행이구나. 혹시 인국을 만나면 월이는 잘 있다고 전해 줘라. 감옥 안에 있으니 그 속이 오죽할까….”

인국을 만나러 가는 길이라는 걸 안다는 듯 억쇠 아저씨가 넌지시 일러 주었다. 나이 들면 사람 마음도 쉬이 읽히는 모양이었다.

“소장을 넣었다고? 지긋지긋한 옥살이가 곧 끝날 모양이다. 네가 고생 많았다."

벌써 범이와 송 화원에게 무슨 말을 들었는지 인국은 많이 편안해 보였다.

"의금부에서 언제쯤 조사에 들어갈까요? 설마 소장을 빼돌리거나 없애지는 않겠지요?"

귀찮은 기색이 역력하던 종사관의 얼굴이 떠올라서 걱정스레 물었다.

"그런 일이 있으면 안 되지. 김 대감이 얽혀 있는 걸 그들도 알 테니 김 대감을 사건에서 빼내려고 장 화원 쪽으로 더 몰아갈 거다."

까칠한 얼굴에 생기까지 돌 만큼 인국은 확신에 차 있었다.

"억쇠 아저씨 말로는 낮에 화원 어르신께서 검계를 데리고 어딘가로 가셨다는데, 뭔 일일까요?"

"아마 박 대감을 만나러 갔을 테지. 그래 봐야 소용없겠지만…."

"박 대감님을요?"

박 대감이라면 장 화원이 때맞춰 그림을 상납하는 상전이었다. 그는 지금 임금을 낳은 수빈 박씨의 일가붙이였다. 순원왕후 가문인 안동 김씨가 모든 권세를 쥐락펴락하기 전까지 왕대비 수빈 박씨의 문중은 정순왕후의 수렴청정 기간 동안 안동 김씨와 손을 잡기도 하면서 꽤 오랫동안 세도가의 권세를 누렸다.

"박 대감이야 벌써 끈 떨어진 연일 텐데, 꽤나 다급했나 보군. 참, 김 대감에게 소장 넣은 일을 미리 알려 줘야 할 것 같구나. 의금부에서 조사에 들어가면 장 화원도 제 살 욕심에 김 대감을 끌어들일지도 모르고."

"김 대감님 뵈러 갈게요. 만약의 일이라도 미리 대비하면 좋죠."

인국은 의기양양해서 이번에는 김 대감이 자신을 모른다고 하지 않을 거라고 덧붙였다.

장동에 이르자 어느새 저녁놀이 골목 깊은 곳까지 붉게 물들이고 있었다. 열흘 말미를 약속한 그림은 아직 손도 대지 못했다. 애초에 김 대감도 내가 약속한 날에 그림을 그려 올 거라고 기대하지 않을 거라고 생각했다. 김 대감은 나, 아니 장 화원의 능력을 가늠하는 게 목적일 거라는 터무니없는 확신까지 들었다.

내내 호기롭던 마음은 막상 대문에 가까워지자 온데간데없이 사라졌다.

"어르신께서 만나지 않는다 하시지 않소. 그만 돌아가 주시오."

문 안에서 사내가 호통을 쳤다. 조금의 틈도 주지 않는 거친 목소리였다. 허겁지겁 대문 옆 담벼락 뒤에 바짝 몸을 붙였다.

"저를 만나 주시지 않는다면 어르신께도 결코 득될 게 없을 것이오."

협박조에 가까운 엄포였다. 분통 섞인 목소리는 장 화원의 것이 분명했다. 문 안의 사내와 장 화원이 팽팽하게 맞서는 형국은 꽤나 오래 계속된 모양이었다.

"어르신께서 그 따위 말에 눈이나 깜박하실 분 같소? 어르신을 협박하고 모함한 죄로 더 큰 고초를 당할 거라는 건 왜 모르는 지…. 참 딱한 양반일세그려."

사내는 장 화원의 엄포가 가소롭다는 듯 콧방귀를 뀌었다.

장 화원이 박 대감을 찾아갈 거라는 인국의 예상은 빗나갔다. 어쩌면 장 화원은 의금부에 소장이 들어간 사실을 알고 있을지도 모르겠다는 생각이 들었다. 그렇지 않고서야 득달같이 김 대감을 찾아올 이유 역시 없을 테고, 만나지 않겠다는 김 대감에 맞서 저렇게 입씨름을 할 필요도 없을 테니 말이다.

'대감께 무죄를 밝힐 수 있게 도와 달라는 청탁이라도 하려는 건가?'

그런 계산이라면 장 화원이 내밀 수 있는 협박거리는 많았다. 자신을 대신해 보낸 희선의 얼굴이 알려지면 김 대감에게도 피할 수 없는 불화살이 될 것이다. 그런 상황을 미리 예상했다면 장 화원이 해태 연적을 복숭아 연적으로 바꾸고, 부채로 희선의 얼굴을 가린 이유가 분명해진다.

"대감, 오늘 이 참담함을 결코 잊지 않겠습니다. 이것만은 기억해 주십시오. 결코 저 혼자만 당하지 않겠단 말입니다."

김 대감이 안에 있을 거라고 확신했는지 장 화원은 가시 돋친 목소리로 윽박질렀다.

"아직도 정신을 못 차렸구먼."

말이 떨어지기 무섭게 힘깨나 쓸 듯한 사내가 우악스럽게 장 화원을 땅바닥에 팽개쳤다. 나도 모르게 질끈 눈을 감았다. 장 화원 얼굴을 볼 엄두가 나지 않았다.

장 화원은 바닥에 널브러진 채 꼼짝도 하지 않았다. 잠시 후 고개를 든 그의 얼굴은 참담함과 노여움으로 흙빛이 돼 있었다. 휘청대며 일어선 장 화원은 힘없이 도포 자락을 털었다. 혹시나 가졌을 미련을 떨쳐 내려는 것처럼. 장 화원은 이내 허리를 꼿꼿하게 세우고 느긋한 걸음으로 골목길을 빠져나갔다. 아버지는 자존심 하나로 산다는 승재의 얼굴이 장 화원의 뒷모습에 겹쳐졌다.

"넌 또 누구냐?"

분이 풀리지 않았는지 사내가 된소리로 윽박질렀다.

"대감마님께서….."

사내의 어깨 너머로 열린 방문이 보였다.

"내가 부른 아이다. 들어오게 해라."

김 대감이 방문 밖으로 몸을 내밀고 말했다.

사내의 따가운 시선이 등 뒤에 따라붙었다. 김 대감의 눈썹이 꿈틀대자 사내가 못마땅한 얼굴로 댓돌 아래로 내려섰다.

"올 줄 알았다."

마치 기다리기라도 한 듯한 말투였다. 벌써 인국의 일을 다 알고 있다는 건가? 나의 자유로운 옥사 출입에 높은 사람의 입김이 있을 거라는 순두의 말이 퍼뜩 떠올랐다.

"들어오는 길에 화원 어르신을 뵀는데…. 영정 모사 때문인가요?"

김 대감이 장죽을 화로에 대고 소리 나게 두들겼다.

"저녁나절에 금부도사가 찾아와서 송 화원이 장 화원을 고발하는 소장을 냈다더구나. 너와도 관계가 있을 거라는 게 내 짐작인데 맞느냐?"

나랏일 하는 금부도사가 사적으로 김 대감에게 의금부 일을 고할 이유가 뭘까? 김 대감의 입김이 의금부 깊숙한 곳까지 닿아 있다는 게 새삼 놀라웠다.

김 대감이 의뭉스런 눈길로 나를 훑어보았다. 대낮에 발가벗겨진 기분이었다.

"며칠 전 화원 어르신의 수장고에서 아버지가 그린 계회도를 찾았는데…."

"음… 뭔가 있었던 게로군."

떠보듯 한마디 뱉고는 김 대감은 보료 위를 손가락으로 툭툭 두드렸다. 체통 때문인지 대놓고 묻지도 못하고 궁금한 기색만 드러냈다.

"예전에 본 아버지의 계회도가 아니었습니다."

"그자가 무슨 이유로 거짓 계회도를 숨겨 두었단 말이냐? 그걸로 나를 해코지하려고 했다는 말을 하고 싶은 거냐?"

김 대감은 화를 누르기라도 하듯 보료를 꽉 움켜쥐었다.

"아닙니다. 화원 어르신께서는 오히려 대감마님을 지키려고 했습니다. 화원 어르신이 왜 그랬는지는 아직 이해가 안 되지만요."

"그건 무슨 뚱딴지같은 말이냐?"

"제가 본 아버지의 계회도에는 대감께서 희선에게 준 해태 연적이 있었습니다. 저기 있는 연적과 똑같은 것이었습니다."

내가 눈짓으로 사방탁자를 가리키자 김 대감이 기묘하게 입꼬리를 말아 올렸다. 뭔가를 억지로 감추려는 듯한 어설픈 행동이었다.

"그래, 그 연적은 우리 집안의 것이 맞다. 희선이 나 대신 그곳에 갔다는 것도 맞고."

김 대감의 나지막한 목소리는 마치 멀리서 들려오는 듯했다.

'거짓 계회도를 만들어서라도 대감마님을 지키려고 하셨는데, 예까지 찾아온 화원 어르신을 내치셨단 말입니까?'

아무리 열 길 물속은 알아도 한 길 사람 속은 모른다지만, 김 대감의 속은 파도 파도 바닥이 보이지 않는 늪 같았다.

"사대부 된 자의 가장 큰 덕목은 지조라 할 수 있지. 신하는 두 임금을 섬기지 않고, 아랫사람은 윗사람에게 목숨을 다해 신의를 지켜야 하는 법이다."

지조라니? 김 대감의 앞뒤 없는 말에 헛웃음이 고였다.

'대감께서 말하는 지조라는 게 뭡니까? 더 높은 데 오르고, 더 많은 권력을 얻기 위해 안동 김씨 가문을 지켜 내는 것을 말하는 겁니까?'

나를 흘낏 보고는 김 대감이 다시 말을 이었다.

"장 화원이 박 대감의 사람이라는 건 도화서는 물론이고, 한양의 사대부라면 모르는 사람이 없지. 나를 위해 특별한 계회를 준비했으니 꼭 다녀가라는 장 화원의 전갈을 받았지만, 내가 부른다고 아무 데나 나다닐 만큼 한가한 사람도 아니고, 내 눈에 들자고 벌인 잔치라는 걸 뻔히 알면서 불쑥 나서는 것도 체면 구기는 일이었지. 마구잡이로 내칠 수도 없어 껄끄러운 터에 진즉부터 어진화사로 점찍어 둔 이 화원이 온다는 말에 슬쩍 마음이 흔들리더구나. 동태나 살필 겸 희선을 보낸 건데… 그 일로 이 화원은 허망하게 죽고, 송 화원도 실명했다는 소식을 들으니…."

김 대감 역시 곤혹스러운 듯 이마에 깊게 주름이 패었다.

'계회보다 장 화원의 수장고에 더 관심이 있었던 건 아니고요?'

김 대감의 의중을 떠보려고 불쑥 이렇게 물었다.

"이 모든 것이 화원 어르신께서 자초한 일이란 말씀이십니까?"

"난 그 사람이라고 말하지 않았다. 모임에 간 화원들만 변을 당한 게 묘하다는 뜻일 뿐이다. 어쩌면 이 일 뒤에 의외의 인물이 있을지도 모르지."

김 대감은 아리송한 말로 대답을 대신했다. 열일곱 살의 내가 맞서기에 김 대감은 너무 높은 벽이었다.

"아는 형님이 희선이 예쁘다는 말을 듣고 금화관에 갔는데 벌써 3년 전에 그곳을 떠났다고 하더랍니다. 기둥서방인가 하는 사내가 대감께서 면천시켜 준 것 같다고 해서 제가 당치 않은 일이라고 잘라 말했습니다."

생색내서 하는 내 말에 김 대감은 이내 낯빛을 바꾸었다.

"인국이라고 했던가? 지금 옥에 갇혀 있는 사람이?"

예전엔 이름조차 들어보지 못했다고 딱 잡아떼던 김 대감이었다.

"그 사람에게 그 계회에는 몸도 마음도 가지 않았다고 전해라."

"무슨 말씀이신지?"

처음부터 작정이라도 한 듯 김 대감은 불쑥 수수께끼 같은 말만 했다.

"배포만큼 재주도 쓸 만하니 이번 일이 해결되면 광일화원에서 나오는 것이 어떻겠느냐? 네가 원한다면 내 권세로 너를 조선 최고의 어진화사로 키워 줄 수도 있다."

선심이라도 쓰는 양 김 대감이 은근하게 말했다. 예상도 못 한 제안이었다. 김 대감 입가에 서린 웃음이 송충이처럼 몸에 달라붙었다.

진실의 이면

    며칠 뒤 식전 댓바람에 의금부 사람들이 몰려와 장 화원을 끌고 갔다. 이미 모든 것을 예상했다는 듯 장 화원은 포승줄에 묶이면서도 얼굴빛 하나 흐트러지지 않았다. 모든 것에 달관한 듯한 담담함이 섬뜩하기까지 했다. 화사들도 쑤군대기만 할 뿐 나졸들을 말리거나 무슨 연유냐고 따져 묻지 않았다. 뒤늦게 소식을 듣고 달려온 승재만이 나졸들을 막아섰다.

    "이게 모두 옥에 있는 거간꾼 놈과 네가 꾸민 짓이지?"

    골목 끝까지 뛰어갔다 되돌아온 승재는 다짜고짜 내 멱살을 잡았다. 핏발 선 승재의 두 눈이 원망과 분노로 이글거렸다.

    "그런다고 네 아버지가 살아오길 하냐? 너를 양자로 삼겠다는 화원 어르신의 은혜를 이런 식으로 갚다니 짐승도 그러진 않을 거다."

승재는 가끔 장 화원을 아버지가 아니라 '화원 어르신'이라고 불렀다. 그건 아버지 장 화원과 거리를 두고 싶을 때 나오는 말버릇이었다.

화가 가라앉을 때까지 승재가 하는 대로 가만히 있었다. 그렇게 견디는 것으로 승재의 마음이 풀릴 수 있다면 언제까지고 그럴 작정이었다. 어쨌든 장 화원을 의금부로 끌려가게 만든 일에 관여한 건 사실이니까.

"다 업보야, 업보. 모든 게 지은 대로 가는 게 세상 이치지."

김 화장이 눈알을 희번덕거렸다. 아무리 손바닥 뒤집듯 변하기 쉬운 게 사람 마음이라지만 이제까지 저를 거두어 준 사람 아닌가? 옆에 있는 화원들이 김 화장을 잔뜩 흘겨보았다.

일이 손에 잡히지 않았다. 도화서에 있는 민재가 화원에 온 것은 다음 날 아침이었다. 민재는 보자마자 장 화원이 나를 찾는다고 했다. 민재 말에 승재가 길길이 뛰었다.

"아들인 나는 나 몰라라 하고 배신자부터 찾다니, 역시 화원 어르신이야. 고양이 새끼인 줄 알고 키웠더니 호랑이 새끼였다는 걸 알았으니 지금쯤 땅을 치고 후회하시겠지."

승재가 마루에 주저앉으면서 있는 대로 비아냥댔다.

"꼭 가야겠냐?"

억쇠 아저씨가 걱정스럽게 물었다.

"어쨌든 저를 거두어 주신 어른이에요. 무슨 말씀이든 들어 드리는 게 도리인 것 같아요."

"뭐, 도리? 그런 말 내뱉으면서 찔리는 구석도 없냐?"

승재가 내 어깨를 잡고 사정없이 흔들었다. 승재의 눈자위가 이내 붉어졌다.

"같이 가자."

"거길 내가 왜 가?"

승재가 내게 바짝 얼굴을 들이밀었다. 단내가 훅 끼쳤다.

"너도 화원 어르신 뵙고 싶을 거 아냐? 나 같은 건 나중에 손을 보든 두들겨 패든 해도 되잖아."

승재 손에서 슬며시 힘이 빠졌다. 말과는 달리 승재가 먼저 대문을 뛰쳐나갔다.

육조 거리가 눈앞으로 다가왔다. 승재는 가는 내내 한 번도 뒤돌아보지 않았다. 제 속을 들키고 싶지 않을 테지. 뛰다시피 해서 승재 옆에 섰다.

"미안해, 나도 어쩔 수 없었어. 형님을 억울하게 죽게 할 수는 없으니까."

승재는 나를 흘낏 쳐다보고는 고개를 떨궜다. 금방 비라도 흩뿌릴 듯 하늘이 잔뜩 흐렸다. 장마철이 가까워졌는지 꿉꿉한 냄새가 오늘따라 유난히 역했다.

"넌 우리 아버지가 네 아버지를 돌아가시게 했다고 믿지?"

"모든 증거가 그렇다고 말하니까…."

나는 낯빛을 들키지 않으려고 눈에 힘을 주었다. 무슨 말을 해도 승재 마음을 달랠 수 없을 테고, 승재에게는 의미 없는 말일 뿐이었다.

"나는 인국 형님이 살인범이 아니라는 것을 밝히고 싶었을 뿐이야. 아버지가 돌아가신 후로 인국 형님은 나한테 아버지 같은 분이었다는 건 너도 알지? 화원 어르신에 대해서는 별다른 원한 없어. 나를 거둬 주셨고, 네가 믿을지 모르겠지만 화원으로서 어르신을 존경해."

"존경? 입에 발린 소리 하지 마. 그런 놈이 아버지를 잡아들이는 일에 앞장섰다고! 너는 그 거간꾼이 진짜 좋은 사람이라고 어떻게 확신하지?"

악에 받친 듯 승재의 눈이 번들거렸다.

"그사이 내게 해 준 게 얼마나 많은데…. 그런 건 마음으로 느껴지는 거지 어떻게 말로 설명하냐?"

"네가 거간꾼의 무죄를 믿는 만큼 나도 우리 아버지가 살인범이 아니라는 걸 확신해."

그 말 끝에 승재는 단단히 입을 다물었다. 그 말은 분명 거짓이 아닐 것이다. 승재에게 아버지 장 화원은 하늘이고 임금이었다. 입만 벙긋하면 '우리 아버지가….' '이번에 우리 아버지가….' 그랬다. 그런 승재가 이렇게 변하게 된 건 장 화원 입에서 나를 양자 삼겠다는 말이 나오면서부터였다. 그전까지만 해도 승재와 나는 또래들이 그렇듯 마음이 통하는 동무였다.

"우리 아버지가 널 왜 찾았을 거라고 생각해? 당신이 절대 살인자가 아니라는 걸 확실히 밝히려고 그러신다는 거에 내 오른손을 건다."

승재는 말끝에 오른손을 내 앞으로 내밀었다. 오른손을 걸겠다는 건 화사의 전부를 건다는 말이었다. 살인자라고 판명 났는데도 아버지를 믿는다는 승재가 부러웠다.

'나도 그랬으면 좋겠어. 인국 형님도 아니고, 화원 어르신도 아니고. 차라리 검계였으면 좋겠다고!'

물 먹은 솜뭉치처럼 몸이 자꾸만 아래로 까부라졌다.

옥졸이 승재 앞을 가로막아 섰다. 장 화원 아들이라는 말에 옥졸은 애꿎은 방망이만 들었다 놨다 하더니 나를 구석으로 끌고 갔다.

"장 화원이라는 사람, 진짜 무섭고 독하더라. 어제 추국이 있었나 본데 끝까지 죄가 없다며 버텼다고 하더라. 몸이 많이 상했을 텐데, 저 아이에게 안 보여 주는 게 좋을 것 같구나. 아비가 그리된 걸 보면 젊은 혈기에 뭔 일을 벌일지도 모르고."

옥졸이 고갯짓으로 승재를 가리켰다. 그러고는 빗장을 열고 들어가라는 손짓을 했다.

"승재야, 들어가자."

승재는 고개를 푹 숙인 채 신발로 흙바닥을 찰 뿐 꼼짝도 안 했다.

"너나 들어가."

옥졸이 한 말을 듣기나 한 듯 힘없는 목소리였다.

"왜? 어르신 안 뵐 거야?"

"아버지가 날 보면 놀라실 거야. 추국이 있었으면 몰골이 엉망일 텐데, 자식에게 그런 모습을 보이고 싶지 않으실 거야. 자존심 하나로 평생 살아오신 분이잖아."

승재는 웃었지만 내 눈엔 우는 것처럼 보였다.

"얼른 들어가 봐라. 제일 끝 방이다."

옥졸이 재촉하듯 등을 밀었다. 한쪽 발은 무거웠고, 또 다른 발은 족쇄를 벗은 것처럼 홀가분했다. 어떻게 한 마음에서 두 감정이 일어나는지 모르겠다.

이제는 익숙해질 만도 한데 옥 안은 불쾌한 냄새로 숨쉬기조차 힘들었다. 문이 덜컥대자 죄수 몇이 고개를 삐죽 내밀고 휘파람을 불었다.

장 화원이 잡혀가던 날 저녁 인국 역시 의금부로 옮겼다는 말을 순두에게 들었다. 포도청 관원들이 앓던 이 빠진 듯 시원해 했다며 말끝에 순두가 히죽거렸다. 어차피 아버지 살해범을 가리는 동일 사건이니 이상할 것도 없었다.

문 안쪽에 있는 인국의 방을 지나야 장 화원을 만날 수 있었다. 잠깐 눈이 마주쳤지만 인국이 먼저 고개를 돌렸다.

"쟤가 고소장을 냈다는 그 아이 맞지?"

"그럴 걸. 저 아이 덕분에 옆방 거간꾼은 곧 풀려날 거라던데."

원하던 일이었지만 이런 수런거림은 불편했다. 내 몸에 꽂히는 시선이 박힌 가시처럼 따끔거렸다.

"화원 어르신, 저 왔습니다."

장 화원은 숨이 끊긴 짐승처럼 쓰러져 있었다. 같은 방 죄수가 한참 등을 흔들고 나서야 장 화원은 힘겹게 고개를 들었다. 장 화원 얼굴을 보는 순간 나도 모르게 신음 소리를 삼켰다. 얼굴은 피칠갑으로 참혹했고, 눈두덩은 찢기고 터져 있었다. 끝까지 무죄를 고집하는 장 화원에게 쏟아졌을 매질이 얼마나 지독했을지 안 봐도 짐작이 갔다. 터진 입술과 시퍼렇게 멍든 목 언저리, 눈을 파묻어 버린 눈두덩, 승재가 안 보길 다행이다 싶었다. 간신히 나를 쳐다보는 장 화원 눈에 물기가 어른거렸다.

"네 아버지 일을 사과하고 싶어 불렀다. 어쨌든 내가 네 아버지를 부르지만 않았어도 그런 일이 벌어지지 않았을 텐데…."

장 화원 목소리가 가늘게 떨렸다. 매 앞에 장사 없다더니 모진 매가 장 화원 마음을 흔든 것일까? 화사들을 닦달하고 지전 사람들을 종놈 취급하며 거들먹대던 장 화원 모습은 온데간데없었다.

"이제 와서 그런 사과가 무슨 소용 있겠습니까?"

"그나마 정신이 온전할 때 미안하다는 말을 하고 싶었다. 오늘이 어쩌면 마지막일지도 모르지 않느냐?"

장 화원의 눈가가 축축해졌다.

"마지막이라니, 그런 말씀은 듣기 거북합니다. 저도 화원 어르신이 제 아버지를 돌아가시게 했다고 믿지 않습니다. 하지만 이 화원 어르신과 송 화원 어르신을 그렇게 만든 사람이 화원 어르신이라는 생각에는 변함없습니다."

고개를 떨군 장 화원 정수리에 피딱지가 엉겨 붙어 있었다.

"이 화원을 그렇게 죽게 만든 건 나지만 처음부터 그럴 생각은 없었다. 이 화원이 내게 그런 모멸감만 주지 않았더라면…. 아니다. 그 사람 말이 틀린 것도 아닌데, 그렇게 못나게 굴 필요는 없었던 건데…."

"전후 사정이야 어찌 됐든 화원 어르신께서 그렇게 하신 건 맞군요."

치도곤을 당하면서도 자기 죄를 끝까지 자백하지 않던 장 화원이었다. 그런 그가 내 앞에서 선선히 죄를 인정했다. 장 화원답지 않은 일이었다. 마음만 있다면 수장고를 열고 살길을 찾았을 그였다. 돈이면 안 되는 게 없는 세상이었다.

"그날 이 화원에게 화원의 절반을 줄 테니 김 대감한테 어진화사로 나를 천거해 달라고 부탁했다. 그때는 김 대감이 어진화사로 마음에 둔 사람이 이 화원이라고는 꿈에도 생각하지 못했으니까. 그 사람이야 조선 최고의 화원이니 누가 추천하든 어진화사가 되겠지만, 나 같은 사람은 김 대감 같은 세도 가문의 힘이 아니면 추천 명부에 이름도 올리지 못하니까…."

채 말을 끝내지도 못하고 장 화원은 밭은기침을 쏟아 냈다. 검붉은 피가 입 언저리를 타고 흘렀다.

"그런다고 이 화원을 죽일 것까지는 없었잖아요?"

"내 제안을 받아들이지 않으면 목숨을 내놓아야 할 거라고 협박만 하려 했는데, 이 화원이 김 대감에게 모두 고해바치겠다고 되레 내 목을 조여 오더구나. 순간 5대째 이어오던 화원 가문이 내 대에서 끝날지도 모른다는 생각이 들자 눈앞에 보이는 게 없더라. 그의 목을 졸랐지. 반항도 만만치 않아 엎치락뒤치락한 것까지는 기억이 나는데, 내가 정신을 차렸을 때는 이 화원이… 뒷걸음질치다 돌멩이에 머리를 찧었는지 꼼짝도 않더구나. 무서웠다. 그 길로 도망치듯 집으로 돌아왔지. 다음 날 이 화원 집에 다녀온 청지기가 이 화원이 정신을 차렸다고 해서 괜찮은 줄 알았다."

장 화원의 말소리가 공기 중으로 흩어졌다.

인국은 이 화원이 장 화원이 보낸 검계의 손에 죽었다고 했다. 장 화원이 거짓말을 하고 있다는 건가? 도통 갈피를 잡을 수 없었다.

"그럼 이 화원 어르신은 언제 돌아가신 건가요?"

"보름 뒤엔가, 검계 하나가 나를 찾아왔더구나. 이 화원이 시름시름 앓다가 죽었고, 집안이 풍비박산 나서 부인과 딸은 노비로 팔려 갔고, 아들은 행방불명이라고. 이 화원이 그렇게 된 것은 모두 내 탓이라고 협박하더구나. 난 이 화원 죽음에는 아무 죄가 없다고 버텼지. 그랬더니 자기네들이 이 화원과 내가 다투는 것을 보았다고 나서는 데는 달리 방도가 없더구나. 어쨌든 이 화원을 밀친 것은 나였고, 그 일로 세상을 떴으니 내가 죽인 거나 마찬가지라고."

장 화원은 실수든, 계획된 살인이든 월이 아버지 이 화원을 죽인 게 자신이라고 시인했다. 세상 모든 것을 내려놓으면 장 화원처럼 담대해지는 걸까?

"이 화원이 그렇게 가고 난 뒤에 어떻게든 속죄하고 싶었다. 면천세를 내고 월이를 내 집에 들인 걸로는 턱도 없는 일이겠지만 그거라도 해야 마음의 짐을 덜 것 같았지. 그 일을 겪고 나니 어진 화사가 되겠다는 욕심도 부질없더구나. 화사로는 재주가 부족하지만 화원 가문의 명맥은 지켜야겠다 싶어 화원을 키우는 데 온 힘을 쏟았는데…."

생각해 보면 지전들이 즐비한 광통교에 서화 가게를 처음 연 것도 장 화원이었다. 놀라운 장사 수완으로 장 화원의 가게가 광통교에서 손님이 가장 많은 점포가 되는 데는 1년도 채 걸리지 않았다.

"범이 아버지 송 화원이 실명한 것도 화원 어르신께서 그러신 겁니까?"

"그건 절대 아니다. 나도 송 화원이 그리됐다는 말을 듣고 어찌나 놀랐던지."

장 화원은 내 말을 완강하게 부인했다.

"그분은 화원 어르신과 만난 다음 날 아침에 깨어났더니 앞이 안 보였다고 말씀하셨습니다."

"그날 같이 술을 마신 건 사실이다. 하지만 그런 짓은 하지 않았다. 다음 날 아침에 놀라 금화관에 달려갔더니 행랑어멈이 밤새 인국이 다녀갔다는 말을 하더구나."

장 화원은 송 화원을 실명하게 만든 장본인이 인국이라고 말하고 싶은 것인가? 장 화원 말은 앞뒤가 맞지 않는 궁색한 변명이었다.

"말도 안 됩니다. 무슨 이유로 인국 형님이 안면도 없는 송 화원 어른께 그런 짓을 합니까?"

감옥 안이라는 것도 잊은 채 나도 모르게 큰소리를 냈다. 더 이상 장 화원 말을 들어 줄 수가 없었다. 이 화원 죽음에도 죄가 없다 발뺌하더니, 송 화원의 실명도 자기가 한 짓이 아니라고 우기는 장 화원에게 속엣불이 났다.

"인국이 송 화원을 모른다고? 김 대감을 모셔 올 수 있다면서 계회를 열라고 한 게 인국인데 어떻게 모를 수가 있느냐?"

"네? 인국 형님이 그 계회를 주선했다고요?"

"그래. 자리만 만들라고 했더니 기어코 참석하겠다고 우겨서 말리지 않았다. 약속과는 달리 김 대감 대신 희선이 왔고, 내가 일이 잘못된 거냐고 따졌더니 희선이 김 대감 대신이라고 되레 큰소리를 치더구나."

"믿을 수가 없어요. 송 화원 말씀은 처음 보는 곱상한 젊은 화사였다고 그랬는데, 형님은…."

나와는 달리 장 화원 눈빛은 점점 냉정을 되찾아 갔다.

"나도 인국을 다시 봤을 때 무척 놀랐다. 몸집도 많이 불고, 인상이 달라져서 몰라보겠더구나. 이마에 커다란 칼자국까지 생기고 말이야. 서화 거간꾼이 되겠다면서 그림에 아주 뛰어난 아이 하나를 거둬 달라고 하더군. 그게 바로 너였다."

등에 소름이 돋았다. 누군가 날 선 송곳을 내리꽂는 것 같았다.

"그럼 인국 형님이 저를 알고 있었다는 말이잖아요. 우리 아버지가 그 계회도를 그린 사람이라는 것도요."

"그랬겠지. 계회도가 있다는 말도 인국한테서 들은 거니까."

혼란스러웠다. 인국이 진즉부터 나를 알고 있었다니? 인국은 한 번도 그런 내색을 하지 않았다. 오히려 인국은 이 모든 일을 장 화원이 꾸몄다면서 나를 여기까지 끌고 오지 않았는가. 머릿속이 뒤죽박죽, 혼란스러웠다.

"인국이 계회도를 없애면 그간의 불미스러운 일을 덮을 수 있을 거라고 하더군. 김 대감도 어쨌든 이 일에 연루돼 있으니 내가 그걸 없애 주면 김 대감의 마음을 다시 얻을 수 있을지도 모르겠다며 나를 설득하더구나. 그 말을 들으니 다시 욕심이 생기더군. 어진 제작이 이듬해에 있을 테니, 계회도를 들이밀면 김 대감도 어쩔 수 없이 나를 어진화사로 천거할 수밖에 없을 거라는…. 지금 생각해 보니 그런 욕심이 이 사단을 일으킨 것 같아 후회하고, 또 후회하고 있다."

"아무리 그래도 계회도를 그린 게 무슨 죄라고 제 아버지를 죽인 겁니까?"

장 화원의 대답이 궁금했다. 아버지는 지전의 품팔이 배달꾼이었고, 계회도를 그리는 낙으로 살던 이름 없는 화사일 뿐이었다. 그날 아침, 장 화원이 찾는다며 전에 없이 들떠 있던 아버지 모습이 선했다.

"난 죽이지 않았다. 사람을 시켜 계회도를 가져오라고만 했지."

"새벽에 왔던 그 검계군요?"

장 화원이 고개를 끄덕였다. 어쩌면 그 검계가 이 화원 일로 장 화원을 협박했다는 그 사람일지도 모른다는 생각이 퍼뜩 들었다. 장 화원은 숨을 가다듬고 평온한 얼굴로 말을 이어갔다.

"하지만 빈손으로 돌아왔더구나. 검계 말이 계회도를 손에 넣는 순간 몽둥이를 맞고 정신을 잃었다고. 일어나 보니 계회도는 없고, 네 아버지가 칼을 맞고 쓰러져 있어 거기 있다가는 죄를 뒤집어쓰겠다 싶어 내쳐 도망쳐 왔다고 말이다. 다음 날 아침에야 네 아버지가 돌아가셨다는 말을 들었다."

"그 사람이 거짓말을 했을 수도 있잖아요. 아버지 가슴에 검계의 칼이 꽂혀 있었다고요."

눈에 불이 일고 가슴이 홧홧했다. 창살만 없다면 장 화원에게 달려들었을 것이다.

"네 아비의 가슴에 있던 칼은 검계의 것일 수도 있겠지. 칼이야

구하려고 들면 어려운 일도 아니니까. 하지만 잘 생각해 봐라. 네 아비를 만나기로 한 건 구리개였는데, 네 아비의 시체는 광통교에서 발견된 걸 말이다. 아무리 힘센 검계라도 시신을 둘러메고 그렇게 먼 길을 순라꾼 눈에 띄지 않고 옮긴다는 게 가능할 거라고 생각하느냐?"

살해된 뒤 시신이 옮겨졌다는 이 의원 말이 아프게 가슴을 쳤다.

"어르신이 아니라면 진짜 살인범이 누구란 말입니까?"

"계회도를 가져간 사람이겠지."

장 화원은 그 말을 뱉고는 눈을 감았다. 장 화원 말이 사실이라면 아버지가 그린 계회도는 아직도 세상 어딘가에 있다는 게 아닌가? 그것은 수장고에 있는 계회도를 그린 사람이 따로 있다는 말이기도 했다. 끝까지 장 화원은 계회도를 가져간 사람을 말하지 않았다.

"진수야, 만수를 그린 네 그림을 보았을 때 꼭 네 아비를 본 것 같았다. 인국이 너를 받아 달라고 했을 때 망설이지 않은 것도 그런 이유였다. 얄팍하게도 네 아비에게 지은 죄를 씻을 수 있겠다는 생각이 들더구나. 시간이 갈수록 네 재주가 아까워서 너를 내 아들로 삼아 네 재주를 만천하에 떨치게 해 주고 싶었다. 이제는 한 치 앞을 내다볼 수 없는 처지가 됐다만."

장 화원은 문득 말을 끊었다. 옅은 숨소리와 함께 장 화원의 몸이 움츠러들었다.

"지금 와서 이런 말이 다 무슨 소용이 있겠느냐. 네가 인국의 무죄를 밝히겠다고 뛰어다니는 걸 알았지만 막지 않았다. 모든 게 다 내 욕심이고, 내가 뿌린 씨앗이니…. 차라리 이번 일로 모든 일이 다 드러나기를 바랐는지도 모르겠구나. 진수야, 네 아비는 그림이 어떻게 쓰여야 하는지를 아는 훌륭한 화공이었다. 양반들 욕심을 채우는 도구나 돈벌이 수단이 아닌, 진짜 그림은 보는 사람이 즐거워야 하고, 그 사람의 마음과 생각을 담아야 한다는 걸 말이다."

장 화원은 마지막 말에 남은 힘을 다 쏟는 것 같았다.

흐릿한 햇살이 창살을 넘어들었다. 장 화원은 마지막 햇살을 눈에 담으려는 듯 몸을 비스듬히 구부렸다. 힘겹게 신음 소리를 삼키는 모습에 눈앞이 뿌얘졌다. 그동안의 일이 열두 폭 그림처럼 머릿속을 지나갔다. 장 화원에게 들은 모든 말이 거짓이라고 믿고 싶었다. 아니 거짓이어야 했다.

'어르신 말씀을 믿을 수 없어요. 아니 믿지 않을 겁니다. 제게 인국 형님은 아버지요, 형 같은 사람입니다. 인국 형님은 절대 그럴 사람이 아니란 말입니다.'

나는 세차게 머리를 흔들었다. 그렇게 해서라도 장 화원에게 들은 말을 모두 지워 버리고 싶었다.

"밖에 있는 승재에게 아비처럼 바보같이 살지 말라고 해 다오. 그리고 내 아들로 태어나 줘서 고맙다고 대신 전해 주면 좋겠구나."

장 화원은 승재가 바깥에 와 있다는 것을 알고 있기나 한 듯이 말했다. 너무나 담담한 말투여서 멀리서 들리는 듯 아득했다. 죄인이지만 아들에게는 아버지로 기억되고 싶은 것일까? 3년 전 아버지도 마지막 숨을 놓으면서 나를 떠올렸을까? 무거운 공기만큼 마음이 무거웠다.

"그런 말씀을 왜 제게 하십니까? 나중에 어르신께서 직접 하십시오. 승재도 그걸 원할 겁니다."

나는 빠르게 말하고 발길을 돌렸다. 장 화원의 퀭한 눈길이 발목을 잡을 것 같았기 때문이었다.

"저 사람이 너를 기다리는 눈치던데 그냥 가는 거냐?"

죄수 몇이 창살 틈으로 얼굴을 대고 소리쳤다. 비척대는 걸음으로 옥사를 빠져나왔다. 이렇게 복잡한 기분으로는 인국의 얼굴을 마주할 자신이 없었다.

마당을 왔다 갔다 하던 승재가 나를 보고는 득달같이 달려왔다.

"어때, 우리 아버지 많이 힘들어 보이지 않아?"

승재 얼굴이 희미해지는가 싶더니 무릎이 푹 꺾였다. 승재가 재빨리 나를 끌어안았다. 결코 알고 싶지 않은, 무서운 진실들이 나를 휘청거리게 했다.

"우리 아버지가 네 아버지를 죽인 게 아니라고 하셨지? 그럼 됐어. 빨리 집에 가자. 어머니한테 아버지는 무사할 거라고 전해 드려야겠어."

승재는 내 말 따위는 들을 생각조차 않고 다짜고짜 내 손을 잡아끌었다. 승재를 보는 게 힘들어 자꾸만 걸음이 뒤쳐졌다. 어느새 먹장구름이 육조 거리를 뒤덮었다.

"화원 어르신께서는 네가 훌륭한 화사가 될 거라고 하시더라."

무슨 마음으로 그런 말을 했는지 모르겠다. 그냥 장 화원이 그 말을 하고 싶었으리라는 생각이 들었다.

"정말? 아버지께서 나오시면 제대로 내 실력을 보여 줘야겠네."

해맑은 승재를 보니 가슴이 저릿했다. 승재만큼은 장 화원과 우리 아버지, 인국과의 엇나간 인연을 몰랐으면 싶었다.

"우리 아버지, 욕심 많은 건 사실이지만 사람을 해칠 만큼 냉혹한 분은 아냐. 평생 화원 가문을 지켜야 한다는 책임감에 짓눌려 살아온 불쌍한 분이야. 그런데 너 그거 아냐?"

"뭘?"

"지금은 그림 재주로 대접받는 시대가 아니라는 거."

그 말에 가슴이 철렁했다. 아버지의 위세만 믿고 천방지축 나대는 철부지인 줄만 알았는데 승재는 심지 단단한 아이로 달라져 있었다.

"권세나 돈 많은 사대부들일수록 누가 더 비싼 그림을 많이 가지고 있나 경쟁을 벌이지. 아버지는 어느 가문과 손잡아야 할지로 늘 위험한 줄타기를 하셨던 것 같아. 아마 평생 노심초사하며 사셨을 거야."

울음을 참아 내듯 승재가 입술을 깨물었다. 고개를 돌리는 짧은 순간 승재의 눈물을 보았다.

"네가 그런 생각을 하는 걸 알면 화원 어르신께서 무척 기뻐하실 거야."

승재가 어색하게 어깨를 들썩였다.

거리의 화사

금부도사의 전갈을 들고 온 의금부 나장이 지난밤 장 화원이 목을 맸다는 말을 하고는 황급히 돌아갔다. 내가 옥에 다녀온 다음 날 일이었다. 장 화원은 자기의 무고함을 죽음으로 보여 주겠다는 말과, 광일화원을 민재에게 부탁한다는 유언을 남겼다. 순식간에 집 안은 통곡 소리로 가득 찼다.

장 화원이 스스로 목숨을 끊었다는 말에 인국 역시 입을 다물지 못했다.

"누가 먼저 싸움을 시작했는데 이렇게 포기하다니. 정말 끝까지 모진 양반이군."

돌아서는 등 뒤에서 인국의 중얼거림이 들려왔다.

인국이 출소하는 날, 뜬눈으로 밤을 새웠다. 의금부 앞에는 범이와 순두가 먼저 와 있었다.

"형님은?"

간신히 그 말을 하고 턱밑까지 찬 숨을 몰아쉬었다.

"옥졸 말이 누가 와서 데려갔대."

범이의 말에 순두가 힘없이 고개를 끄덕였다.

"어디로, 누가?"

마른하늘에 날벼락이었다. 다리에서 힘이 쑥 빠져나갔다. 인국은 도대체 어디로 간 걸까? 왠지 인국이 나를 피한다는 느낌을 지울 수 없었다. 장 화원을 보러 간 날, 인국을 만나지 않은 게 후회스러웠다. 인국을 다시 만나지 못할지도 모른다는 불안감이 몰려왔다.

"그야 모르지. 아무리 감옥이 지옥 같았다 해도 그렇지 어떻게 너도 안 보고 가냐? 진짜 이해가 안 돼. 생각해 보니 요즘 인국 형님은 예전 우리가 알던 사람이 아닌 것 같아. 나만 그런가."

입을 삐죽이며 순두가 불퉁거렸다.

"우리 아버지께서도 이상한 말씀을 하시더라고. 인국 아재를 만나고 온 날, 아재 목소리가 우리를 반촌에 보낸 그 사람 목소리라는 거야. 그런데 그게 말이 돼? 아버지가 뭔가 단단히 착각하신 걸 거야. 그때 내가 본 사람하고 인국 아재는 완전 딴판이었거든."

범이도 그럴 리 없다며 순두 입을 막았다. 순두는 포도청으로 가고, 범이와는 보신각 앞에서 헤어졌다. 화원으로 돌아오는 내내 낯선 발걸음이 뒤를 밟는 것 같았다. 숨이 턱에 차도록 달리고 달렸다.

의금부에서는 더 이상 수사할 의미가 없어졌다는 이유로 사건을 접었다. 외지부 김씨도 장동 김 대감이 사건에 연루돼 있다는 것을 알고 장 화원의 자살로 모든 것을 덮는 것으로 부랴부랴 고발장을 처리했다는 말을 전했다.

진범이 밝혀지지도 않았는데 한 사람은 죽고, 또 한 사람은 사라졌다. 그게 겨우 두 달 안에 벌어진 일이라는 게 믿기지 않았다. 더는 다친 사람이 없고 광일화원이 무사한 것만도 다행이라면 다행이었다.

장 화원 장례식은 예상했던 것보다 성대하게 치러졌다. 장 화원이 억울하게 죽었다는 소문이 사람들의 동정을 산 것도 한몫했다.

한 달도 안 돼 장 화원이 목숨처럼 아끼던 수장고의 그림들은 소리 소문 없이 김 대감과 박 대감의 수중에 들어갔다.

월이가 이 화원의 딸이라는 것을 알고 나서도 승재의 애틋한 시선은 줄어들지 않았다. 가을에 있을 도화서 시험을 준비한다는 구실로 승재는 견평방* 근처에 따로 방을 얻었다. 범이가 월이에게 관심 있다는 것을 알고 승재는 한사코 같이 그림 공부를 하자며 범이에게 들러붙었다. 아버지 때문에 망설이던 범이가 반촌 살림

---

* 지금의 서울시 중구 공평동.

을 접는 데 도움을 준 것은 민재였다. 그 역시 민재에게 남긴 장 화원의 유언이었다. 장례가 끝난 후 민재는 도화서를 나와 청지기인 외삼촌과 함께 광일화원 일을 도맡았다. 아무 일도 없었다는 듯 모든 것이 다시 일상으로 돌아갔다.

"아버지께서 돌아가시면서 너를 신신당부하셨다. 네가 원하면 우리 가문 사람으로 받아 주라는 말씀도 하셨고."

민재에게 거절의 뜻을 분명하게 밝혔다. 처음부터 장 화원의 일족이 될 생각 따윈 없었다. 이제야 조금씩 아버지를 이해하게 됐는데, 승재와 형제의 연을 맺는다는 건 말도 안 되는 일이었다.

다시 만난 민재는 승재와 함께 그림 공부를 하는 게 어떻겠느냐고, 그 정도는 받아 줄 수 있지 않느냐고 넌지시 운을 뗐다. 하지만 넙죽 받아들일 수 없었다. 장 화원 죽음에 어떤 식으로든 엮여 있다는 죄책감에서 자유로울 수 없었다.

그 후 민재는 다시 그 말을 꺼내지 않았다. 예전처럼 모사가로 살겠다고 하자 민재는 좋은 일거리를 자주 물어다 주었다. 예전처럼 남의 그림을 베끼는 일이 즐겁지 않다는 게 변화라면 변화랄까. 그때마다 계회도 일거리를 기다리는 내 모습에 흠칫 놀랐다.

"네 그림 재주는 대물림이니 네 아비에게 평생 고마워하며 살아야 한다. 네 아버지는 무엇을 위해 그림을 그려야 하는지를 아는 훌륭한 화공이었다. 한 번도 나를 찾지 않던 네 아비가 선뜻 계회도를 들고 찾아오겠다는 이유가 혹시 너 때문이었을지도 모른다는 생각을 잠시 한 적이 있구나."

장 화원 말이 떠오를 때마다 가슴 한편에 쓴웃음이 고였다.

무슨 이유에서인지 계회도를 그려 달라는 주문도 늘어났다. 포도청 포졸들이 여기저기 소문을 낸 모양이었다. 나졸들의 모임, 아전들의 동기 모임, 회갑연, 기로회까지 쫓아다녔다. 계회도를 손에든 사람들은 다들 행복해 보였다. 그것도 새롭게 알게 된 즐거움이었다. 집안일은 내팽개치고 계회를 쫓아다니던 아버지의 마음이지금의 나 같았을까? 자꾸 아버지의 웃음을 떠올리는 내가 어이없었다.

한 달 뒤 김 대감이 사람을 보내 나를 찾았다. 장 화원의 죽음 이후 원하던 수장품까지 챙겼으니 더 이상 나를 찾을 이유가 없었다.

김 대감은 그사이 볼살이 더 늘어졌고, 방 안을 채우고 있던 그림과 도자기 들도 대부분 새것으로 바뀌어 있었다. 장 화원의 수장고에서 보았던 것들도 눈에 띄었다. 보고도 못 본 척, 불편한 심기를 애써 다잡았다.

"아무래도 영정 모사는 없던 일로 해야겠다. 섭섭하지 않으냐?"

"아닙니다. 제가 아무리 완벽하게 모사한다 한들 변상벽 어른의그림을 베끼는 것에 불과한 걸요. 장황사에게 부탁해서 오래 보관할 수 있는 다른 방법을 찾는 게 나을 것 같습니다."

"옳은 말이다. 변 화원이 갖지 못한 시간이 있다고 호기를 부리던… 네 배짱이 마음에 들어 어찌 나오나 의중을 떠보려던 것이기도 했다."

김 대감은 못다 한 말이 있는지 입 주위가 연신 실룩거렸다. 한참 만에 김 대감이 입을 뗐다.

"이제 내 사람이 돼 보면 어떻겠느냐?"

김 대감의 목소리는 더없이 은근했다. 지난번에 했던 말을 다시 꺼내는 이유가 뭘까 짚어 보려고 이리저리 머리를 굴렸다.

대감의 사람이 된다는 것은 대감이 원하는 그림을 그린다는 것이고, 대감의 권세를 키우고 지키는 데 기꺼이 손발이 되겠다는 것이다. 김 대감의 제안을 받아들인다면, 화사라면 누구나 꿈꾸는 장안의 최고 화원, 아니 이 나라 최고의 어진화사가 될지도 모른다. 어머니 약값을 걱정하지 않아도 되고, 끼니 걱정 없이 지금과는 비교도 안 될 만큼 풍족하게 살 수 있을 것이다. 그런 유혹이 잠시 나를 휘청이게 했다.

"전 도화서 화원도 아니고 거리의 화사일 뿐인 걸요. 대감마님의 이름에 누만 끼칠 겁니다."

내 말에 김 대감의 눈꼬리가 말려 올라갔다.

"너는 어찌 스스로를 하찮게 여기는지 모르겠구나. 지금의 네 힘으로는 세상의 털끝 하나 어쩌지 못하지만 내가 너에게 힘을 실어 준다면 얘기가 달라지지 않겠느냐? 너를 부탁한 사람도 있고… 생각이 바뀌면 언제든지 오너라. 너무 오래 걸리지 않았으면 좋겠다만."

아무리 재주가 넘쳐도 그것만으로는 세상을 가질 수 없으니, 든 든한 울타리가 필요하지 않겠느냐는 말로 내 발목을 잡으려는 속 셈이었다. 김 대감은 내 머뭇거림을 어리숙한 풋내기의 허세쯤으로 여기는 눈치였다.

방을 나오자, 행랑아범이 나를 낚아채듯 잡아끌었다. 밖에서 한 참을 기다렸는지 행랑아범 입이 잔뜩 불어 있었다.

"왜 그러세요?"

"널 기다리는 분이 있다니까."

행랑아범은 잔말 말고 따라오라며 한껏 인상을 썼다. 빠른 걸음 을 쫓느라 부지런히 발을 놀렸다. 궁궐 같은 사랑채와 족히 열 칸 은 될 듯한 행랑채를 지나니 마치 작은 산과 호수를 옮겨놓은 것 같은 너른 후원(後園)이 나왔다. 보지는 못했지만 창덕궁 안 후원 (後苑)이 이렇지 않을까 싶을 만큼 대단했다. 2층 누각에서는 금방 이라도 선비들의 시 읊는 소리와 기생들의 거문고 소리가 들려올 것 같았다. 팔뚝만 한 잉어들이 헤엄치고 있는 연못에 넋을 놓고 있었던지 앞서 가던 행랑아범이 달려와 옆구리를 찔렀다.

담을 따라 걷다 보니 다시 작은 문이 앞을 막아섰다. 문 앞부터 박석이 깔린 좁은 길을 따라가니 넓은 마당이 나왔다. 마당 주변엔 사철나무와 영산홍이 촘촘하게 심어져 있었다.

검은색 도포에 갓을 쓴 사내 하나가 문 앞을 지키고 서 있었다. 인기척을 느낀 그가 고개를 돌렸을 때 내 눈을 의심했다. 봄날 새벽 장 화원 집에서 먼발치로 보았던 검계와 닮아서였다. 나와 눈이 마주치자 험상궂은 얼굴로 툴툴댔다.

"아까부터 기다리셨다. 어서 들어가 봐라."

등을 보인 채 늘어놓은 그림을 뒤적거리는 한 사내가 문밖 소리에 고개를 돌렸다.

대낮에 귀신을 본 것처럼 온몸이 오싹했다. 해사한 얼굴로 미소 짓는 사내가 인국이었기 때문이다. 의금부에서 사라진 후 처음 보는 그는 옥색 도포 차림의 영락없는 선비였다.

억울하게 죽고 싶지 않다고 몸부림치던 인국인가 싶을 만큼 눈앞의 그는 낯설었다. 거간꾼의 흔적을 말끔하게 지운 모양새가 예전의 그와 완전히 딴판이었다.

"오랜만이다. 잠깐만…."

인국이 어서 앉으라는 시늉을 하며 보던 그림을 둘둘 말아 문갑 옆으로 밀쳐놓았다.

"어떻게 된 거예요? 그날 의금부에 갔는데 누가 형님을 데려갔다는 말만 들었어요. 무슨 나쁜 일이라도 생겼나 얼마나 걱정했는데요."

마치 어제 본 사람을 대하듯 하는 인국의 태도에 마음이 누그러졌다. 살아서 눈앞에 있는 인국이 반갑고 고마웠다.

"김 대감을 만났겠구나?"

인국이 해끔한 얼굴로 딴소리를 했다. 갑자기 사라진 것도, 나를 부른 이유도 말할 생각은 눈곱만큼도 없어 보였다.

"이제 네가 있을 곳인데, 마음에는 드니?"

인국의 목소리는 잔뜩 들떠 있었다.

"제가 왜 여기에….."

"그간 네 수고에 대한 보상은 너를 조선 최고의 화원으로 만드는 거라고 생각했다. 10년 뒤면 넌 조선의 최연소 어진화사가 돼 있을 테고…."

가슴이 벌렁거렸다. 김 대감의 떠보는 듯한 말에는 움직이지 않던 마음이 인국 앞에서는 대책 없이 흔들렸다. 스스로도 어처구니가 없었다.

"우선 도화서 시험부터 봐야겠네요?"

생각을 앞선 말이 불쑥 튀어나왔다.

"네 실력이면 그깟 시험이야 치르나 마나겠지만 뒷말 나오지 않게 하려면 그것도 좋겠지."

인국이 밀쳐놓은 그림 중에서 하나를 빼내 내 앞에 펼쳐 놓았다. 눈으로 보고도 도저히 믿기지 않았다. 아버지의 계회도였다. 장 화원이 손에 넣으려고 한 계회도, 아버지를 죽게 만들고, 이 화원의 목숨과 송 화원의 눈을 앗아 간 바로 그 그림이었다.

'어떻게 이 그림이 형님 손에 있는 겁니까?'

무릎이 후들거렸다. 나는 무너지지 않으려고 힘껏 방바닥을 짚었다.

'계회도를 가진 자가 네 아버지를 죽인 거겠지.'

장 화원 말이 떠올랐다. 나는 벌떡 자리에서 일어섰다.

'장 화원의 말씀대로 형님이 제 아버지를…'

뱉어 낼 수 없는 말이 입안에서 빙빙 돌았다.

"네가 억울함을 풀어 줬고, 장차 나랏님 어진을 그릴 어진화사도 될 테니 네 아버지도 지하에서 기뻐하실 거다. 그렇지 않느냐?"

인국의 말이 귓가에 벌 떼처럼 윙윙댔다. 인국이 표 나게 어깨를 흔들었다.

"네 말을 듣고 옥에서 나오자마자 그림을 펼쳐보니 진짜로 '억(憶)' 자가 있더구나. 아버지처럼 살지 않겠다더니 그걸 기억하는 걸 보니 말짱 거짓말이었던 모양이지? 무지랭이들에게 그깟 그림이 무슨 소용이라고 지극정성으로 계회도를 그리다니, 도대체 네 아버지 속은 알다가도 모르겠다. 어쨌든 이 계회도는 더 이상 쓸모가 없으니…"

이죽대던 인국이 갑자기 그림을 찢기 시작했다. 눈알이 튀어나올 것 같았다. 죽은 아버지를 그런 식으로 모욕하는 것을 두고 볼 수 없었다. 끓어오르는 분노로 속이 뒤집혔다. 몸이 갈기갈기 찢기는 것처럼 참담했다.

"누구 마음대로 이러는 거예요? 형님한테는 한 푼도 안 되는 그림일지 몰라도 제게는 아버지의 마지막 유품이라고요."

나는 그림을 뺏으러 인국을 향해 달려들었다. 인국은 나를 비웃

기라도 하듯 그림의 찢긴 조각을 구겨 화로 안으로 던졌다. 화로 위로 손을 뻗었지만 그림은 재가 되어 공중으로 날아올랐다. 나는 무너지듯 주저앉았다.

"나쁜 기억은 빨리 지워 버리는 게 좋아."

인국의 손이 내 어깨에 닿았다. 불에 덴 것처럼 어깨가 화끈거렸다.

"형님에겐 아버지의 그림이 나쁜 기억이었나 보죠? 아버지를 죽이고 이젠 그림까지 없앴군요."

"장 화원이 그러더냐? 내가 네 아버지를 죽였다고?"

인국의 뻔뻔스러움에 욕지기가 일었다.

"꼭 칼로 찔러야 죽이는 겁니까? 형님 욕심이 제 아버지를, 이 화원과 오 검시관을 죽음으로 내몰았고 장 화원 어르신도 스스로 목숨을 끊게 했잖아요. 아버지보다 형님을 더 믿었던 저와, 아재처럼 따르는 월이, 그리고 승재, 범이 인생까지 다 망가뜨렸어요. 고작 이런 자리를 차지하려고…."

내가 악에 받쳐 대들자 인국의 볼살이 부르르 떨렸다.

"네 눈에는 이 자리가 고작 그까짓 것으로 보이냐? 여기까지 오는 데 내 인생 전부를 걸었다. 자꾸 뻗대지만 말고 제발 마음을 가라앉혀라."

인국은 일어서서 매몰차게 나를 주저앉혔다.

"계회도 때문에 우리 아버지를 죽인 거였어요?"

"도대체 무슨 말을 하는지 모르겠구나. 내가 무슨 원한이 있어서 본 적도 없는 네 아버지를 죽이겠느냐? 난 장 화원에게 계회도를 그린 사람이 누구인지 알려 줬을 뿐이다. 그건 네 아버지가 광통교에서 떠들고 다녔으니 모두들 알고 있는 일이었어. 장 화원이 보낸 검계를 뒤쫓아 갔을 때는 이미 네 아버지는 돌아가신 뒤였지. 처음엔 계회도를 두고 오려고 했는데, 그게 있으면 김 대감에게 힘이 되겠다 싶은 생각이 들더군."

나와 눈이 마주치자 인국은 황급히 눈을 피했다.

'그게 아니라, 그 계회도로 장 화원을 협박해서 수장고의 그림을 손에 넣고 김 대감에게 이 자리를 얻어 낼 속셈이었겠죠!'

인국의 입가에 기묘한 웃음이 떠올랐다. 예전의 인국에게서는 보지 못하던 비열한 웃음이었다.

"바깥에 있는 검계를 화원에서 본 적이 있어요. 저자가 장 화원을 협박한 검계겠죠?"

"사람의 마음을 움직이는 건 사소하지만 분명한 게 있지. 이를테면 돈이나 벼슬자리 같은 거 말이다. 저자가 장 화원을 버리고 내게 온 것도 그런 이유겠지만."

인국이 검계가 있는 마당 쪽을 흘끔대며 눈살을 찌푸렸다. 장 화원이 약속 장소에 보낸 검계라는 것을 인정하는 말이었다.

"이제야 아버지의 죽음이 어떻게 된 일인지 알겠군요. 화원 어르신께서 말씀하셨을 때는 믿지 않았는데, 이제야 모든 게 확실해졌어요. 아버지를 죽인 사람은 화원 어르신이 아니었어요. 아무리 부정하려 해도 역시 진짜 살인범은 형님이었어요."

확연히 드러난 진실 앞에 목소리가 절로 떨렸다. 아버지의 가슴에 칼을 꽂은 건 검계지만 그렇게 만든 건 인국이었다. 그가 김 대감의 권세를 얻기 위해 장 화원에게 어진화사를 향한 헛된 욕심을 부추긴 것이었다. 이런 상황에서도 인국은 너무나 태연했다. 장 화원보다, 김 대감보다 더 무섭고 더 모진 사람이었다.

"장 화원의 수장고를 뒤지고 계회도까지 그리겠다고 나설 정도면 너도 내가 무죄라는 걸 믿는다고 생각했는데, 아니었나 보군?"

"그때는 형님을 믿었으니까요. 그래서 아버지를 죽인 범인이 화원 어르신이라고 했을 때 형님이 얼마나 억울할까 싶어 분통이 터졌고요. 범이 아버님이 자기 식구를 반촌에 내버린 사람이 형님 같다고 했을 때도 절대 그럴 리 없다고 생각했는데…."

화가 쉬 가라앉지 않았다. 몸뚱이째 아궁이 속에 던져진 기분이었다. 인국은 마치 저잣거리 무동의 재롱을 지켜보듯 멀뚱히 나를 쳐다보았다.

그때 벌컥 방문이 열렸다. 방문을 넘어선 내 목소리에 검계가 놀라서 뛰어온 것이었다. 옆구리에 손을 갖다 댄 사내는 당장이라도 칼을 뺄 기세였다.

"누가 들어오라고 했어! 부르기 전에는 함부로 움직이지 말라고 안 했나?"

인국의 엄포에 검계가 머리를 조아리며 허겁지겁 방문을 닫았다.

"아랫것들이란, 뭐라 하지도 않는데 알아서 기려고 하는지 모르겠어. 그게 비천한 것들이 살아남는 법이겠지. 이 맛에 다들 쥐꼬리만 한 권세라도 움켜쥐려고 아귀다툼을 벌이는 거겠지만. 그래, 어디 할 말 있으면 해 봐라. 내 다 들어 줄 테니."

인국은 인심이라도 쓰듯 느긋하게 말했다.

"화원 어르신이 계회도를 가져간 사람이 우리 아버지를 죽였을 거라고 했을 때도 어르신이 자기 죄를 감추려고 거짓말한다고 생각했어요. 지금 바로 눈앞에 계회도를 보면서도 형님이 그랬을 리 없다고, 그러지 않았으면 좋겠다고…."

눈물을 참으려고 눈을 부릅떴지만 소용없었다. 얼굴 위로 눈물이 흘렀다. 눈두덩이 욱신거렸다.

"앞으로 좋은 일이 얼마나 많을 텐데, 지난 일을 들춰서 뭐하겠냐. 이제 와서 살인범을 찾아 낸다고, 설사 내가 그런 살인을 사주했다고 밝힌들 죽은 네 아버지가 살아오겠느냐, 송 화원이 눈을 뜨겠느냐? 제발 마음을 가라앉히고 냉정하게 굴어라."

인국은 눈가에 웃음을 담고 냉정해지라며 나를 달랬다. 내 발등을 찍은 믿는 도끼가 인국이었다니, 뻔뻔하게 구는 인국과 한시도 마주하고 싶지 않았다.

"나으리, 대감마님께서 일 끝나는 대로 사랑채로 건너오라십니다."

나으리라니! 인국은 이제 광통교의 수완 좋은 서화 거간꾼도, 도화서의 화원도 아니었다. 방 안쪽으로 잔뜩 신경을 곤두세우고 있던 검계가 문 앞에 바짝 붙어 섰다. 나를 몹시 경계하는 듯했다.

"알았다고 전해라. 그리고 광통교에 나가서 지난번에 부탁한 그림 찾아오고."

검계가 못마땅한 투로 고개만 까닥했다. 곧이어 발소리가 멀어졌다. 열린 방문 틈으로 마당 한가운데 백일홍이 붉게 타오르고 있었다.

"나만 좋자고 3년 넘게 개처럼 살았겠느냐? 우리 이제부터 앞일만 생각하자. 뒤를 봐주는 것만이 아니라, 어진화사로 추천해 주겠다는 김 대감의 확답도 받았다. 이제 나도 힘을 갖게 되었고, 그러면 너는 내 힘에 의지해 조선 최고의 화원이 될 수 있어. 그러면 누이 좋고 매부 좋고, 좋은 게 좋은 거 아니겠냐?"

인국은 다섯 살 아이를 어르듯 나를 다독이고 구슬렸다.

"김 대감께서 말한 그 사람이 형님이었군요. 하지만 살인자의 더러운 손을 빌려 밥을 얻지도, 어진화사가 되고 싶지도 않습니다."

"뭐? 더러운 손?"

화첩 위에 얹힌 인국의 손이 가늘게 떨렸다.

"바보같이 굴지 말고 어떻게 하는 것이 너를 위한 선택인지, 다시 생각해 봐라. 한번 흘러간 물은 돌아올 수 없는 법이다."

끓어오르는 화를 누르려는 듯 인국이 지그시 입술을 깨물었다.

"형님 손을 잡지 않아 제 인생이 망가진다고 해도 절대 후회하지 않을 겁니다. 이제야 아버지가 도화서 시험을 포기한 이유를 알겠네요. 김 대감과 형님이 천한 것이라 업신여기는 사람들을 위해 그림을 그리셨지만, 아버지는 적어도….."

목이 메어 더 이상 말을 할 수 없었다. 죽은 아버지가 보고 싶고, 할 수만 있다면 한 번이라도 그 손을 잡고 싶었다.

"단원에 견줄 만한 그림 재주를 가지고도 네 아버지가 얻은 게 무엇이더냐? 네 아비의 그림이 얼마나 대단한지 알아보지도 못하는 무지한 자들이 네 아비에게 해 준 게 뭐냐? 제대로 그림값도 못 받았을 테지. 안 그러냐?"

인국이 입술을 비틀었다. 아버지에 대해 제멋대로 빈정대는 인국에게 분노가 솟구쳤다.

"화원으로서의 명성도, 부도 갖지 못했지만 아버지는 누구를 위해 그림을 그려야 하는지 알았고, 평생 그것을 지키면서 사셨어요. 아버지는 양반들의 눈요기를 위해서도, 벼슬아치들의 권세를 위해서도 그림을 그리지 않으셨어요. 살아가면서 위로가 되고 힘들고 괴로울 때 보는 것만으로도 기쁨이 되고 다시 살아 낼 힘을 주는 그런 그림이 어떻게 양반의 개가 되려고 하는 형님의 그림보다, 기껏 권력을 자랑하는 데 쓰는 김 대감의 그림보다 더 하찮고 쓸모없다고 자신할 수 있는 겁니까?"

목이 바짝바짝 타들어갔다. 인국은 점점 목청이 높아져 가는 나를 어이없다는 듯 지켜보기만 했다.

"아버지는 환쟁이로서의 자존심을 지킨 진짜 화사였다는 화원 어르신의 말씀이 옳았어요. 한번 피 맛을 본 짐승은 그 피 때문에 죽는다고 하더군요. 다시 만날 일 없을 겁니다."

뒤도 돌아보지 않고 바깥으로 뛰어나갔다. 등 뒤로 인국의 불편한 신음 소리가 들렸다. 이곳 문지방을 다시 넘을 일은 없을 것이다. 등에 비수가 꽂히더라도 절대 돌아서지 않을 것이다.

장 화원의 죽음 역시 찬바람에 단풍 지듯 빠르게 잊혔다. 가을이 깊어 가면서 그림 주문이 더 늘었다. 몸이 바빠지니 머릿속은 더 명료해졌다. 인국이 도화서 교수로 들어갔다는 소문을 나중에야 들었다. 승재와 범이는 티격태격하면서도 그림 공부에 매달리는 눈치였다. 월이는 뒤늦게 인국이 자기 아버지를 팔아 김 대감의 사람이 된 것을 알고 분통을 터트렸다. 인국이 몇 차례 사람을 보냈지만 대문 밖에서 내쳤고 한 달 전 어미를 찾아 떠났다는 말을 전해 들었다.

"진수의 계회도는 한양, 아니 조선 최고라니까."

이 의원이 그림을 들여다보며 칭찬을 늘어놓았다.

"한성부 서리들이 다음 달 퇴역 모임을 한다기에 내가 진수를 추천했네."

송 역관이 사람들을 휘둘러보며 거들먹댔다. 틈만 나면 제 자랑을 늘어놓는 통에 넌더리가 난다며 사람들이 송 역관을 타박했다.

"이 버드나무 잎 속에 있는 건 어째 글자 같구먼?"

무안했던지 송 역관은 어깨 너머로 고개를 들이밀었다.

"그 나이에 벌써 눈이 흐릿해서야, 쯧쯧. 눈에 좋은 한약 좀 지어 먹게."

이 의원이 약값은 반만 받겠다며 송 역관을 놀렸다.

"의원님, 이거 글씨 맞아요."

"글씨라니, 무슨 소리냐?"

이 화원이 눈을 비비며 바짝 다가섰다.

"네 말 듣고 보니 진짜 그렇구나. '억(憶)' 자 맞지?"

갖바치가 얼굴을 들이밀며 느린 말투로 물었다.

"이 계회도가 어르신들께 소중한 기억이 됐으면 해서요. 아버지 께서 예전에 그랬던 것처럼요."

"그래? 저번 계회도에는 없었던 것 같은데…."

송 역관이 긴가민가하며 말끝을 얼버무렸다.

"그럼 네 아비가 그린 계회도에도 그 글자가 있단 말이지?"

나는 대답 대신 소리 없이 웃었다.

"그 아버지의 그 아들이란 말이 왜 생겼겠나. 다 그런 이치인 거지."

어느새 한 발쯤 길어진 햇살이 계곡 위로 부드럽게 퍼지고 있 었다.

작가의 말

이 책은 〈계회의 사람들〉로 한우리청소년문학상을 수상하고, 2015년 여름《밤의 화사들》이라는 제목으로 출간되었던 책의 개정판이다. 그때 난《계회도 살인 사건》이라는 제목을 쓰고 싶었지만 청소년소설의 제목으로는 무겁고 정서상 적합하지 않다는 이유로 쓸 수 없었다. 고민 끝에 도화서 같은 기관에 매이지 않고 그림을 그리는 화공들을 '방외화사'라 하는데 그와 발음이 비슷하기도 하고 살인범을 추적하는 이야기가 어둠(밤)이 지닌 미스터리함과 겹치면 은유적인 분위기를 내지 않을까 싶어《밤의 화사들》이라는 제목으로 세상에 나왔다. 이번에 개정판을 내면서 비로소《계회도 살인사건》이라는 제목을 달게 됐으니 비로소 제 몸에 맞는 옷을 입게 된 셈이다.

사진이 없던 시절, 사람들은 환갑연·퇴역 모임·봄맞이 시회 등 각종 모임의 소중한 순간을 그림으로 남겼다. 그것이 계회도다. 그림의 위아래에 모임의 명칭, 참석자 이름과 나이, 그림으로 표현하지 못한 상황들은 글로 기록했다. 화공에게 참석자 수대로 계회도를 그리게 한 후 연장자 순으로 나눠 가졌다.

한 대학의 시민 강좌에서 '계회도'를 알게 된 후 책으로 나오기까지 꼬박 5년이 걸렸다. 몇 줄의 자료를 찾기 위해 국회도서관과 대학 도서관을 뒤지고, 정치·문화·법·생활사까지 조선 후기 전반에 대해 공부하면서 혹시 요긴한 정보가 있을까 해서 그림과 관련된 강좌를 찾아다녔다. 그때마다 새삼 '아는 만큼 보인다'는 말을 절감했다.

투자한 시간이 많다고 작품의 깊이가 깊어지는 건 아니지만 작가로서 이 작품에 대한 애정은 특별하다. 처음으로 1,000매 가까운 분량을 써 낸 것도, 제법 잘 짜인 추리소설이라는 칭찬을 받은 것도, 역사 청소년소설 작가라는 이름을 얻은 것도 모두 이 책을 통해서다.

재출간을 앞두고 고민이 없지 않았지만 문장을 다듬는 정도로만 수정했다. 작은 부분이라도 손대는 순간 원본과 다른 그림이 된다는 장 화원의 말 때문이었다. 부족하면 부족한 대로, 넘치면 넘치는 대로 처음 이 글을 썼을 때의 마음을 지키고 싶었다.

개정판을 내면서, 예전 심사평을 다시 읽어 보았다.

이 작품의 첫머리를 읽으면 "어, 이건 한국판《내 이름은 빨강》이네!" 하는 생각이 든다. 워낙 유명한 작품이고, 요 근래에 발행된 노벨문학상 받은 작가의 작품 중 가장 많이 팔린 책이기도 하다. 아마도 작가는 파묵의 작품을 아주 꼼꼼하게 탐독하고 분석한 모양이다. 그래서 그 작품의 장점을 나름대로 잘 소화해 자신의 작품에다 접맥을 시킨 모양이다. (중략)《계회의 사람들》은 역사소설이지만 다른 작가들이 많이 다루지 않았던 영역을 치밀하게 묘사하였고, 처음부터 끝까지 단숨에 빨려들 정도로 강력한 흡입력을 가지고 있다.

내 글이 세계적인 명작을 떠올리게 했다는 과분한 칭찬과 끝까지 읽어 내기에 별 무리가 없다는 심사평은 그 후 나의 글쓰기에 큰 힘이 돼 주었다.

끝으로 흔쾌히 재출간의 기회를 만들어 준 서해문집과 김종훈 차장님, 이 책의 출간을 기다려 준 많은 이들과 늘 내 편인 가족에게 감사의 마음을 전한다.

2018년 10월
남한산성 아랫마을에서
윤혜숙